리사
샤크티
아도
유이
아기

레나
이리스
알피아

제로스
루세리스
쟈네

츠베이트
세레스티나
"여러 과정을 동시에 진행하려니 조작 난이도가 확 뛰는군."
"소비되는 마력에도 주의해야 하고요……."
세레스티나와 츠베이트는 크레스톤 저택에서 제로스에게 마도 연성 수업을 받고 있었다.

아라포 현자의 이세계생활일기

13

코토부키 야스키요 지음

JohnDee 일러스트

김장준 옮김

Contents

프롤로그 아저씨, 총을 난사하다

예고 없이 루나 사크를 덮친 좀비 무리.

솔리스테어 마법 왕국에서 일어난 변사체 사건을 조사하기 위해서 메티스 성법 신국에 잠입했던 제로스와 아도는 이 전투에 말려들었다.

처음에는 용사와 성기사단의 싸움을 지켜볼 예정이었지만, 전황은 열세이고 희생자를 새로운 동료로 삼아 끊임없이 불어나는 좀비에게 위기감을 느낀 두 사람은 가면으로 얼굴을 숨긴 채 무력 개입에 나섰다.

용사 【야사카 마나부】에게 일방적으로 통보한 뒤, 좀비 대군이 득실거리는 성벽 아래로 뛰어내린 제로스.

낙하하는 도중 윈체스터 M73의 레버를 아래로 내려 다음 탄을 장전. 하는 김에 무영창 마법까지 부여해 아래에 뭉쳐있는 좀비 무리에게 발사했다.

총알은 좀비의 머리를 뚫고 땅에 닿았고, 그와 동시에 마법진이 펼쳐지며 발동했다. 굉음과 함께 발생한 충격파가 주변에 있는 좀비들을 휩쓴다.

제로스와 아도는 그렇게 확보한 공간에 착지했다.

"오~, 의외로 멀리 날아가네? 생긴 것보다 가벼운가?"

"이런 곳에서 대뜸 【에어 버스터】를 써요? 여전히 화려한 거 좋아하시네."

아도는 M4 카빈을 쏘며 기가 찬다는 말투로 말했다.

그사이에도 위력이 강화된 총알은 한 방에 좀비들을 박살내며 잔해를 흩뿌리고 있었다.

본래 평범한 M4 카빈의 장탄 수는 스무 발이지만, 이 총은 탄피가 필요 없는 마도총이라서 무려 쉰 발 가까이 장전된다.

아저씨의 취미가 너무 많이 들어간 마도총은 약실에 새긴 마도술식 각인으로 폭발을 일으키고, 그 폭발력으로 총알을 밀어내는 구조다. 그래서 탄피를 배출하는 곳으로 잉여 마력과 열을 함께 내보낸다.

구조 자체는 기존의 총보다 단순화됐으며, 총 본체의 강도는 강화 마법으로 보강했다.

게다가 제로스와 아도의 지나치게 많은 마력은 지나치게 많은 잉여 마력을 만들었고, 그 마력은 총 본체에 있는 강도 강화 마법술식으로 흘러들어 마치 부여 마법처럼 총알의 위력을 높인다.

이건 제작자인 제로스도 의도하지 않은 결과로, 왜 이런 현상이 벌어지는지 정확하게 이해하지 못했다.

보통은 무슨 문제가 없는지 확인할 때까지 사용을 꺼리게 마련이지만, 『뭐, 좋은 게 좋은 거지』라고 무시하는 것만 봐도 제작자가 제정신이 아님을 알 수 있다. 어쩌면 위력이 높아졌다고 마냥 기뻐하는지도 모른다.

"제로스 씨. 총알의 위력은 굉장히 높은데 부여 마법을 넣으면 마법 자체의 위력은 떨어지네요."

"그렇지? 어디에 문제가 있나 보지만, 조사할 시간은 없으니까 이대로 쓰자."

"괜찮아요?"

"괜찮아, 문제없어. **폭발하기 전에** 다 죽이면 그만이야~♪"

살포시 불안한 농담을 하는 와중에도 좀비는 두 사람의 마력을 감지해 계속 몰려들었다.

몰려드는 좀비들을 개머리판으로 가격하고, 주먹질, 발길질로 깨부수며 근접거리에서 총을 갈겼다.

얻어맞은 좀비들은 몸통에 바람구멍이 나거나 팔, 옆구리가 날아가 쓰러지면서도 사람을 덮치려고 땅을 기어 다가왔다.

이 기괴한 모습에는 괴물 같은 두 사람마저 오한을 느꼈다.

"음…… 이 녀석들은 인간이 많은 방향으로 몰려가는 습성이 있나 보구만. 다가오는 적이 적어서 편하지만, 생각보다 해치우기 힘드니까 차근차근 정리하는 수밖에 없나……. 좋아, 이것도 한번 써볼까!"

아저씨가 꺼내든 물건은 모스버그 M500이었다.

펌프 액션으로 탄을 장전한 뒤, 위력을 최소한으로 조절한【익스플로드】를 부여해 몰려오는 좀비에게 발사했다.

이 샷건에 들어간 총알은 원본처럼 산탄이지만, 사용된 총알은 미스릴도 함유된 특수 탄환이며 마법을 부여하기 쉽게 제작되었다.

거기에 범위 마법을 부여하면 어떻게 되는가?

—두두두두두두두두두두두두두두우우우우우우우웅!

답은『지근거리에서 융단 폭격처럼 폭발한다』.

샷건의 총알에는 탄피에 작은 특수탄이 꽉 차 있다. 그 특수탄 하나하나에【익스플로드】가 부여되어 뿌려진 것이다.

샷건은 사정거리가 짧다. 근거리에서 연속으로 그런 폭발이 일어나면 당연히 사수 본인에게도 피해가 간다.

하나하나의 위력은 약해도 수가 모이면 다이너마이트 연쇄 폭발과 동급의 위력으로 변한다.

"앗, 뜨거! 아뜨뜨뜨뜨……."

"왜 산탄으로 익스플로드를 쓰고 난리예요?! 죽는 줄 알았네!"

위력이 낮아도 코앞에서 광범위 마법이 연속으로 터지는데 단순히 뜨거운 수준일 리는 없었다. 보통은 후폭풍만으로도 사람이 죽을 위력이었다.

그런데도 아무렇지 않게 버티는 두 사람은 심각하게 인간의 범주에서 벗어났다고 봐야 하리라.

"잔챙이를 한 방에 쓸어버렸으면 됐지, 뭘."

"쏘기 전에 한마디 정도는 해줄 수는 있었잖아요? 그래도 별 효과는 없겠지만!"

"아니~ 좀비가 쓸데없이 많으니까 그랬지. 부여 마법으로는 익스플로드의 위력이 절반도 안 나오고, 한 번에 소탕할 수 있으면 쓰지 않을 이유가 없잖아?"

"나도 말려들었는데요?!"

"안 죽었으면 됐지. 사람 생명이 가장 우선이야."

"이보세요……『나랑 같은 레벨이면 말려들어도 괜찮겠지?』라고 생각하는 거 아니에요?『설마 이 정도에 죽겠어?』라고 생각한 거 아니죠?"

"……."

"거짓말이라도 좋으니까 아니라고 말해요!"

아저씨는 못된 사람이었다.

"그나저나 좀비는 일정 수준 이상으로 손상되면 재생하지 않나 봐. 마력이 필요한 능력인가? 재생보다는 수복…… 알다가도 모를 좀비일세."

"또 적당히 넘어가려고 하네……. 이렇게까지 했는데도 다시 살아나면 우리도 속수무책이에요. 빨리 전멸시키고 밥이나 먹죠."

"그래……. 신나게 쏘고 뒤처리는 용사한테 떠넘기자. 귀찮으니까."

"너무하네……."

뛰어다니면서도 탄창을 교체하고, 대화하면서도 사격은 멈추지 않았다.

이 시점에서 이미 좀비 무리의 3분의 1이 무력화됐다. 뒤에서 공격하는 좀비도 돌아보지 않고 쏘고, 성기사와 경비병이 떼로 덤벼도 멈추지 않던 괴물 무리를 눈 깜짝할 사이에 정리해 나갔다.

전멸 위기였던 전황을 단 두 사람이 완전히 뒤집었다. 말 그대로 밸런스 파괴자. 심지어 육체의 제한이 풀린 좀비들의 강력한 공격도 여유롭게 피해서 아직 아무런 피해도 입지 않았다.

집단 전투에 모스버그가 불리하다고 느꼈는지, 제로스는 좀비의 공격을 피하면서 아도에게 글록17을 던지고 자기도 권총을 들었다.

"Ha-hahaha! Come on, Come on, 썩어빠진 좀비들! 아저씨의 데저트 이글과 토카레프가 불을 뿜는다!"

날뛰는 제로스는 멈출 줄 몰랐다.

어느샌가 쌍권총을 든 아저씨는 무리 지은 좀비를 훌쩍 뛰어넘어 팔을 X자로 교차해 중앙에 착지했다. 그리고 지근거리에서 데저트 이글과 토카레프를 발포했다.

붙잡으려고 팔을 뻗는 좀비를 차버리고, 손잡이 아래로 머리를 찍고, 춤이라도 추듯 탄을 선사했다.

"제로스 씨는 뭐가 저렇게 즐거울까."

"그워어어어어!"

"방해하지 말고 꺼져!"

어제 받은 마도총 ZB26으로 좀비를 땅에 처박았다. 대충 휘두를 때마다 좀비가 몇 마리씩 하늘로 날아갔다.

이 틈에 ZB26을 고쳐 들고 범위 마법【플레어 버스트】를 부여했다.

그리고 단번에 연사했다.

―두두두두두두두두두두두두두두두두두두!

―BRATATATATATATATATATATATA!

기관총을 난사하는 소리와 함께 총알에 부여된 마법이 발동했다.

주변의 좀비가 폭발 속으로 사라져 간다.

좀비들은 충격에 밀려 두 사람에게 접근하지 못했다.

우연히 다가간 좀비도 화염 마법의 압도적인 위력에 화장당했다.

"어으아아아, 아아아!"

그런 가운데, 방어전에서 희생되어 좀비가 된 기사가 포효하며 검을 들고 아도에게 돌진했다.

하지만 아도는 간단하게 몸을 틀어 피하고 ZB26을 왼쪽 어깨에 걸친 채 오른손에 든 글록17의 총구를 좀비에게 겨눴다.

"……지옥에서 만나자, 네이비."

—타앙!

한 발의 총알이 좀비를 폭파했다.

사실 두 사람은 중독 상태였다.

총의 촉감에 취하고, 총을 쏘는 손맛에 취하고, 적을 쓸어버리는 쾌감에 취해버렸다.

트리거 해피…… 소위 도파민 중독 상태였다.

성기사와 경비대는 말릴 수 없다. 용사조차 막을 수 없다.

해피하고 치트한 두 사람은 그 누구도 멈출 수 없다.

멈출 생각도 없다.

제1화 용사 마나부는 전율한다

치트급 사기 능력을 뽐내는 두 사람의 전투(유린이라고도 한다)를 목격하고, 방어에 애쓰던 전사들은 할 말을 잃었다.

'뭐야, 저 위력! 총에서 나올 위력이 아니야. 저건 이미 학살 병기잖아! 와, 마도사 미쳤다. 완전 미쳤다고! 신관들은 무슨 자신감으로 저런 인간들을 적대하는 거야?! 못 이겨! 저런 무기를 보유한 나라에는 죽었다 깨어나도 못 이겨! 몰살이야. 군단이 통째로 몰살당할 거야! 우리가 힘도 써보기 전에 폭발 엔딩이라고! 신의 위광? 용사는 절대적 정의를 상징하는 사도? 그게 뭐야, 먹는 거야?! 압도적인 화력 앞에서 용사가 다 무슨 소용이야! 용사 필요 없잖아!'

오늘, 용사【야사카 마나부】는 자신의 존재가 무의미하고 무가치하다는 현실과 마주했다.

물론 용사의 성장 속도는 빠르고 전투력도 높지만, 저 아래 전생자로 추정되는 두 명에 비교하면 애들 장난 수준이었다.

전투력의 차이가 비교를 불허한다. 너무나도 압도적이다.

덤벼드는 좀비들은 개개의 전투력이 약하지만, 머릿수로 밀어붙이면 용사라도 막아낼 수 없다. 전부 내팽개치고 도망치면 벗어날 수야 있다지만, 그러면 부하인 성기사들이 희생되고 좀비는 더 불어나고 만다.

그에 비해 두 사람은 개인의 전투력이 이상하리만치 높으며 집단으로 덤비는 좀비에게 접근전을 구사할 정도로 여유가 있었다. 심지어 총이라는 무기까지 사용해서 접근조차 쉽지 않았다.

좀비와 전생자로 보이는 이들 중 누가 위험하냐고 묻는다면, 마나부는 후자를 택할 것이다.

'저런 전투력이 있으면서 왜 지금까지 알려지지 않았지? 보통은 들떠서 날뛰고 다니지 않나?'

용사들이 소환된 당시, 이세계에 환상을 품은 소년소녀들은 일부 상식적인 사람을 제외하고 다들 신이 나 있었다.

그중 특히 심했던 것은 불량아라고 소문이 자자하던【이와타 사다미츠】와 불성실하고 수업을 빼먹기 일쑤였던【사사키 다이치】였다. 특별한 힘을 얻은 그들은 말 그대로 하늘 높은 줄 모르고 날뛰었다.

그와 대비되게 전생자들은 일부 괴짜를 제외하면 이름도 거의 듣지 못했다.

그들의 존재를 인식한 계기는 이와타가 지휘관이 되어 수인족 영역을 침공한【르다 이루루 전투】였다. 보고에 따르면 광범위 섬멸 마법을 썼다고 하는데, 만약 그들이 혼자 군단을 상대할 수 있다면 그들과 적대하는 현재 상황은 절망적이었다. 승산이 단 1퍼센트도 보이지 않았다.

무엇보다 지금 눈앞에서 사용되는 총이라는 무기가 마나부가 우려하던 현실을 그대로 보여주고 있었다.

'두려워하던 사태가 실제로 일어났어……. 저 두 명은 틀림없이 솔리스테어 마법 왕국과 연관되어 있어. 저런 위력의 무기를 만들 수 있는 곳은 거기 말고 없을 테니까. 어쩌면 개발에 참여했을지도 몰라. 어쩌지…… 이러면 메티스 성법 신국은 미래가 없잖아?'

정체 모를 좀비 무리보다 눈앞에 있는 현대 무기에 공포를 느꼈다.

성기사들이 화승총으로 무장해봤자 단발에 불과하다. 고성능에 연사 기능이 있는 중화기로 압도적 탄막을 쏟아내는 부대 앞에서는 상대가 되지 않는다.

무기의 성능 차이가 너무 심하면 수적 우위는 아무런 의미가 없다.

기사의 갑옷은 철갑탄에 쉽게 뚫리고, 말을 타고 돌격하는 기마대는 가까이 다가와 주는 표적에 지나지 않는다. 탄에 마법 효과까지 부여하면 현대 병기 이상의 화력을 자랑한다.

이 세계의 문명 수준이 중세에서 단번에 현대로 넘어간다고 생각하자 마나부는 등골이 오싹했다. 하지만 제로스와 아도가 사용하는 총기가 사실 개인적인 취미로 제작된 물건이라는 것은, 그는 알지 못했다.

만약 알았어도 왜 이렇게 위험한 걸 만들었냐며 머리를 쥐어뜯었겠지만.

그런 마나부의 심경 따위 알 바 아니라는 것처럼 지금도 정체불명의 2인조는 화려하게 탄막을 쏟아내고 있었다.

『오물은 소독이다~!』라는 말이 들릴 것만 같은 일방적인 학살.

공격하는 쪽에게도, 그리고 지키는 쪽에게도, 이 두 명은 재해 그 자체였다.

겉모습은 마도사인데 기사들도 고전을 면치 못한 좀비 무리를 가볍게 처리하고 있었다.

한편, 방어선을 지키던 전사들은 자신들의 힘으로는 역부족이라는 사실을 절실하게 느끼고 있었다.

부인하고 싶어도 안 되는 것은 안 되는 것이다.

지금 보이는 광경은 그들의 마음에 미지의 공포를 새겨주었다.

"이, 이게 싸움이야……?"

"적만 골라서 소탕하고 있어……. 명예와 긍지도…… 먼지처럼 날려버리는 힘……."

"이건 일방적인 학살이잖아!"

"적이 아무리 좀비라지만……."

"너무 압도적이야."

"만약 저 무기가 우리를 향한다면……."

"이, 이런 건 싸움이 아니야……. 그저 적을 갖고 노는 농락이라고! 인정할 수 없어! 이런 방식을 용납해선 안 돼!"

'그야 그렇겠지. 한 발만 쏴도 좀비들이 펑펑 터져 나가. 만약 저 둘이 적이었다면 우리가 저 좀비처럼 쓸려나갔을 거야.'

겨우 말문이 트인 성기사들의 비판에 마나부는 체념에 가까운 감상을 품었다.

그들이 아는 총은 화승총이 전부이고 살상력이 그다지 높지 않았다. 유용하게 쓰려면 많은 물량이 모여야 하며, 설사 물량이 모여도 큰 전과는 기대하기 어려웠다.

무엇보다 화승총은 사정거리가 짧고 한 번 쏠 때마다 탄을 다시 채워야 하며, 기후에 영향을 심하게 받는 약점까지 있었다.

무기 분류상으로는 제로스의 마도총도 똑같은 총기이지만, 그 위력과 편리함 앞에 희생될 자들의 수는 감히 비견할 수 없었다.

'물론 아무리 변명해봤자 화승총도 살인 도구야. 저쪽이 우리보다 성능 좋은 무기를 가졌을 뿐이지, 거기에 도덕적 우열 같은 건 없어.'

기사는 나라를 지키는 검이자 방패다.

일 대 일 대결은 전장의 꽃이며 기마대는 화려한 공격의 주역. 무거운 갑옷으로 무장한 중장 기사는 보기만 해도 믿음직스럽다.

국가의 위신과 정의를 짊어지고 가슴에 신념을 품은 채 위험천만한 전장을 누비며, 국가를 수호하고자 목숨 바쳐 위험 속으로 뛰어든다. 그렇게 용맹을 증명하기 때문에 백성은 그들을 동경한다.

백성의 기대와 기사의 의무를 한 몸에 짊어지고 나라에 충성하기 때문에 그들은 신뢰받는다.

또한, 국력을 과시하기 위해 질서정연하게 도열한 기사들의 모습은 장관이며, 자신이 그 일원이라는 사실에 적잖은 우월감을 느낀다.

메티스 성법 신국 같은 대국의 기사들은 압도적인 병력과 군사력으로 적을 휩쓸고, 흔히 전쟁범죄이라고 불리는 행위도 국가의 명령이라는 면죄부 아래 자행되며, 그 행위에 통쾌함마저 느낀다.

하지만 총이라는 무기는 그런 그들의 상식을 송두리째 엎어버리고 기존의 믿음을 무참하게 짓밟는 위력을 보여줬다.

자신들이 버거워하는 적을 압도적으로 해치우는 파괴력을 본 기사들은 이제 자신들은 멸망시키는 쪽에서 멸망하는 쪽으로 바뀌었다고, 어차피 이 세상은 약육강식이라는, 무자비하고도 냉혹한 현실과 마주했다.

지금까지 승자의 권리인 양 일삼던 만행이 머릿속을 스쳤다. 패자의 모습은 어느새 자신들로 바뀌어 있었다.

자신들이 누리던 영광은 덧없는 환상이었다. 무기 하나로 결과가 바뀌는 전장을 목격하고 느낀 거대한 공포가 구역질로 올라왔다. 기사들의 마음이 절망이라는 감정으로 뒤덮여 갔다.

'국력이 강하다고 상대가 무조건 자기들보다 약하다는 건 헛된

망상이야. 용사 한 명으로 이길 정도면 성법 신국이 진작 세계를 통일했겠지. 저런 무기가 만들어진 이유는 우리의 무력이 위협적이고 소수로 다수를 상대할 필요가 있으니까. 이 나라는 주변 소국을 너무 몰아세웠어…….'

마나부는 너무 많은 것을 생각했다.

제로스의 마도총이 위협적이긴 하지만, 어디까지나 아저씨가 취미로 만든 장난감이다.

애초에 마법과 기술의 융합이 얼마나 강력한지 종교 국가에 보여주려고 이런 비상식적인 무기를 만들 수 있는 나라는 현존하지 않는다.

조금만 생각하면 양산될 물건이 아니라고 깨달을 법도 하지만, 마나부는 마법이라는 학문에 조예가 깊지 못했다. 그래서 자신이 아는 판타지 소설을 기준으로 고찰하여 솔리스테어 마법 왕국의 기술력을 과대평가했다.

더불어 마나부는 제로스와 아도를 솔리스테어 마법 왕국의 인간으로 단정 짓고 있었다.

난감하게도 정황상 마나부의 판단을 부정할 근거가 없고, 오히려 그 생각을 뒷받침하는 무자비한 광경만 펼쳐지고 있었다.

"저게 마법……? 설마 놈들은 솔리스테어의……."

"그건 알 수 없어. 하지만 저런 무기를 만들 수 있는 곳은 그 나라밖에……."

"이 나라는 저런 무기 못 만들어?"

"마도 지식 연구는 우리나라에서 불법이야. 절대 못 만들어……."

"악마의 힘이다……."

'문명의 힘이겠지. 너희는 상대에게 자기 힘을 과시하면서 남의 힘은 존재 그 자체를 부정했어. 이렇게 되는 건 필연이야.'

자기감정을 억누르고 남에게 맞추며 살아온 마나부라서 알 수 있었다.

메티스 성법 신국은 오만이 지나쳤다.

기술은 필요에 따라서 발전한다.

시간은 멈추지 않고 세계는 항상 변화한다.

그 변화를 외면하면 언젠가 파멸의 길을 걷게 된다.

솔리스테어 마법 왕국은 마도사의 나라. 바꿔 말하면 학문의 나라라고 할 수 있다.

근면하기 때문에 발전에 힘쓰고, 민생을 중요시하여 불필요한 전쟁은 피한다.

그들은 합리적이라서 감정이나 신앙심을 잣대로 국가를 운영하지 않는다.

4신은 분명히 실존하지만, 그 4신이 인간의 편이라고 누가 보장하는가.

결국 4신은 인간이 아니고 사고방식도 인간과 같을 수 없다.

마나부는 그런 말을 꺼내지 않지만, 메티스 성법 신국과 4신교를 냉소적인 눈길로 보고 있었다.

"이거…… 아무리 생각해도 답이 없어. 솔리스테어 마법 왕국과는 싸우고 싶지 않아. 무조건 질거야……."

"용사라는 분이 나약한 말씀을 하시네요."

"리나리 씨, 언제 왔어?"

"방금 부상자 치료가 끝나서 와봤어요. 그런데 저 둘은 누구죠?"

"글쎄? 아마 전생자 아닐까? 내 생각에는 솔리스테어의 협력자야."

"그렇다면 저 두 사람을 붙잡으면……."

"못 해. 저건 나도 못 이겨. 너무 강해서 전멸할 게 뻔해."

마나부는 제로스와 아도의 싸움을 처음부터 끝까지 지켜봤다.

경이로운 신체 능력에 상상을 초월하는 마법 위력, 구조조차 알 수 없는 가공할 위력의 무기.

게다가 용사와 같은 고유 스킬인 아이템 박스가 있어서 용도에 맞춰 즉각 무기를 바꿀 수 있다. 지금도 좀비를 학살하는 두 사람은 그야말로 원 맨 아미였다.

무엇보다 가장 큰 문제는 그들이 순수하게 용사보다 강하다는 것이었다.

"용사를 전부 모아서 싸워도 절대로 못 이기니까 괜히 자극해서 좋을 게 없어. 4신은 왜 저런 것들을 불러들였나 모르겠네."

"쉽게는 못 믿겠네요. 용사보다 강한 존재가 있을 리 없어요."

"저기 떡하니 있잖아? 실제로 날뛰는 모습을 보라고."

마나부는 성벽 아래의 전장을 가리켰다.

도깨비 가면을 쓴 칠흑색 마도사는 양손에 권총을 들고 좀비의 공격을 피하거나 쳐내고, 손잡이로 가격하다가 틈이 보이면 즉시 방아쇠를 당겼다. 그러다 거리를 벌리고 쌍권총을 옆으로 눕혀 정면에서 연사했다. 근거리, 원거리 전투에 모두 허점이 없었다.

다른 마도사도 말도 안 되게 강했다. 표정이 없는 흰 가면을 제외하면 칠흑의 마도사와 비슷한 복장이지만, 조금 더 활동성을 중시한 디자인 같았다. 손에는 든 무기는 권총과 경기관총. 권총은 몰라도 기관총을 한 손으로 쏘면서 균형조차 잃지 않는 것은 양손검과 나이프를 동시에 다루는 격이었다. 저런 건 용사도 흉내내지 못한다.

서로 등을 맞대고 위치를 바꾸기도 하면서 사각에서 다가온 좀비에게 곡예 같은 동작으로 탄을 선물한다.

마치 애니메이션이라도 보는 기분이었다.

그것은 비유하자면 전장에서 추는 죽음의 춤.

다가가면 화려하고 맹렬한 격투기가 작렬하고, 떨어지면 무자비한 총알과 마법 세례. 공격이 닿지 않으면 다른 총으로 바꿔서 저격한다.

어지럽게 바뀌는 두 사람의 움직임은 용사의 눈으로도 좇아가는 게 고작일 만큼 빠르고 격렬했다.

'……괴물이야.'

마나부뿐 아니라 모두가 만장일치로 같은 결론에 도달했다.

그런 격한 전투를 벌이면서도 칠흑의 마도사는 아이템 박스에 손을 집어넣고 또다시 흉악한 무기, 새로운 권총 두 정을 꺼냈다. 그리고 그중 하나를 암적색 마도사에게 던졌다.

입이 벌어질 만큼 빠른 손놀림이었지만, 그보다 마나부는 두 사람이 새롭게 꺼낸 총을 보고 전율했다.

—드르르르르르르르르르르르르르르르르르르르르륵!

—두다다다다다다다다다다다다다다다다다다다다다다다다!!

중저음으로 울려 퍼지는 회전음과 초당 수백 발씩 발사되는 총알.

"역시 좀비에게는 이거지!"

"미니건…… 설마했는데 진짜 만들었네. 취미 생활도 정도껏 해야죠!"

"봐라~! 좀비가 쓰레기 같구나!"

"쓰레기가 맞긴 하죠. 이거, 청소하는 쪽이 더 힘들겠구만……. 방치하면 전염병이 돌겠어."

"그건 우리 알 바가 아니지. 뒤처리는 재네보고 하라고 해~♪"

아저씨는 소형 개틀링 건이나 다름없는 M134, 통칭 미니건을 마음껏 쏴대며 모 게임 주인공이 된 기분을 만끽했다.

나잇값 못한다며 혀를 차는 아도도 M60 경기관총을 난사해 좀비를 제거했다.

좀비는 이제 절반도 남지 않았다.

그 광경을 보고 리나리 사제는 할 말을 잃은 눈치였다.

"……저걸 어떻게 이겨? 우리가 싸워도 버거웠던 좀비를 이 짧은 시간에 저만큼이나 쓸어버렸어."

"……죄송합니다. 제가 너무 안일했네요. 기사가 상대할 수준이 아니었군요."

"저런 무거운 쇳덩어리를 자유자재로 다루면서 무시무시한 속도로 돌아다니는 괴물들이야. 용사인 우리도 다른 기사들과 다를 바 없어. 엮이고 싶지도 않아."

"나라의 입장상 그럴 수도 없습니다만……."

"힘든 일을 전부 우리한테 떠넘기지 마. 외교는 높으신 양반들이 할 일이지……. 전에 했던 말 기억해?"

"솔리스테어가 기술 대국이라는 이야기 말인가요?"

"그래. 아무래도 늦었나봐. 이미 흉악한 무기를 완성했어. 우리는 완전히 우위를 잃은 거야. 비장의 무기였던 화승총도 저거에 비하면 어린애 장난감이지. 난 그냥 포기하련다~."

순식간에 좀비가 처리되는 과정을 보고 리나리는 공포에 떨었다.

쓰러져 가는 좀비에 기사들의 모습이 겹쳐 보였다. 무수히 굴러다니는 시체가 저절로 처참한 전쟁터를 상상케 했다. 그 광경은 지옥이라고 말해도 과언이 아니었다.

검의 시대가 총의 시대로 바뀌는 순간을, 그 변화가 가져올 결과를 그녀는 직접 목도하고 있었다. 감당할 수 없는 공포로 떨리는 몸을 두 팔로 감쌌다.

"어, 어째서 저런 끔찍한 무기가 이 세상에……."

"소국이 대국의 위협에 대항해서 지혜를 쥐어짠 거지. 필요하니까 탄생한 기술이야. 저 무기가 만들어진 원인은 메티스 성법 신국에 있어."

"그게 무슨…… 세상이 우릴 버리는 건가요!"

"자기네가 무작정 옳다고 생각하지 마. 독선은 반발을 낳고 성가신 적을 만들 수 있어."

"마나부 님 말씀대로 이미 끝난 거군요……."

4신교를 신봉하는 리나리에게는 총이라는 무기를 쓰는 자가 악마로밖에 보이지 않았다.

전에 마나부가 말한 내용은 그저 망상이라고 여겼건만, 실제로 그 광경을 본 충격은 경이적이라는 한마디로는 도저히 담아낼 수 없었다.

화승총을 알기 때문에 더 발전한 무기가 얼마나 위협적인지 예상할 수 있었다. 종교 국가로서는 악몽이었다.

전장이 무자비하고도 잔혹하게, 냉철하고도 흉포하게, 흉악하고도 잔인하게, 신의 신앙은 끼어들 여지조차 없는 지옥으로 변한다. 신의 위광과 기사도 정신은 아무런 의미도 갖지 못한다.

긍지와 영광 같은 아름다운 개념은 일절 없다. 있는 것이라고는 죽음이라는 확고하고 비정한 현실뿐.

마치 영웅이 이룩한 위업과 신념 있는 용자들의 공적 따위는 무가치하며, 세계는 이렇게나 잔혹하다고 비웃는 것 같았다.

심지어 그것을 행하는 자가 인간이다.

모두 절망의 진정한 의미를 깨달았다.

너무나도 처참하고 비참했기에.

"이것이, 지옥……. 이것이, 절망……."

"일말의 희망도 없는 광경이지. 하지만 지금까지 이런 절망을 주는 역할은 메티스 성법 신국이었어. 거기에 짓밟혔던 사람들은 분명히 이런 기분으로 죽어갔을 거야."

"우리는 이런 흉악한 짓은 안 했어요!"

"그건 대국이니까, 승자니까 할 수 있는 말이야. 역사 속에서 소국을 대체 몇 군데나 정벌했어? 검이나 총이나 똑같이 사람을 죽이는 도구야. 하는 짓은 결국 똑같아."

세상의 모든 일을 선과 악으로 나눌 수는 없다.

국가의 대립, 종교관과 사상의 차이, 정치적 판단, 통치자의 야심. 다양한 사정이 복잡하게 얽혀있고, 그것들이 충돌할 때마다 전쟁이 일어난다.

미숙한 문명에 어리석은 정치인이 모이기만 해도 국가 간의 전쟁은 쉽게 벌어진다.

"어떻게 된 영문인지 저 둘은 좀비 퇴치를 도와주고 있지만, 이토록 압도적인 힘 차이를 보여주면 적대 의사를 내비치지 않는 게 상책이야. 설령 저쪽이 선의로 도와주고 있어도 이곳에 있는 사람들은 공포를 느끼고 있지 않을까? 바보 같은 짓 하지 말라고 전령을 보내줘."

"아, 알겠습니다……."

신의 가르침에 따라 정의를 집행하는 영광과 수호자의 긍지는 압도적 화력 앞에서 무의미한 환상으로 전락했고, 단 한 번의 전투를 본 것만으로 그들의 자신감과 자부심은 사라졌다.

눈앞에서 벌어지는 섬멸전의 잔인함을 목격한 이들은 누구도 저 둘과 싸우고 싶지 않으리라.

일방적으로 적을 유린하고 섬멸하는 힘이 언젠가 자신들을 향할지도 모른다는 의심에 빠진다.

자신들이 감당하지 못한 좀비를 손쉽게 처치하는 힘에 어떻게 대항하면 좋을지 알지 못했다. 알 수 있는 것은 확실하게 죽는다는 사실뿐이었다.

성기사들은 땅을 나뒹구는 좀비의 시체에서 자기 자신의 모습이 보였는지 안색이 좋지 않았다.

그러는 사이에 좀비 대군의 위협은 거의 수습되었다.

"슬슬 탄이 떨어질 테니까 이제부터는 판타지의 정석으로 가볼까."

"제로스 씨, 내 탄은 아직 많이 남았는데요?"

"이제 검으로 충분히 해볼 만한 수잖아? 하지만…… 좀비 중에 아이가 섞여있어서 마음이 썩 좋지 않네~."

"좀비에게서 나오는 검은 안개도 그래요. 금방 사라지고 여전히 원인도 모르겠고……."

"사령이 아닌 건 확실해. 음…… 전혀 모르겠구만. 이런 마물이 있었나? 사령이 조종한다고 생각했는데 평범한 좀비도 아니란 말이지~. 이 두 종류의 차이는 대체 뭘까?"

"적어도 내 기억에는 없는데요?"

"나도 없어. 【소드 앤 소서리스】에는 없었으니까 신종이라고 봐야 하나? 그렇다면…… 귀찮아질 거 같아."

평범한 좀비가 마력탄을 맞으면 빙의한 혼이나 영적 존재가 사라져 활동을 정지한다.

하지만 검은 안개로 움직인다고 추정되는 좀비는 사지가 날아가도 일정 시간 활동하고, 적어도 영적인 힘으로 움직이는 것은 아니라는 생각이 들었다.

"설마 피인가? 전에 읽은 만화에는 피에 저주를 담아서 조종하는 타입이 있었거든요."

"혈액…… 아니, 설마 그건 아니겠지……."

"제로스 씨, 뭐라도 생각났어요?"

"만약…… 만약에 말야. 혈액 자체가 마물이라면 어떨까?"

"그거, 세포 단위의 몬스터라는 소리예요? 박테리아 같은?"

"감염체 내부에 잠입하면서 존재를 유지하는 게 아닐까? 바깥 세계로 노출되면 마력이 흩어지니까 시체를 움직여서 다른 생물을 공격해 마력을 얻는 거야."

"그 말은, 마력이 없으면 살지 못한다는 건가. 원래 시체니까 웬만한 상처는 아물어도 박살나면 복원되지 않아. 그리고 존재하는 한 마력은 항상 소비하니까 먹잇감을 찾아서 계속 이동한다……. 바이러스랑 다를 게 없네. 정말로 바이오해저드잖아요!"

"뭐가 됐건 해야 할 일은 똑같지만."

두 사람은 인벤토리에 마도총을 넣고 허리춤에서 검을 뽑았다.

제로스는 이도류, 아도는 칼날이 낫처럼 구부러진 대형 쇼텔을 들고 도시 정문에 모인 좀비에게 달려갔다.

"그럼 끝내볼까!"

"좋죠. 배도 고프니까 빨리 점심 먹으러 갑시다!"

남은 좀비를 표적으로 마지막 섬멸전을 개시했다.

급가속으로 정문 앞에 모인 좀비 속으로 돌입한다.

그 순간, 한때 인간이었던 자의 잔해가 폭발한 것처럼 사방으로 튀었다.

'빠, 빨라?! 눈으로 따라갈 수도…… 뭐야?!'

지켜보던 마나부는 더욱 놀라운 광경을 보게 되었다.

두 남자가 검을 한 번 휘두를 때마다 참격이 날아가고, 문을 부수려는 좀비가 해체되어 갔다.

총이라면 그나마 이해한다. 그들이 쓰던 총은 마법 기술을 접목해 비상식적인 화력을 구현했고 그 위력은 상상할 수 있는 범주였다.

하지만 지금 두 사람은 검을 들고 물리적으로 싸우고 있었다. 그 체력은 설명이 불가능할 정도로 상식을 초월했다.

그것도 용사인 마나부조차 눈으로 좇지 못할 속도로.

'어, 어떻게…… 저런 속도로 움직일 수 있지?! 마력으로 신체 강화를 해도 인간의 몸이 버틸 수준이 아니야! 아니, 우리도 비상식적인 존재지만, 저 둘은 그 이상으로 비상식적이야! 아무리 축지를 써도 순간적인 가속만으로 좁힐 수 있는 거리가 아니야! 그렇다면…… 아무런 준비 동작도 없이 단번에 가속해서?! 말도 안 돼!'

두 사람이 돌격한 순간, 그 모습을 순식간에 놓치고 말았다.

다음으로 보인 것은 흙먼지가 올라오고 문 앞에 몰린 좀비가 조각나서 날아가는 광경이었다.

즉, 눈 깜짝할 사이에 이동해서 문 앞에 모인 좀비를 칼로 해체한 것이다.

그런 짓은 용사도 불가능하다.

【축지】라는 기술은 본래 순식간에 상대의 사각으로 파고들어서 공격하는, 순발력을 살린 보법이다. 적어도 마나부는 그렇게 배웠다.

일시적인 가속은 가능해도 음속으로 움직이는 인간이 있을 리가― 아니, 다른 동물도 그럴 수는 없었다. 만약 가능하다 하더라도 마력 반응이든 뭐든 전조가 있을 터였다.

또한, 이런 무모한 짓을 하면 온몸의 근육이 파열되어 평생 침대에서 일어나지 못하는 몸이 된다. 마력으로 근육을 강화해도 한계는 있는 법이다.

'카, 칼질에…… 좀비가 폭발해? 어떻게 돼먹은 위력이야?! 무슨 슈퍼히어로 만화야?!'

단칼에 좀비를 베고, 충격의 여파로 산산이 부서진 것이다.

더 무서운 건 참격으로 성벽에 금이 가고 몇 초 뒤에 상처를 도려낸 것처럼 폭발한다는 점이다.

이건 휘두르는 칼에도 어마어마한 힘과 속도가 실렸다는 뜻이다.

성벽에 잇달아 참격의 여파로 상흔이 새겨진다.

맨몸으로 이런 공격이 가능하다는 건 혼자 성곽 도시를 함락시킬 수 있다는 사실을 명백하게 증명하고 있었다.

"이, 이게 뭐야아아아?!"

"인간이 아냐, 괴물이라고!"

"저, 저것들…… 적은 아니겠지?! 만약 적이라면……."

"우리는 절대로 못 이겨……."

"저 녀석들, 좀비에 관해서 뭔가 알지 않을까?"

"그렇다면…… 놈들에게 이야기를 들어야 하는데, 난동이라도 부리면 어떡해?"

"거, 걱정하지 마. 우리에게는 용사님이 계셔. 무슨 일이 생기면 용사님이 싸워주시겠지."

'하지 마. 나한테 그런 과도한 기대를 품지 마! 중책을 떠넘기지 마! 죽는다고. 나 같은 건 눈 깜짝하기도 전에 게임 오버야!'

마나부는 용사라는 이유로 불합리한 기대와 책임을 짊어지게 생겼다.

이미 그는 울기 직전이었다.

전투 개시로부터 약 세 시간이 지나고, 위협적이던 좀비 무리는 예기치 않은 난입자에게 진압됐다.

아저씨와 아도가 참전한 시간은 채 30분도 되지 않았다.

제2화 아저씨, 마나부와 대화하다

루나 사크 정문 앞에는 좀비였던 것의 잔해가 흩어져 있었다.

압도적인 힘으로 섬멸된 좀비는 이제 인간의 형체조차 남지 않았다.

희생자는 불쌍하지만, 살아남은 이들이 해줄 수 있는 일은 영혼이 구원받기를 기도하는 것뿐이었다.

하지만 용사 마나부에게는 새로운 임무가 생겼다.

바로 좀비를 퇴치한 두 사람에게 사정을 캐내는 것이었다.

'하기 싫다…… 가기 싫어……. 가면 죽겠지……. 무조건 게임 오버야…….'

엄청나게 비관적이었다.

가뜩이나 천천히 열리는 정문이 마나부의 눈에는 마치 슬로 모션처럼 보였다.

왜 마나부의 기분이 이토록 다운되었나.

기본적으로 이런 소동이 벌어지면 치안 유지 활동을 하는 조직이 조사를 맡는데, 원래 그 일을 맡아야 할 기사들이 방금 전투를 보고 겁을 먹어 모든 역할을 마나부에게 떠넘긴 탓이었다.

그때 상황을 돌이켜보면—.

『저 녀석들을 심문해야 하지 않아? 주로 무기나 좀비에 관해서…….』

『아니, 적은 아니지만, 아군도 아니잖아. 함부로 건드렸다가 공격하면 어떡해? 우리는 파리처럼 죽을걸?』

『우리가 아니라도 죽어. 저 무기는 너무 위험해…….』

『좋아. 용사님을 보내버리자. 적어도 우리보다는 강하니까.』

『지금…… 보내버린다의 뉘앙스가 이상하지 않았어? 뭐, 그 의견에는 나도 찬성이지만.』

『그런 고로, 마나부 님…… 저 사람들에게 이야기를 듣고 와주세요.』

『리나리 씨…… 남의 일이라고 함부로 말하는 거 아니지? 저들이 우리 질문에 답하지 않으면 어떡해? 무기라도 꺼내면?』

『『『『『『용사님이라면 괜찮아요. 우리보다 강하니까!』』』』』』

『웃기지 마아아아아아!』

—대충 그렇게 됐다.

마나부는 깨달았다. 용사는, 호구라고.

'어떻게 말문을 터야 하나…….'

아직도 땅에서 꿈틀거리는 좀비의 잔해를 무시하고, 마나부는 전생자로 추정되는 이들에게 다가갔다.

말이 추정이지, 사실 이미 전생자라고 확신했다.

기관총과 돌격 소총을 가진 사람이 이 세계에 있을 리 만무하다. 100퍼센트 확률로 이세계에서 온 자들이다. 아니라면 그게 더 놀랍다.

'으음…… 다짜고짜 고압적으로 굴면 인상이 안 좋을 거야. 여기선 감사하는 마음으로 다가가야 해. 나는 높으신 분들과는 달라.'

이세계에서 온 전생자가 메티스 성법 신국 특유의 거만한 대응에 좋게 반응할 리 없었다. 그렇다면 저자세로 서서히 거리를 좁히는 것이 상책이라고 판단했다.

하지만 마나부는 오른쪽 팔다리가 동시에 나갈 만큼 긴장했고 행동도 딱딱했다. 무지막지하게 부자연스러웠다.

이런저런 생각을 하는 사이, 마나부는 두 남자 근처까지 와버렸다.

몸이 굳고 머리가 뒤죽박죽인데도 어떻게든 목소리를 쥐어짰다.

그리고—.

"안녕—하세요, 처음 뵙겠습니다. 용사입니다."

—기습공격을 하는 닌자 같은 말투로 말을 걸고 말았다.

정중하게 가슴 앞으로 합장하고 머리까지 숙일 정도였다.

혼란에 빠졌다고는 하나, 시작부터 망했다. 상대방도 굉장히 당황한 듯 보였다.

하지만—.

""그럼 우리도…… 안녕—하세요. 처음 뵙겠습니다, 용사=씨. 전생자입니다.""

'받아줬어?!'

—잠깐 뜸을 들이다가 똑같이 인사했다.

마나부는 다른 의미로 물러설 수 없게 되었다.

◇ ◇ ◇ ◇ ◇ ◇ ◇

잠깐 시간을 거슬러 오른다.

신나게 무력 개입한 제로스와 아도는 단시간에 움직이는 좀비를 대강 정리하고 땅을 뒤덮어 버린 무수한 신체 부위들 앞에서 한숨 돌리고 있었다.

"간단하네요."

"강해봤자 움직이는 시체니까. 악령이나 정령이 빙의했다면 몰라도, 싸워보니까 그것도 아닌 것 같고 말이야."

"수만 많지, 화력으로 밀어붙이니까 금방 끝나네요. 나는 없어도 됐겠는데?"

"어이쿠, 아도 군은 더 어려운 싸움을 원하나? 일단 사람 목숨이 달린 싸움이었는데 만족스럽지 않나 보구만. 그렇게 난이도 높은 전투가 좋으면 또 용왕급과 한 판 붙어볼래?"

"그렇게까지는 말 안 했거든요?!"

아저씨는 땅을 기는 좀비의 팔을 칼로 찌르면서 아도를 놀렸다.

좀비의 팔이 칼끝에서 필사적으로 버둥거렸다.

찌른 곳에서 검은 안개가 흘러나왔고, 그것이 모두 빠져나간 순간 팔은 완전히 멈췄다.

"재생은 역시 일시적인 능력인가. 이 검은 안개는 마력 그 자체로 봐도 무방하겠어."

"하지만 영체가 빙의한 건 아니잖아요? 평범한 좀비도 섞여 있었지만, 대부분은 이 타입이었어요. 이 안개는 대체 뭐지……."

"저주나 독기……. 혹은 둘 다인가?"

"결국 원인만 판명되지 않았네요. 원흉은 대체 뭐예요?"

"글쎄다~."

제로스는 담배를 피우면서 칼로 찌른 팔을 휘휘 흔들며 고개를 갸웃거렸다.

고인에 대한 모독이 따로 없었다.

"가끔 【소드 앤 소서리스】 때처럼 자제심이 사라진단 말이지. 아도 군은 어때?"

"나도 비슷한 일이 있어요. 현실감이 희미해진다고 해야 하나……. 그보다 슬슬 튀죠."

"그게 나으려나……. 어라, 저기 보이는 건 용사님 아니신가?"

좀비와 제로스, 아도의 공격으로 파손된 도시 정문이 열리고 돌입하기 전에 잠깐 대화를 나눈 용사가 걸어왔다.

"……저 녀석, 왜 같은 방향 팔다리가 동시에 나가는 거지? 무슨 깡통 로봇 같네."

"그야 이런 일방적인 섬멸전을 목격했으니까, 누구든 적잖이 겁먹지 않았겠어?"

"우리가 뭐 무차별적으로 사람을 죽이는 살인마예요?"

"그걸 평가하는 건 저 사람들이지. 객관적으로 보면 우리가 무해하다는 보장은 전혀 없다고. 경계할 만도 해."

"무슨 볼일이라고 생각해요?"

"심문 아닐까? 귀찮네~."

용사의 어색한 걸음걸이가 다가오기 싫다는 속내를 잘 대변해주고 있었다.

그는 마침내 제로스와 아도 앞에 도착하여 합장하고 머리를 숙이더니—.

"안녕—하세요, 처음 뵙겠습니다. 용사입니다."

—그런 소리를 늘어놓았다.

제로스와 아도가 눈빛으로 대화했다.

『제로스 씨, 이건…… 지금부터 우리를 죽이겠다는 뜻인가요? 아무리 봐도 인살 인사법이잖아요.』

『에이, 설마. 여기서 싸워봤자 질 게 뻔한데. 단순한 인사일지도 몰라. 인사를 받았으면 똑같이 인사하는 게 예의지. 일단 맞춰주면서 반응을 보자.』

『그렇다면…….』

『우리도 할 수밖에.』

『진짜 하게요……?』

1초도 되지 않는 눈빛 교환이 오간 후—.

""그럼 우리도…… 안녕—하세요. 처음 뵙겠습니다, 용사=씨. 전생자입니다.""

—그렇게 인사했다.

"구, 궁지에서 구해주셔서 감사합니다, 전생자 여러분……. 그런데 두 분은 무슨 일로 이곳에 찾아오셨나요? 괜찮다면 들려주셨으면 합니다."

"단순한 조사입니다, 용사님. 최근 미라가 된 변사체가 연속으로 발견돼서 말이죠. 민간 조사 회사인 우리에게 의뢰가 들어왔거든요. 물론 의뢰인의 이름은 밝힐 수 없지만요."

"아휴, 수고가 많으시네요. 하지만 여러분의 무기를 우리가 못 본 척할 수 없다는 건 아실 겁니다. 가능하면 넘겨주셨으면 합니다만……."

"안 되는 거 잘 아시지 않습니까. 이런 물건이 세간에 퍼지면 전쟁이 더 비참해질 게 불 보듯 뻔합니다. 특히 야심을 숨길 생각도 없는 그쪽 나라에는 넘길 수가 없어요, 용사님."

"역시 안 되겠죠~? 그나저나 민간 회사라는 말은 거짓말이네요. 그런 무기를 개인이 만들 수 있을 리가 있나요. 제 생각에는……."

"억측은 금물입죠, 용사님. 게다가 뭐가 됐든 이 나라에서 만들지는 못할 겁니다. 오리하르콘과 다마스쿠스강으로 합금을 만드실 수는 있으신지?"

"부흡?!"

오리하르콘과 다마스쿠스강은 마나부도 아직 본 적 없는 전설의 금속이었다.

게다가 합금이라면 이 중세 기술 수준으로는 어림도 없었다.

만약 거기에 마법의 힘이 필요하다면 마법을 금지하는 종교 국가는 어떻게 할 방법이 없다. 적어도 기술력에서 300년은 뒤처진 셈이다.

"가능하다면 전생자 여러분께서 우리 쪽에 협력해 주시기를 바라는데, 혹시 생각 있으신가요?"

"다른 전생자의 생각은 모르지만, 우리는 메티스 성법 신국에 붙을 생각이 전혀 없네요. 스카우트는 정중히 사양하겠습니다."

"기술 혁명을 일으켜서 뭘 하실 계획이시죠? 괜찮다면 알려주실 수 있을까요?"

"하하하, 기술 혁명을 일으키는 건 이 세계 사람입니다. 저는 그저 취미의 범주에서 놀고 있을 뿐이죠. 게다가 그쪽에서도 이미 화승총이라는 기술 혁명을 일으켰잖습니까? 그 물건이 이 세계에 어떤 결과를 초래할지 생각은 해보셨나요?"

"윽?!"

이미 대량 학살 무기의 원형을 만든 터라 마나부는 더 이상 이 주제를 물고 늘어질 수 없었다.

가연성 작약은 약학의 발전에 따라 발견될 수 있으며, 특히 폭발물에 사용되기도 하는 니트로글리세린은 화학이 발달하면서 만들어졌다. 다이너마이트 같은 위험물질도 실제로 인간의 손으로 정제할 수 있다. 다름 아닌 용사가 그 가능성을 증명하고 말았다.

성법 신국이 마도사를 혐오하는 이상, 마법에 기대지 않는 무기가 반드시 필요했다.

결과적으로 연구한 것이 화약을 쓰는 화승총이지만, 거기에 사용되는 화약은 물리 법칙을 따르는 학문적 지식을 응용해 만들어졌다. 그런 지식은 본디 마도사와 연금술사의 전문 분야이기도 했다.

"마도사를 싫어하면서 마도사의 영역에서 싸우려고 하시는군요.

이거 참, 페어플레이 정신이 넘치는 나라네요. 거기서 생긴 모순은 아예 무시하고 말이죠.”

“마법처럼 정체를 알기 힘든 힘보다는 이해할 수 있는 힘을 택했다고 생각하는데요?”

“마력은 그냥 에너지입니다. 학생이 있던 세계에서는『원자로에서 생긴 전력은 정체불명의 힘이니까 쓰지 마』라고 하던가요? 인위적으로 생성되느냐 자연에 있느냐의 차이가 있을 뿐, 마법은 이 세계의 법칙을 따르는 힘이에요. 거기에 우열이 있을 리가 있나요?”

“전혀 다른 예시잖습니까.”

“똑같아요. 전부 이 세계의 법칙 내에 존재하죠. 이 나라의 주장은 요컨대『물리 법칙 따위 연구하지 말고 고분고분 우리 말에 따라라』예요. 이건 지식을 탐구하는 사람들에 대한 무시 아닌가요?”

“윽…….”

마나부도 제로스의 말은 이해한다.

하지만 답답하게도, 소속 국가의 입장상 반박할 수밖에 없었다. 애초에 마력으로 발동하는 신성 마법을 쓰는 시점에서 모순됐다.

“그러고 보니 그쪽은 동료인 마도사 용사를 따돌렸다면서요? 그가 있으면 이 나라 군사력도 꽤 달라졌을 텐데, 바보 같은 선택을 했네요.”

“그, 그건 어떻게 알아요?!”

“음…… 어느 나라에 가던 도중에 친구분들한테 공격받았거든요. 적에게 당한 사람이라고 하면, 누구 떠오르지 않아요?”

“다, 당신…… 설마 히메지마랑 애들을…….”

"그 애들은 살아있는데요? 배신했을 뿐이죠."

"배신이라고……? 걔네가 왜!"

"모르는 게 약입니다. 알면 **언제 비밀리에 제거당할지 모르니까요**. 뭐, 몰라도 언젠가 죽겠지만."

"……그렇게 된 거군."

무슨 이야기인지 이해했다. 이해하고 말았다.

예상은 했지만, 알고 싶지 않았다.

요컨대, 성법 신국은 언제나 자신을 감시하며 너무 많은 사실을 알면 당장 처리할 준비가 되어 있다는 뜻이었다.

마나부도 어렴풋이 생각하던 일이었고, 나름대로 경계도 하고 있었다.

하지만 어디에 암살자가 숨어있는지 알 수 없으므로 24시간 경계하는 것도 불가능했다. 애초에 그 정도로 정체가 발각될 정도면 암살자도 아니겠지만.

오래 살려면 강한 자에게 굽신거리는 편이 현명하다. 함부로 경계하면 신관들에게 의심을 사서 암살 대상이 될 위험성도 있었다.

"이치죠가 돌아오지 않는 것도, 이미 제거당했기 때문인가……."

"아, 그 사람은 일하고 있어요. 타나베 군이 돈을 너무 막 써서 활동 자금이 바닥났다던가……. 식당에서 접객이랑 설거지를 한댔지, 아마? 얼마 전에 장 보러 나갔다가 우연히 만나서 근황을 들었어요."

"그, 그것들이 진짜……. 남은 생고생 중인데……."

"그러고 보니 감격의 눈물까지 흘리면서 카레를 먹었죠……."

"카레?! 카레가 있어요?! 저, 정말로?"

"있는데요? 자요, 여기."

아저씨는 인벤토리에서 카레 가루가 든 가죽 주머니를 꺼냈다.

그때, 제로스는 굉장히 음흉한 미소를 짓고 있었다.

'시작됐다…… 제로스 씨의【수상한 행상인】모드.'

아도는 한마디도 끼어들지 않고 상황을 쭉 지켜봤다.

제로스는 용사가 무엇을 바라는지 알고 있었고, 그 바람을 이룰 상품을 가지고 있었다. 그 상품이란 바로 쌀과 간장, 된장, 그리고 카레였다.

솔리스테어 마법 왕국과의 교역이 끊긴 탓에 이런 교역품은 메티스 성법 신국에 들어오지 않는다. 그중 간장과 된장은 전국을 뒤져도 구하기 힘든 물건이다.

"헷, 형씨. 하나 사겠수? 지금이라면 싸게 팔아줄게."

"당신, 말투가 좀 전이랑 딴판인데요?"

"사소한 건 신경 끄셔. 그보다 살거야, 말거야? 카레 말고도 간장에 된장, 쌀까지 있어. 낫토와 두부도 물론 있고~. 지금 안 사면 이런 걸 언제 구하겠어~?"

"……큭, 전부 산다아아아아아아!"

"아이고, 고마우셔라~."

"잠깐 여기서 기다려요!"

마나부는 달렸다. 그 어느 때보다도 빠르게 달렸다.

돈이 있어도 구하지 못하던 물건을 팔겠다는 사람이 나타났고, 이 기회를 놓치면 언제 구할 수 있을지도 모른다. 그래서 숙소로 질주했다. 온 힘을 다해.

전생자 두 명을 포박하는 건 애당초 실현 가능성이 없는 얘기였고, 하물며 사살은 죽었다 깨어나도 불가능했다.

하지만 그들은 용사에게는 세상에 둘도 없는 행상인이며, 마도사를 혐오하는 자들에게 알려지는 것도 곤란했다.

솔직히 수상쩍다고 생각하지만, 마나부가 적대할 이유는 전혀 없었고, 오히려 여기서 친해졌을 때의 이점은 확실했다.

자기변명에 가까운 이론이지만, 마나부는 무슨 이유를 붙여서든 지구의 음식을 먹고 싶었다.

설령 그것이 악마에게 혼을 파는 행위더라도, 지금 마나부라면 주저하지 않을 것이다.

그만큼 고향의 맛에 대한 향수는 강했다.

"……저 녀석, 카레가 어지간히 먹고 싶었나 보네."

"이세계에 왔으니까 고향의 맛이 그리울 수밖에 없지. 용사들에게 메티스 성법 신국은 어차피 남의 나라일 뿐이야."

"걔네한테 팔면 돈 좀 만지겠네요."

"일일이 타국을 왕복하기도 귀찮으니까 누굴 고용하지 않으면 힘들어. 아도 군, 아는 사람 중에 놀고 있는 첩보원 없어? 정보 수집도 할 겸 용사들과 거래를 트고 싶은데."

"있기야 하지만, 당연히 소개는 못 하죠."

"그렇겠지~. 그래도 델사시스 공작님이라면 이미 밝혀내지 않았을까?"

"반박을 못 하겠네요."

아도 일행의 연락책으로 활동하는 이사라스 왕국의 첩보원 자자.

제로스에게 소개하고 싶지만, 만약 소개하면 제로스가 그를 어떻게 이용하려고 들지 무서웠다.

잘못하면【소드 앤 소서리스】때 아도에게 그랬던 것처럼 무리한 부탁으로 부려먹을 가능성이 농후했다. 그 고통을 누구보다 잘 아는 아도는 자자와의 의리를 지키기 위해 입을 다물기로 했다.

그렇게 잠시 잡담을 나누는 사이, 용사가 함성을 지르며 돌아왔다.

그는 필사적인 얼굴로 젖 먹던 힘까지 쥐어짜서 달려오고 있었다. 당장에라도 호흡 곤란으로 쓰러질 것 같았다.

정말로 고향의 맛에 굶주린 모양이었다.

"헥, 헥…… 허억허억, 이…… 이거로…… 가능한 만큼…… 후우후우, 팔아줘요."

'이렇게 안 뛰어와도 팔아줄 건데…….'

'나도…… 언젠가는 이렇게 굶주리려나? 제로스 씨가 없었으면 쌀도 얻지 못했을 테고, 남의 일 같지 않아…….'

용사는 그 자리에서 쓰러졌다.

숙소까지 왕복한 것만으로 체력이 완전히 바닥났다.

"간장, 된장, 쌀, 두부…… 낫토에 카레 가루. 금액만큼은 준비하겠지만, 다른 재료는 직접 구하십쇼."

"쿨럭…… 고마워요…… 허억허억……."

"용사가 난데없이 전력 질주하는 걸 보고 기사들은 무슨 일인가 싶을 거야……."

"그 녀석들이…… 우리가 뭘 바라는지 어떻게 알아요! 이 나라

밥은…… 헉헉……. 무진장, 맛없다고요. 으헤헤, 이제 나도 카레를 먹을 수 있어…….”

“눈물겹구만…….”

조금이지만 용사가 가엾다는 생각이 들었다.

아저씨와 아도도 본의 아니게 이세계로 끌려온 입장이라서 고향의 맛을 찾는 마음은 잘 안다. 제로스도 가장 먼저 쌀밥 생각이 났을 정도니까.

이 세계의 쌀은 지구와는 다른 식물에서 나며, 카레에 들어가는 향신료도 지구와는 다르다.

찾아내려면 상당한 끈기와 집념이 필요하리라 각오했지만, 다행히 【감정】 능력이 큰일을 해주었다. 덕분에 지금은 일상적으로 일식을 먹고 있었다.

“용사 학생은 잠깐 쉬어. 그보다…….”

“네…… 뭔가 다가오고 있네요. 이 기운, 인간은 아니에요.”

제로스와 아도는 지금까지 느낀 적 없는 이질적 존재의 기운을 감지했다.

등줄기로 불쾌한 오한이 퍼지고, 어수선하던 분위기에서 단숨에 전투 태세로 돌아갔다.

그 기운의 주인은 금방 판명됐다.

풀숲에서 망토를 걸친 자가 휘청대는 발걸음으로 다가오고 있었다.

“으어…… 구해…… 구해줘어…….”

“엉? 뭐야…… 저 너저분한 남자는…… 헉, 헉…….”

“용사 학생, 자네는 저게 사람으로 보이나?”

"응? 그야…… 아무리 봐도 사람이잖아요? 우웁!"

'이 녀석…… 얼마나 열심히 달렸으면 구역질까지 해? 카레에 환장했나.'

아도가 용사를 한심하게 쳐다본다.

그런 와중에도 남루한 망토를 두른 남자는 도움을 요청하며 거리를 좁혔다.

걸음걸이는 빠르지 않지만, 다가올수록 으스스한 기운이 짙어져 두 사람의 경계심도 강해졌다.

"구해…… 구해주……."

"구해드릴게요. 그 고통에서. 치료법은 지옥행이지만……."

"……뭐?"

—타아아앙!

제로스의 말에 너저분한 남자가 얼떨떨하게 반응한 동시에, 머리가 날아갔다.

아저씨는 어느샌가 데저트 이글 총구를 겨누고 있었다.

굉장한 속사 솜씨였다.

"잠까아아안?! 왜 난데없이 총부터 쏴요?! 우웩!"

"구역질할 만큼 뛰고 소리치면 쓰나……. 그보다 용사 학생, 그걸 질문이라고 해? 한 번 더 묻겠는데, 저게 사람으로 보여?"

"아무리 봐도 괴물이잖아. 그 좀비들과 똑같아……."

"……엥?"

제로스와 아도의 말을 듣고 마나부는 다시 머리가 날아간 남자를 봤다.

목에서 검은 안개가 흘러나오고 코를 찌르는 강한 냄새가 퍼졌다.

마나부도 잘 아는 냄새였다.

"이건…… 피 냄새?"

"정답. 게다가…… 썩은 냄새도 섞여있구만."

"역시 피를 매개로 하나……. 대체 정체가 뭐지?"

이윽고 검은 안개에서 무수한 얼굴이 떠올랐다. 그것을 보고 제로스와 아도는 이 마물의 정체를 대강 짐작했다.

한편, 마나부는 경악한 표정을 짓고 있었다.

"……뭐, 뭐야? 이런 괴물은 처음 보는데?!"

"이게 좀비를 만든 원인이겠지. 아마 사령 계열…… 혈액에 빙의해서 조종한다는 게 내 생각인데…… 제, 도깨비 가면 씨는 어때요?"

"그거밖에 가능성이 없겠지. 문제는 이게 레기온일 경우야. 레기온은 반발하는 영체와 분리하니까 다른 존재가 더 있을지도 몰라, 팬텀 군."

용사 앞에서 이름을 부를 수도 없어서 즉석에서 지어낸 별명으로 서로를 불렀다.

검은 안개에 떠오른 무수한 얼굴이 일제히 그들에게 시선을 보냈다.

시선에 담긴 감정은 명확한 살의였다. 누가 어떻게 봐도 적이라고밖에 생각할 수 없었다.

"네, 네놈이이이…… 감히……."

"괜찮아…… 이번엔, 이것들의 몸을 접수하지……."

"히히히, 어차피 우리에게선 도망칠 수 없어. 열심히 발악해봐라."

악령이었다. 깊게 생각할 필요도 없었다.

마나부는 그 소름 끼치는 악의에 몸을 떨었지만, 제로스와 아도는 태연자약했다.

그리고 천천히 손을 들어—.

""【다이아몬드 더스트】.""

—빙결 마법을 날렸다.

말을 섞을 생각도 없나 보다.

"""""""크아아아아아아아아아아아아아앗?!"""""""

"그렇지, 혈액이라면 얼 줄 알았어. 이제 소각하면 되려나?"

"좀비보다도 별거 없네요. 빨리 처리하고 돌아가죠."

"보고서도 써야 하는데, 내가 써?"

"생각해 보니까 나…… 악필이라서……. 초등학교 생활 통지표에도『글자를 더 예쁘게 씁시다』라고 적혀있었을 정도예요."

"이번 일…… 네가 솔선해서 받았지?"

이 둘과 만난 것이 레기온의 불행이었다.

일반인을 아무리 죽여도 초월자에 가까운 두 사람의 발끝에도 미치지 못한다.

제로스와 아도에게 레기온 따위는 땅바닥을 기어 다니는 개미와 다를 바 없었다.

그런 레기온은 급속 냉동으로 얼음덩어리가 되어버렸다.

""【연옥염】.""

화염 계열 마법【연옥염】.

대상을 불사를 때까지 꺼지지 않고, 보너스로 정화 마법 효과까지 붙은 작열 마법이다.

영체에도 효과가 있으며, 한 번 불이 붙으면 절대로 벗어날 수 없다.

“““““키이이이이이이이이이이이이이이이이이이익!”””””

“도망쳐도 소용없는데 말이야.”

레기온은 필사적으로 공중으로 도망쳤지만, 불길을 떨쳐내지도 못한 채 정화될 때까지 타올랐다. 사령에게는 현세의 지옥일 것이다.

“……지저분한 불꽃놀이군.”

“아도 군도 너무하네. 그래도 고인인데 묵념은 못할망정.”

“결국 저 사령들의 목적은 뭐였을까요?”

“글쎄~? 아마 피난민인 척 도시로 들어가서 사람들을 덮칠 생각 아니었을까? 뭐, 이제 와서 알아낼 방법도 없지만.”

두 사람은 끝까지 천하태평이었다.

이토록 자연스러울 수 있는 이유는 험한 일에 익숙하기 때문일까, 아니면 격이 다른 힘을 가졌기 때문일까. 마나부의 생각에는 둘 다였다.

적대하지 않아서 다행이라고 진심으로 안도했다.

“……응? 타고 남은 찌꺼기가 좀 이상한데요?”

“뭔가 나오네? 저건, 영체인가?”

검은 안개는 연옥염으로 불탔지만, 불이 꺼진 뒤 빛나는 구체가 남았다.

그것이 곧 무수하게 나눠더니 인간 형상의 영체로 변했다.

"드디어…… 해방됐어……."

"하지만…… 아직 이승에 묶여 있어."

"범죄자는 이용하지 말아야 해. 또 빼앗길 거야."

"아직 한이 풀리지 않았어……. 그 사이비 성직자들에게 복수해야 해."

"우리를 죽인 원한, 소환해서 이용당한 이 분노, 절대로 잊지 않는다……."

사령들은 눈앞에 있는 사람들에게는 관심이 없어 보였다.

저마다 한 서린 말을 남기며 허공으로 사라져 갔다.

"저거…… 용사들의 혼 아니에요? 윤회의 굴레로 돌아가지 못한다는 말이 사실이었나."

"죽어도 계속 고통받는 모양이구만. 이 나라도 몹쓸 짓을 했어."

"뭐?!"

그건 현직 용사인 마나부가 그냥 넘길 수 없는 말이었다.

수많은 좀비를 낳은 레기온에는 용사의 혼이 내포되어 있었다.

심지어 그 혼은 윤회의 굴레에 들어가지 못하고 복수를 위해서 스스로 괴물이 되어버렸다.

바꿔 생각하면 이 혼들은 마나부의— 정확하게는 살아있는 용사들의 미래 모습이라고 할 수 있었다.

"그럼 우리는 슬슬 갈까."

"잠깐, 난 아직 물어볼 것이……."

"지금 들은 내용이 전부야. 이제부터는 스스로 생각해야지. 이건, 너희 용사의 문제니까."

"인연이 있으면 어디서 또 만나겠지. 근거는 없지만……."

"앗, 뒤처리는 알아서 해줘. 너희 일이지?"

"뒤처리? 이 좀비를 우리보고 치우라고요?! 잠깐만……."

마도사 두 명이 마나부 눈앞에서 사라졌다.

아마 마법이겠지만, 마도사가 없는 나라에서는 어떤 마법을 썼는지 알 수 없었다. 마법에 관한 지식이 너무 부족했다.

"……어쩔 수 없지, 돌아갈까. 에효, 기왕이면 뒤처리도 해주고 가지……."

루나 사크 밖에는 좀비였던 것의 잔해밖에 남지 않았다.

인간의 시체지만, 마도총의 공격으로 원형도 알 수 없을 만큼 조각나 버렸다. 형체가 남은 것은 그나마 운이 좋은 편이었다.

마나부는 한숨 쉬면서 기사들에게 명령해 사후 처리에 들어갔다.

◇ ◇ ◇ ◇ ◇ ◇ ◇

얼추 지시를 마친 뒤, 마나부는 루나 사크의 거리를 터덜터덜 걸었다.

가능하면 이대로 숙소로 가서 따뜻한 침대에 파묻혀 자고 싶었다.

하지만 높은 지위에 앉은 그에게는 아직 할 일이 남아 있었다.

"으, 귀찮아. 이다음에 보고서를 작성해야 해. 리나리 씨, 도와줄 수 있어?"

"안 돼요. 지금부터 영주님께 보고하러 가서 경계 태세를 풀어야 해요. 마나부 님은 권력자와 대화하기 어려우시죠? 저 대신 영주님 저택에 가시겠나요?"

"……안 가. 높으신 양반이랑 만날 바에야 서류나 쓸래."

오랜만에 얻은 휴가가 좀비 습격으로 엉망이 되고 말았다.

자신의 불행을 저주하는 수밖에 없었다.

"내 팔자야…… 숙소에 와서도 쉴 수가 없네. 옆 숙소 사람은 태평하게 밥 먹는데~."

구시렁대는 마나부의 시선에는 창가 테이블에서 식사 중인 두 남자가 보였다.

한 명은 용병 같은 남자, 다른 한 명은 회색 로브를 입은 마도사 같은 인물이었다.

자신들은 쉴 새 없이 일하는데 뒤에서 평화를 만끽하는 그들을 보니 몹시도 미웠다. 다 엎어 버리고 싶은 기분이었다.

"마나부 님, 보고서는 제대로 쓰셔야 합니다? 영주님께도 드려야 하니까요."

"너무한 거 아니냐고~."

용사【야사카 마나부】에게 휴식이란 없다.

그는 의기소침한 채 숙소로 들어갔다.

그리고 눈치채지 못했다. 지금 맞은편 숙소에서 식사하는 2인조가 조금 전까지 좀비를 학살하던 인물이란 것을—.

한 번 헤어진 용사와 전생자는 다시 마주치지 않고 스쳐 지나갔다.

마나부가 사후 처리 보고서로 고전하는 한편, 제로스와 아도는 그날 바로 솔리스테어 마법 왕국으로 출발했다.

여담이지만, 사흘 후 카레를 만들어 한입 먹은 마나부는 환희의 포효를 내질렀다고 한다.

그러나 포효를 듣고 찾아온 리나리 사제와 성기사들이 카레를 전부 먹어 치우는 바람에 후회의 눈물을 흘렸다는 아무래도 좋은 후일담도…….

그는 행복을 오래 누리지 못할 팔자인가 보다.

제3화 아저씨, 봉급쟁이 시절을 추억하다

제로스와 아도는 루나 사크에서 솔리스테어 마법 왕국으로 돌아오는 도중 숲에서 하룻밤을 보내고, 이튿날 점심에야 봄바 요새에 도착했다.

그리고 제로스는 혼자서 요새의 수비대를 지휘하는 루거 건슬링에게 보고서를 제출하고 있었다.

"혈액을 매개로 빙의하는 레기온이라……. 이런 마물은 듣도 보도 못했는데."

"아마 메티스 성법 신국에 도착했을 무렵에 다른 존재로 변질됐겠죠. 적어도 이 나라에서 상대한 좀비와는 느낌이 전혀 달랐으니까요."

"이렇게 변한 이유는 알겠나?"

"글쎄요~? 사령과 슬라임은 어떻게 변화할지 모르잖습니까. 무엇을 계기로 이상종이 되었는지, 인간이 알 도리가 있겠습니까?"

"신만이 안다는 뜻인가……. 보고하느라 수고했네. 이제 산토르로 돌아갈 테지? 델사시스 공작님께 인사 전해주게."

"아는 사이인가요?"

"옛날에 신세 진 적이 있을 뿐이야. 자세하게는 말할 수 없지만……."

"그런가요? 그럼 우리도 이만 가보겠습니다."

"그러게."

사무적인 보고를 마치고 제로스는 봄바 요새 입구에서 대기하는 아도에게 돌아갔다.

이런 사무 업무에 자신이 없는 아도는 제로스에게 일을 전부 떠넘기고 도망쳐 버렸다. 사회적 지위가 높은 사람과 대화하기 피곤하다는 이유였다.

"끝났어. 이제 산토르로 돌아갈까?"

"의외로 빨리 끝났네요……. 조금 더 걸릴 줄 알았어요."

"보고서 제출하고, 현지에서 본 사실을 보충해서 설명한 게 전부야. 아는 정보가 별로 없으니까 시간이 오래 걸릴 이유도 없지."

두 사람은 느긋하게 걸으며 요새에서 멀어졌다.

충분히 멀리 떨어졌다고 판단한 아도는 인벤토리에서 경승합차를 꺼내서 운전석에 올랐다.

"응? 아도 군이 운전하게?"

"귀찮은 일을 떠넘겼으니까 이 정도는 해야죠."

"그래? 뭐, 해주면 고맙지. 그런데 돌아가서 차를 개조할 생각은 없어? 기왕 차가 있는데 아깝잖아."

"그러게요. 내비가 있으면 참 좋겠는데……."

"그건 빼고. 지금 우리 능력으로는 무리가 있어."

길치인 아도는 내비게이션이 절실히 필요했지만, 아무리 사기 능력을 가진 두 사람이라도 못 만드는 물건은 있었다. 이건 순순히 포기하는 수밖에 없었다.

"음, 에어컨이라면 쉽게 될 거 같은데……. 할 일도 없으니까 만들어 볼까?"

"운전에 방해가 되지 않도록 부탁합니다."

승합차는 낮은 엔진소리를 내며 달렸다.

흘러가는 풍경을 바라보며 제로스는 담배에 불을 붙였다.

흰 연기가 창틈으로 빠져 밖으로 흘러갔다.

"그런데 왜 보고서를 두 장 준비했어요? 뭐, 한 장은 델사시스 공작님한테 낼 거라고 생각하지만……."

"델사시스 공작님한테 제출할 보고서에는 그 레기온에 관해서 더 자세하게 기록했어. 지금까지 희생된 용사들의 말로까지 포함해서. 방금 요새에 넘긴 보고서는 노출돼도 상관없는 내용만 정리한 거야."

"죽은 용사가 복수를 위해서 사람에게 해를 끼치고 다닌다…… 그 자리에서 말할 수 있는 내용은 아니죠. 그나저나 어떻게 그런 것까지 생각해요? 나였으면 전부 보고하고 끝났을 텐데."

"아도 군, 신문 안 읽어? 지금 세상에 사건의 진상이 알려지면 위험해. 가뜩이나 이웃 나라의 정세가 불안정한데 이 정보가 유출되면 혼란에 박차를 가할 거야. 외교용 비밀무기로 숨겨 두는 편이 나아."

"아하……."

미라 사건의 진상을 전부 보고하는 것은 위험했다.

메티스 성법 신국은 남몰래 용사를 처치해 원령을 낳았을 뿐만 아니라 전쟁터에서 죽은 용사들을 포함해 많은 사령으로 인명을 위험에 빠뜨렸다. 이 사실이 알려지면 이 미성숙한 문명기에서는 금방 전쟁의 도화선에 불이 붙는다.

그렇게 되면 결국 많은 피가 흐른다.

정보는 어디서 샐지 모르고, 유출된 정보가 어떤 효과를 불러올지도 미지수다. 작은 소문이 예기치 못한 사태로 발전하는 상황도 충분히 있을 수 있다.

그런 혼란에 휘말리는 것은 언제나 일반 시민이다.

"나는 있지, 이 평화를 망칠 생각이 전혀 없어."

"지금 전쟁이 터지면 위험한가……. 어떻게 거기까지 생각이 미치나 모르겠네. 존경합니다."

"아니, 단순히 내가 말려들지 않도록 조심하는 거야. 보나 마나 비밀 임무를 맡을 게 뻔하잖아? 비즈니스라면 하긴 하겠지만."

"보신이 목적이었어요?! 뭐야? 지금까지 한 이야기는 전부 귀찮은 일을 하기 싫다는 뜻이에요?!"

"당연하지. 게다가 메티스 성법 신국은 타국에 원한을 너무 많이 샀어. 지금 이 정보가 새어 나가면 대의명분을 내세워서 선전포고할 나라가 한두 군데가 아닐 거야."

"그러고 보니 서쪽에도 대국이 있다고 했나……. 이름은 모르겠지만."

"서쪽 나라는 솔리스테어 마법 왕국과도 무역만 하는 관계고 정보를 구하기가 쉽지 않아. 산속에 있는 이사라스 왕국은 더하겠지. 듣기로는 2년 전쯤에 국명이 바뀌었다고 해."

메티스 성법 신국의 서쪽에는 거대한 국가가 존재한다.

대륙에서 사람이 살 수 있는 지역 중 4분의 1을 지배하며, 남쪽 대륙까지 국토를 넓혔을 정도다.

해양 무역 국가라고 하며, 그들의 지배 영역은 어느 나라보다 넓다. 무엇보다 군사력이 특출하게 높다.

지구로 비유하면 로마 제국에 버금가는 번영을 이룩한 그곳의 이름은【그라나도스 제국】.

구(舊) 국명은【멜길드】로, 약 10년 전 왕족 간의 혼인으로 주변국을 합병하여 서대륙 일대를 통일했고, 이를 계기로 2년 전에 국명을 변경했다. 솔리스테어 마법 왕국의 백성 사이에서는 아직 국명이 정착되지 않아 혼용되는 실정이었다. 국가 간 거리가 멀수록 정보가 전해지기 어렵다는 폐해 때문이었다.

"설마 메티스 성법 신국은 그 이웃한테도 시비를 걸었나?"

"역사를 보면 국경 근처에서 수차례 충돌이 있었다고 해. 서로 토지를 뺏고 뺏기는 관계야. 전쟁 나기 좋겠지?"

"……제로스 씨? 이 세계의 전쟁이라면……."

"군사 시설 말고도 민간인을 습격해서 학살하지. 병사는 약탈을 일삼고 각종 범죄가 횡행할 거야. 아녀자는 노예가 되고 남자는 대부분 광산 따위로 끌려가서 강제 노동, 아니면 살해당하거나~."

"인권도 존중받지 못하나. 그건 싫은데……."

"그래서 불씨를 만들면 안 돼. 아도 군도 평화롭게 살고 싶지?"

"……그렇죠."

메티스 성법 신국은 나라가 멸망할 불씨를 여러 개 끌어안고 있었다.

요정 옹호로 야기된 막대한 민간 피해.

군사력을 앞세운 주변국에 대한 협박 외교로 발생한 국가 간 알력다툼.

이교도 탄압을 명분으로 한 침략 전쟁.

신성 마법(회복 마법) 독점을 통한 무리한 치료비 착취.

여러 차례 반복된 국경 침범과 민간인 학살.

타국의 내정 간섭에 해당하는 신관 우대 정책 강요.

용사 소환으로 자연 마력을 소비하여 세계 붕괴 미수.

남몰래 암살한 용사들의 복수로 이질적 마물 탄생.

이렇듯 문제를 열거하면 끝이 없을 만큼 이기적으로 행동했다.

하지만 그 대부분이 용사 소환이 있기 때문에 가능한 일이었다. 단기간에 타인보다 빨리 성장하는 용사의 전투력은 주변국에 큰 위협이었다.

그런 용사도 더는 소환되지 않는다.

이제 남은 것은 안팎으로 곪아 터진 국가라는 이름뿐이었다.

"이미 배신한 용사가 나왔고, 지금 소속된 애들도 언제 반역할지 모르니까 신중하게 행동하겠네요. 과거에 소환한 용사도 몇 명이나 살아남았는지 모르고, 그 사람들까지 적으로 돌아서면 감당하지 못하겠죠."

"아도 군, 예리한걸~. 거기다가 용사를 죽일 수도 없게 됐어. 암살하면 불멸의 적이 될지 몰라. 무엇보다 얼마 남지 않은 귀중한 병력이니까."

"4신은 대행자고 사신 아가씨는 이미 부활했으니, 게임 끝났네요……."

"다만, 나라를 멸망시키면 복구가 힘들어~. 시골 마을이라면 몰라도, 큰 도시는 경제를 안정시켜야 하고 넓은 토지를 당분간 못 쓰게 되니까. 전쟁은 오래 끌어서 좋을 게 없어."

"돈도 들고 말이죠. 탈영한 병사와 기사가 도적이 될 수도 있고……. 당장 무너뜨리는 건 쉬워도, 통치할 기반을 다지려면 시간이 걸리려나."

"전쟁이 터지면 난민이 흘러넘치고 주변국은 대응에 쫓기겠지. 차근차근 바깥쪽부터 정리해 나가는 게 정석이야."

종교 국가의 근간을 무너뜨리는 건 간단하다.

하지만 거기서 발생할 위험이 너무 크다. 전쟁에는 이점이 없다.

"델사시스 공작님이라면 알아서 잘 풀어가지 않을까요?"

"아마도 자기 안위만 생각하는 바보나 소심한 영주를 몰래 포섭하겠지? 필요 없어지면 버리면 그만이고."

"제로스 씨, 심보가 못됐어."

"필요 없는 인재를 쳐내는 것도 경영자의 수완이야. 나름대로 지위가 높은 신관과 사제 중에는 뒤가 구린 사람이 많을 테니까 털면 먼지가 나오겠지."

“그 사람의 정보망이 있으면 그 정도는 조사할 수 있다는 거죠? 무섭네…….”

“우리는 일정 거리를 유지하면 돼. 깊이 파고들지 않게 조심해. 그게 세상 살아가는 요령이야. 평화로운 삶이 곧 행복이지.”

편리한 물건은 스스로 만들 수 있고, 제작권을 팔면 꽤 좋은 대우를 받는다.

정치에 참견하지 않고 부탁받은 물건을 적정가격에 넘기기만 해도 먹고 사는 데는 지장이 없다.

무엇보다 델사시스 공작은 제로스와 아도를 적으로 돌릴 짓은 하지 않는다.

유용한 인재에게 정당한 대가를 치르는 것을 아깝게 생각하지 않는 인물이다. 인질을 잡아 협박하는 짓이 자기 목을 조르는 행위라는 것을 잘 알고 있다.

“유이 씨를 근처에 두는 이유도 그 때문이겠지. 신변의 안전은 보장하겠다는 델사시스 공작님 나름의 성의 표시라고 생각해. 기브 앤 테이크야.”

“정치가보다는 능력 있는 경영자네요. 엄청 믿음직하네…….”

“이사라스 왕국과도 우호적인 관계를 맺겠지. 아도 군이 **멍청한 짓을 저지르지 않는 한**은.”

“누가 뭐래요?! 거의 끝판 대장이잖아요. 무서워서 거스를 생각도 안 든다고요!”

“상사가 그 정도로 능력이 있었으면 나도 지옥을 겪지 않아도 됐을 텐데…….”

회사원 시절, 프로그래머로 일하던 제로스의 직장은 한없이 검정에 가까운 회색 지대였다.

첫 상사는 말이 통하고 그럭저럭 유능한 인물이었지만, 출세해서 다른 부서로 이동했다. 다음으로 온 상사는 무책임하게 일을 들고 와서 부하들은 매일 마감 일정에 쫓기며 살았다.

관리 책임자라는 이름이 무색하게, 사실상 모든 일을 제로스—사토시에게 떠넘기는 믿을 수 없는 인물. 중요한 이야기나 기한 변경 등 정보 전달을 잊는 건 일상다반사.

팀의 주임으로서 부하의 상태를 항상 신경 쓰며, 어떻게든 휴가를 쓸 수 있도록 일정을 조정하느라 고심한 기억이 되살아났다.

"……뜬금없이 해외 출장을 집어넣더라니까? 그것도 모자라서 『프레젠테이션도 준비해』라고 계획도 없이 떠들고 말이야~. 그런 주제에 자기는 아무 일도 안 해요."

"아저씨야말로 뜬금없이 무슨 얘기야?!"

"일주일 전에 정해졌을 텐데 이틀 전에 갑자기 말을 꺼내질 않나……. 그래 놓고 『깜빡했어. 다음에 술 살게』라고 헛소리나 늘어놓지. 술 마시러 간 기억이 단 한 번도 없는데 무슨……. 부하한테 전달해서 발표 자료를 모으고 현장의 상황 조정까지…… 얼마나 고생했나 몰라. 정말 지옥이었어. 그 자식이 잘리기를 몇 번이나 빌었는지, 후후후……."

"그러니까 무슨 얘기냐고요! 무섭게!"

"먼저 회사에서 나온 건 내가 됐지만……. 헤헤헤헤……."

"말투도 변했잖아요! 대체 왜 그래요?!"

아저씨는 혼자 어두운 기억 속에서 허우적댔다.
옆에서 운전하는 아도는 그저 혼란스러울 따름이었다.
그런 두 사람을 태운 경승합차는 순탄하게 가도를 달렸다.

◇ ◇ ◇ ◇ ◇ ◇ ◇

검은 안개— 레기온이 제로스와 아도에게 퇴치당했을 무렵, 또 다른 검은 안개인 샤란라는 가도를 지나는 캐러밴 마차에 들러붙어 있었다.
힘이 약해진 지금 상태로는 호위하는 용병들을 습격하는 데도 상당한 위험을 감수해야 했다.
지금은 숨어서 방출되는 마력을 억제하는 것에만 집중했다.
『……이 짓도 지겹네.』
『누님, 지금은 참아야 합니다?』
『여기에는 신관도 있다잖아. 신중하게 움직이지 않으면 죽어. 좀 참아.』
『나도 알아! 그보다 이 마차는 어디로 가는 걸까?』
검은 안개 상태에서는 항상 일정한 마력을 소비한다.
마력으로 혼을 혈액이라는 매개체에 고정하는 상태이므로 어디서든 마력을 보충하거나 생물의 체내로 들어가지 않으면 소멸할 위험도 있다.
하지만 지금 캐러밴을 습격할 수는 없었다.
현재 위치를 알 수 없고, 습격하기 위해서 움직이면 마력 소비가 크다. 무엇보다 쓸데없이 마력을 소비하지 않고 이동하는 마차를 잃고 싶지 않았다.

우연이라고는 하나, 이 기동력은 포기할 수 없었다.

『나 참…… 불편한 몸이야.』

『필요 없는 녀석들을 버려서 마력에는 아직 여유가 있습니다요.』

『그래도 마력은 빠져나가잖아. 전부 떨어지기 전에 도착하면 좋으련만.』

『여기가 어디인지 모르는 게 가장 큰 문제야. 이쪽 지리를 아는 녀석들이 전부 저쪽으로 가버리는 바람에……. 지금쯤이면 육체를 얻었을지도 모르겠군.』

『그것들…… 반드시 찾아내서 복수할 거야!』

의식이 또렷한 탓에 짐마차 아래 찰싹 붙어 숨어있는 상태가 지겨워 죽을 지경이었다.

정신 속으로 대화하면서도 나오는 말은 푸념뿐이었다.

캐러밴 상인들의 목소리가 들린 건 그때였다.

"드디어 보인다. 도시야!"

"이제 야영도 끝이군. 오늘은 두 발 뻗고 자 보자!"

"폭신한 침대가 그리웠어."

"야야, 가려면 창관부터지. 오랜만에 여자 한번 안아보자~."

"애들 있는 곳에서 그딴 소리 하지 마!"

호위 용병과 상인들이 조금 소란스러워졌다.

가도를 며칠이나 이동한 탓인지, 그들은 오랜만에 도시를 본 기쁨에 대화가 활기를 띠었다.

지금까지는 오랜 여행의 피로로 말수가 적었던 것이다. 그 침묵이 짜증 났던 샤란라 패거리에게도 희소식이었다.

『기회가 왔어.』

『헤헤헤…… 이제 몸 좀 풀겠구만.』

『그래도 마력이 많이 줄었어. 신관한테 들키면 정화당할지도 몰라.』

『대놓고 움직이지는 못하겠군……. 그럼 길거리에 퍼질러진 인간이라도 덮칠까. 어차피 일도 안 하고 남한테 구걸이나 하는 쓰레기니까.』

『그게 유령답긴 해.』

『도시에 들어가서 적당한 타이밍에 뒷골목으로 들어가! 어떻게 해서든 몸을 구하는 거야!』

『『『『알겠씁니다~!』』』』

그들은 눈치채지 못했다.

자신들이 이미 신관들의 정화 마법으로는 사라지지 않는 존재가 되었음을…….

캐러밴이 도시로 들어가고 악령들은 밤이 찾아올 때까지 참고 또 참았다. 그리고 밤의 어스름이 깔릴 무렵, 어둠 속으로 사라져 갔다.

이날부터 도시에서 미라가 된 시체가 여러 구 발견됐다.

기사단이 경비대를 동반해 조사했지만, 결국 원인을 찾지 못했다고 한다.

◇ ◇ ◇ ◇ ◇ ◇ ◇

루나 사크는 사방에 흩어진 좀비 잔해를 처리하느라 눈코 뜰 새 없이 분주했다.

성기사와 경비병, 용병도 참가해 처리 작업은 빠르게 진행되었다.

기본적으로 구멍을 파서 좀비를 집어넣고 태우는 방식이지만, 광범위하게 흩어진 잔해를 모으기는 고역이었다.

정체 모를 2인조는 실컷 날뛰기만 하고 뒤처리를 하지 않고 떠났다.

피해를 최소한으로 줄여주기는 했어도 귀찮은 일만 남긴 탓에 작업자들은 하나같이 툴툴대고 있었다.

'그래도 마음은 이해해. 나도 보고서를 써야 하고, 어디까지 써야 하는지도 모르겠어.'

머리 아프게도 전생자는 마도총이라는 최신 무기로 좀비 무리를 형체도 남기지 않고 날려버렸고, 나머지도 칼만으로 썰어버렸다.

게다가 혈액에 빙의하는 레기온과 용사였던 자들의 말로. 스스로 마물이 되어 복수하려는 종교 국가의 새로운 적.

좀비만으로도 성가신데 신성 마법조차 효과가 없는 존재는 해치울 방법이 없다. 유일한 대항책은 아마 마법을 쓰는 무기일 것이다.

참고로 마나부에게 가장 심각한 문제는 자신이 속한 국가는 필요 없어진 용사를 죽인다는 것이었다.

"하아, 알고 싶지 않았어~."

선배 용사의 사령이 다들 원한을 중얼거렸다.

그들은 영원히 이승을 떠돌며 메티스 성법 신국에 복수하려고 했다.

마나부도 같은 입장이라서 기분은 알 수 있었다.

'원망하지 않는 게 이상하지. 자기네 멋대로 소환해놓고, 돌려보내지 않고 죽인다니.'

돌려보내지 않고 죽인다는 것은 마나부의 억측이었다.

하지만 용사들의 혼은 스무 명에서 서른 명 가까이 있었다.

메티스 성법 신국은『용사는 원래 세계로 돌아간다』거나『죽어도 원래 세계에서 되살아난다』라며 편리한 변명을 늘어놨지만, 그게 거짓말이라고 판명됐다.

그리고 전생자가 지나가는 투로 말한 중대한 진실.

즉, 마나부도 역대 용사들과 같은 결말을 맞게 된다. 그 미래를 상상하면 의욕이 생기지 않았다.

오늘로 몇 번째인지 모를 우울한 한숨이 나왔다.

"못 해먹겠네……."

"여기까지 테이블을 옮겨 드렸으니까 성실하게 보고서를 작성하세요. 다들 보고 있어요."

"그건 알겠는데, 왜 뒤처리 감독하면서 보고서를 써야 해?"

"마나부 님께서『할 맘이 안 생겨. 침대에서 나가기 싫어. 우울해』라고 떼를 쓰면서 방에서 나오지 않으셨잖아요. 그래서 일하기 쉽게 우리가 여기까지 옮긴 거예요. 그만 투덜대시고 손을 움직이세요."

"아무리 그래도 그렇지…… 왜 하필 여기야?! 리나리 씨가 지시했어?"

마나부가 있는 곳은 어제까지 전장의 최전선이었던 성벽 위였다.

주로 궁병이 화살을 쏘는 장소인데, 천막까지 쳐서 서류를 쓰도록 준비해 놓았다.

요컨대, 숙소에 틀어박혔더니 강제로 쳐들어와서 이곳으로 끌려온 것이다. 도살장으로 끌려가는 어린 양이었다.

"나는…… 도축되는 가축의 기분을 맛봤어."

"가축의 덧없는 생을 이해하셨군요. 그것도 좋은 경험이죠."

"그래. 어떻게 보면 용사들은 가축이나 마찬가지지. 하지만 부조리하게 죽은 사람이 복수하지 않을 거라고 누가 보장하는가……. 이 나라는 다른 의미로 끝났어."

"하고 싶은 말씀이 뭔가요? 말뜻을 이해할 수 없는데요……."

"어제 나타난 좀비는 지금까지 희생돼서 죽은 용사의 말로야. 우리 용사는 죽어도 원래 세계로 돌아가지 못해. 영원히 이 세계에 머물면서 이 세계를 원망하고 화를 입혀. 선배님들이 움직이기 시작했으니까 이 나라는 저주받겠지."

"……?!"

리나리는 굳어버렸다.

마나부가 하는 말을 이해했기 때문이었다.

"리나리 씨는 알고 있었지? 뭐, 됐어. 우리가 이용당할 뿐이라는 건 예전부터 대충 알았어. 문제는 지금까지 소환한 용사의 숫자야. 사령인데 신성 마법이 안 먹혀. 압도적인 위력의 마법이 아니면 대항할 수단이 없어."

"누, 누가 그런 소리를……."

"어제 본 전생자. 실수로 꺼낸 말인지, 『소환된 용사의 혼은 윤회의 굴레로 돌아가지 못하고 영원히 이승을 떠돈다』라고 하더라고. 이러면 전생자의 목적도 짐작이 가. 만악의 근원을 제거한다……. 아무래도 이세계 소환이 자연의 섭리에 반하는 금기라는 예상이 맞았나봐."

"그 이야기가 진실이라고 가정하면, 누가 전생자에게 그 사실을 전했을까요? 설마, **이계의 사신들**이……? 그렇다면 마르트한델 대신전 붕괴도……."

"그 예상이 맞을 거야. 생각해 보면 당연해. 이세계에서 사람을 소환하는 건 섭리가 다른 세계에서 강제로 혼을 납치한다는 뜻이니까. 외부에서 보면 4신은 범죄자야."

"그렇다는 증거는 없을 텐데요? 어떻게 그게 진실이라고 장담하시죠?"

리나리는 왠지 물고 늘어졌다.

전부 알고 있었기 때문인지, 아니면 신앙에 관련된 중대한 이야기를 듣고 동요했기 때문인지는 알 수 없었다.

어느 쪽이건 부인하고 싶은 이야기겠지만, 사태는 이미 최악의 상황으로 치닫고 있다는 느낌이 들었다. 그 전조가 전생자라고 마나부는 예상했다.

라이트 노벨은 폼으로 읽지 않았다.

"증거가 나올 즈음에는 이미 늦었다고 봐야 하지 않을까? 지금까지 이세계인이 얼마나 소환됐는지는 몰라도 스무 명에서 서른 명 정도의 혼으로 이 소동이 벌어졌어. 모든 혼이 활동을 개시하면 어떻게 될까? 이 세계가 멸망하지 않을까?"

"사령은 사령일 뿐이에요. 정화 마법이 있으면 레기온도 해치울 수 있을 거예요!"

"그 정화 마법으로 좀비조차 해치우지 못했잖아. 나도 죽으면 그쪽에 들어가게 될거야. 그러면 이 세계를 멸망시키려고 들려나……."

"너무 자포자기하신 것 아닌가요? 사정을 조금은 알지만, 저도 모르는 일은 있어요."

"그렇겠지. 리나리 씨의 역할은 내 감시지? 이 얘기를 보고하면 **집행인**이 올 테고. 하지만 그건 최악의 존재에게 힘을 보태주는 꼴이야. 잘 생각하고 행동하는 게 좋을걸?"

리나리가 맡은 역할은 마나부의 감시지만, 그녀는 어디까지나 보고하는 역할일 뿐이었다.

집행인은 절대로 모습을 드러내지 않는다.

어디까지나 교의에 반하는 언동을 보이면 보고하는 의무지만, 그 후에 무슨 일이 벌어지는지는 그녀도 알지 못했다.

하지만 마나부의 말로 자신의 행동의 결과가 용사의 말살이라고 알아버렸다.

"아마 소환된 용사는 전부 돌아가지 못하고 암살당했겠지. 그리고…… 피해자들이 마침내 발톱을 드러낸 거야. 현존하는 용사로는 대처하지 못해. 아마 우리를 죽이고 흡수하려고 하겠지."

"무슨 근거로 그렇게 예상하나요? 그런 이질적인 마물은 처음 나타났을 텐데요?"

"익숙한 전개야. 아마 용사의 혼이 합체해서 본래 있을 리 없는 힘을 얻고 강력한 마물로 변하겠지? 이런 이야기는 여러 패턴이 있거든."

"있을 리 없는 힘…… 그게 대체 뭐죠?"

"용사에게 부여되는 힘이라고 생각해. 우리 세계에는 이런 힘이 존재하지 않으니까 소거법으로 답이 도출되지?"

두 사람 사이로 차가운 바람이 불고 지나갔다.

리나리는 마나부를 미덥지 못한 용사라고 생각했지만, 통찰력만은 특출하게 뛰어나다는 것을 알고 있었다.

그 예상대로 마나부는 이와타 실각 후, 성기사단 지휘관으로 발탁되어 1개 부대를 이끄는 자리에 올랐다. 도적과 마물 퇴치 전문이지만, 그 우수한 관찰력으로 지휘관이 되기 전에도 몇 번이나 공적을 남긴 바 있었다. 아마 이번 견해도 60퍼센트는 진실이라고 리나리는 생각했다.

마나부의 곁에 오래 있었던 리나리는 마나부가 옳다고 깨달았다.

하지만 입장상 인정할 수는 없었다.

"그럼 전생자의 목적은 이루어졌다고 봐야 할까요? 이미 용사 소환은 불가능하니까요."

"그건 모르겠어. 다른 사명을 가지고 있을 가능성도 무시하지 못하지. 그런 비상식적인 존재를 보낼 정도면 다른 의도가 있다고 생각해."

"억측뿐이네요."

"어쩌겠어? 정보가 너무 적은데. 그래도 전생자가 모든 사정을 꿰고 있다고 가정하면, 아마 그들은 사신 부활을 계획할 거야. 내가 그쪽 입장이면 틀림없이 그럴 테니까."

"사신…… 부활?"

"솔리스테어 마법 왕국에서 찾은 크레이터가 사신 부활의 징조라는 얘기가 있었지? 그런데 보고에 따르면 르다 이루루 전투에서도 같은 규모의 크레이터가 생겼다잖아. 사신이 남긴 크레이터와 전생자의 마법 파괴력이 동급이라니, 이상하지 않아? 그렇다면 사실 사신은 아직 부활하지 않았다고 생각해."

"하, 하지만 4신님께서 사신을 토벌하라고 신탁을 내리셨는걸요."

"그건 크레이터를 알게 된 4신이 설레발치며 내린 결론 아닐까? 그렇다면 이 신탁은 4신이 사신을 두려워한다는 방증이야. 그러니까 전생자는 사신을 부활시키려고 하겠지. 이거 참…… 이미 부활했으면 속수무책이겠네. 아하하하하하."

마나부의 가설에는 설득력이 있었다. 이 나라의 미래를 생각하자 리나리는 저절로 어깨가 처졌다.

"리나리 씨…… 이건 보고하지 않는 편이 신상에 이로워. 억측의 영역을 벗어나지 않지만, 자칫 잘못하면 우리 같이 죽어."

"……?! 마나부 님…… 설마 저를……."

"이제 리나리 씨도 공범이야. 국가를 위태롭게 할 금기를 알았으니까 틀림없이 이단 심문을 받겠지."

"협박인가요? 하지만 경건한 신의 사도인 제가 동포에게 죽을 리가……."

"무슨 소리야? 지금까지 불리한 사실을 모조리 어둠 속에 묻어

버렸던 녀석들인데. 대체 어떻게 믿어? 장담할게. 만약 지금 이야기를 보고하면 인사이동으로 나와 떨어질 거야. 그 뒤에 **어디로 갈지는 모르지만**."

마나부는 통찰력이 뛰어날 뿐, 자기 안위밖에 생각하지 않는 용사라는 것이 주변의 평가였다.

하지만 반대로 생각하면 『자기 안위를 위해서라면 무슨 짓이든 하는 용사』라고도 할 수 있었다. 그리고 리나리 사제는 이날, 마나부의 본성을 알았다.

지금까지는 감시하고 보고하는 입장이었지만, 『알아서는 안 될 진실』이라는 비밀을 공유하면서 공범이 되고 말았다. 이젠 돌이킬 수 없었다.

경건한 신자인 그녀는 현재의 성법 신국이 올바르다고는 생각하지 않았다. 역할을 우직하게 수행하면 쥐도 새도 모르게 처리당할 수 있다는 것도 이해하고, 무엇보다 뒤가 구린 소문도 몇 가지 알고 있었다.

도망치고 싶어도 이미 한배를 타고 말았다.

"……마나부 님."

"왜? 리나리 씨."

"책임, 지셔야 합니다?"

"최대한 노력해볼게."

이날부터 마나부와 리나리 사제는 전보다 밀접하게 어울려 다녔다.

금방 연상연하 커플이라는 소문이 퍼졌고, 둘은 주변의 눈을 속이기 위해 위장 커플이 되었다. 그리고 점차 진짜 남녀의 관계로 발전해 나간다.

그걸 빌미로 다른 용사들의 놀림을 받게 되지만, 지금은 아무래도 상관없는 이야기다.

두 사람의 행복은 알 수 없지만, 격동의 시간은 코앞까지 다가왔다.

제4화 아저씨, 조사 결과를 보고하다

솔리스테어 공작령, 산토르 영주 저택.

행정 기관과 솔리스테어 상회 사무소가 함께 있는 저택은 좌우 어느 복도로 들어가도 델사시스 공작의 서재로 이어진다.

옛날부터 있는 작은 성을 이용한 영주 저택은 세대가 변하면서 여러 건물이 증축되어 한때는 다양한 시대의 건축 양식을 즐길 수 있는 박물관이 됐다.

원래는 다른 건축 양식이 혼재하여 외관이 혼란스러웠지만, 델사시스 공작의 손으로 르네상스 양식으로 통일하는 대규모 증개축 공사로 현재 모습으로 탈바꿈했다.

관광객이라면 한 번쯤은 들러볼 만한 곳이다.

원래 크기를 알 수 없을 만큼 대규모로 개축하여 상당한 예산이 사용됐다는 것은 제법 유명한 이야기다.

'건물 사이의 이음매가 안 보여. 보나 마나 드워프도 거들었겠군. 구조가 다른 건축물을 용케 이어 붙였어. 언제 봐도 감탄밖에 안 나와.'

올 때마다 새로운 발견을 하게 되어 아저씨는 항상 관광객의 기분을 맛봤다.

당시, 선대 공작인 크레스톤도 델사시스의 억지에 가까운 행동력에 질려 『됐다, 이제 나는 아무 말도 안 하마. 말해도 들어먹지를 않고, 이미 저질러 버렸으니……. 그래도 상식적으로 상담 정도는 하지 않나? 내가 네 아빠 맞지? 일단은……』이라고 했다나 뭐라나…….

이때, 세금을 전혀 쓰지 않았다는 점에서 델사시스의 막대한 개인 자산에 관계자들이 기겁했다는 일화까지 있다.

그런 델사시스의 성역이나 다름없는 곳으로, 제로스와 아도는 보고서를 제출하러 왔다.

"여긴 언제 와도 마음이 불편해요. 쓸데없이 호화로워서……."

"아도 군, 마음은 이해하지만 일하는 중이잖아. 그것도 의뢰인 앞에서 할 말은 아니지."

"흠, 나도 편하게 있으라는 말은 못 하겠군. 권력을 멀리하는 두 사람에게는 인연이 없겠지만, 귀족들도 방문하는 곳이라서 어느 정도의 장식은 필요하네. 양해해주게."

"이크, 들렸나……."

"대놓고 말했는데 당연히 들리지. 군소리 말고 가만히 있으면 됐을 것을……."

사회인으로서 일한 적 없는 아도는 보고서를 읽는 델사시스의 침묵에 견디지 못하고 무심결에 말을 내뱉은 모양이었다.

하지만 시대상으로 중세 시대에 해당하는 이세계에서 아도의 말은 불경하다고 해도 과언이 아니었다.

상대가 다혈질 귀족이었다면 방금 한마디로 즉시 경비병을 불렀어도 이상하지 않다.

"귀족 사회에는 불경죄가 있어. 무사처럼 머리를 숙여서 마찰을 피하는 풍조가 아니니까 항상 말조심해. 델사시스 공작님이 이해심이 있는 분이 아니었다면 지금쯤 경비대 기사들이 칼 들고 달려왔어."

"정말요?"

"그런 귀족이 있는 것도 사실이긴 해. 얼마 전에도 어깨를 부딪쳤다는 이유만으로 백성을 죽인 얼간이가 있을 정도지. 참으로 통탄할 노릇이야……. 그건 그렇고……."

"왜 그러시죠?"

"이 내용, 미라를 만드는 원인이 【혈액을 매개로 하는 레기온】이라는 건 확실한가? 그것도 과거에 소환된 용사가 악령이 되었다고?"

"사실입니다. 죽어도 용사는 용사인지 악당만 노렸나 보더군요. 제 생각에는 그 탓에 주도권을 빼앗긴 거라고 봅니다."

"악령이 악령을 낳다가 자기 몸까지 빼앗겼나. 우스울 따름이군. 하지만 이게 사실이라면 심각한 상황이야."

용사가 악령이 되어 사람에게 해를 입히는 마물이 된다.

메티스 성법 신국을 몰아세울 정보이긴 하나, 동시에 전 세계의 문제이기도 했다.

지금까지 소환한 용사는 역사서에 기록된 수만 따져도 2, 300명 수준에 그치지 않는다. 그보다 훨씬 많은 이세계인이 이곳으로 소환되었다.

그들이 모두 윤회의 굴레로 돌아가지 못하고 4신과 4신교 교도들을 원망하며 복수하기 위해서 움직인다.

메티스 성법 신국이 혼자 자멸한다면 상관없지만, 이건 세계 전체가 위협받을지 모르는 비상사태였다.

"신성 마법【정화】를 무시하고 불에도 내성이 있어. 마법에도 약간의 내성이 있다고 봐야겠군."

"저도 같은 생각입니다. 더 큰 문제는 레기온과 좀비뿐 아니라 무시무시한 괴물이 나타날 가능성도 있다는 거죠. 용사의 힘은 이질적이라서 이 세계에 오랜 시간 머물며 상당한 왜곡을 만들었습니다. 그 왜곡이 세상의 섭리를 망가뜨릴 거예요."

"흠…… 확신이 있는 말투군. 제로스 공…… 단도직입적으로 묻겠네."

"무엇이지요?"

"자네들이 4신과 적대하는 건 알아. 그리고 거기에 대항할 수단도 이미 가지고 있다고 예상하네. 하지만 그 나라를 공격할 기미도 없는 것을 보아, 사실 이미 목적을 달성한 게 아닌가?"

"그렇게 생각하시는 근거는요?"

"자네들은 다른 전생자들의 조서에 나온 것처럼 욕망에 빠져 소란을 일으키지 않았네. 달리 말하면 누군가의 지시를 받고 계획적으로 움직인다고 볼 수도 있지. 내가 알고 싶은 점은 **자네들이 앞으로 뭘 이루고 싶은가**일세."

'조서……? 전생자가 빈번하게 사고를 치나?'

공작은 팔짱을 끼며 제로스와 아도를 응시했다.

"더 직접적으로 묻겠네. 호문쿨루스라고 변명하는 기이한 소녀와 무엇을 꾸미고 있나?"

'……?! 알피아에 관해서도 눈치챘나…….'

'무서운 정보 수집력이구만……. 그런데 내가 꾸미기는 뭘 꾸며? ……응?'

정치가인 델사시스의 시점에서 보면 제로스와 아도의 행동은 너무나도 기묘했다.

마법 개량은 그렇다 쳐도 신성 마법으로 독점되던 회복 마법을 세상에 퍼뜨리고 자동차나 동력 등 이세계의 기술을 공개했다. 마법 문자 해독법 공표는 문화 및 기술의 혁명적 발전이 일어날 수준이었다.

그런데 바라는 것은 적당한 이윤과 평화로운 생활. 이만한 일을 벌였다면 적어도 권력자와 연결되어 이용하려고 들지 않으면 수지가 맞지 않는다.

적잖은 의문과 의심을 사도 어쩔 수 없는 상황이었다.

'생각해 보면 사신 아가씨가 부활한 이상, 이제 우리가 할 일은 아무것도 없지.'

제로스는 이미 해야 할 일을 마쳤다는 기분이어서 앞으로는 자유롭게 살아가고 싶을 뿐이었다. 다른 뜻은 전혀 없었다. 4신에게 심술은 부리고 싶지만, 악을 쓰고 달려들 정도도 아니었다.

델사시스라면 이 정도는 이미 이해했으리라.

즉, 이 질문은 적인지 아군인지 재확인하고 싶다는 뜻으로 해석

할 수 있었다.

“딱히 아무것도 없어요. 우리의 일은 끝났다고 봐도 좋습니다.”

“……그럼 다른 자들은 어떻게 보나?”

“다른…… 우리 이외의 전생자?”

“내가 아는 한 초월적인 힘을 발휘하는 전생자는 네 명 확인됐네. 자네들 외에 한 명은 북쪽 대평원에서 수인들과 살고, 또 한 명은 용병이라고 보고받았네.”

“아마 케모 브로스 군과 마스크드 르네상스인가? 무슨 걱정을 하시는지 모르겠지만, 전자는 수인족에게 위해를 가하지 않으면 적대하지 않아요. 후자는 조만간 파프란 대산림 지대라도 가지 않을까요? 사냥을 워낙 좋아하니까요.”

“그자 때문인지 아닌지 모르지만, 최근에 우리 상회로 파프란 대산림 지대에 서식하는 마물의 소재가 대량으로 들어왔네. 그들과 아는 사이인가?”

“브로스 군은 알지만…… 마스크드 씨와는 상인과 고객일 뿐이었어요.”

“나도 그 사람과 대화한 적은 없어. 간테츠 씨 공방에서 마주친 적이 있는 정도야. 뭘 하는지는 전혀 모르겠군.”

【제로스 멀린】, 【아도】, 【케모 브로스】, 【마스크드 르네상스】.

이 네 명이 델사시스가 아는 초월적 힘을 가진 전생자였다. 이 정도는 그의 첩보 능력이 있으면 간단하게 알아낼 수 있다고, 아저씨는 추측했다.

케모 브로스는 수인족 해방에 열을 올리며 지금도 열심히 메티스 성법 신국을 두들겨 패고 있다. 마스크드 르네상스도 제로스가 말한 대로 사냥터를 찾아서 파프란 대산림 지대에 들어갔다. 지금도 사냥감을 처치하고 포효하고 있으리라.

비상식적인 체력과 마력을 가졌지만, 다들 기본적으로 취미를 우선하는 성격이므로 델사시스가 경계할 만한 인물은 아니었다. 누군가의 지시를 받아 행동하는 흔적도 보이지 않았다.

"그렇군. 대강 이해했네. 마지막으로 그 나라는 어떻게 되리라 예상하나? 나는 머지않아 멸망한다고 보네만."

"아~, 나도 그럴 가능성이 크다고 봐요. 서쪽에 있는 대국과 싸우는 사이라고 들었는데, 그 대국이 이 기회를 놓칠 리 없겠죠."

"그보다 용사의 혼이 관계된 마물이 그 레기온만 있다고는 생각할 수 없네요. 제 견해로는 다른 마물이 이미 탄생했을 가능성도 고려해야 해요."

"하지만 그 마물도 4신에게 원한이 있을 테지? 우리나라는 안전하지 않겠나?"

"음…… 그렇다면 다행이지만, 4신교 사제와 신관은 여기서도 활동하잖아요? 그 사람들도 증오의 대상에 들어가면 일이 복잡해지지 않을지……."

"아니, 제로스 씨?! 불안하게 그런 소리 하지 마요."

"그래, 그 가능성이 있었나. 꽤나 유쾌한 일이 일어날 듯한 예감이 드는군."

"이 사람은 왜 위험한 이야기에 기뻐하지? 유쾌하다로 끝날 문제가 아니잖아."

델사시스 공작은 위험도가 높을수록 불타오르고 사건이 클수록 적극적으로 개입하는 성격이었다.

그는 늘 『위험은 인생을 즐겁게 하는 향신료』라고 생각하며 남들에게 그 사상을 설파할 정도였다.

스릴. 그것이 델사시스가 추구하는 삶의 방향성이었다.

필요하다면 그는 주저하지 않고 위험한 상황을 만들어 낸다.

"어쨌거나 의뢰는 달성했네요."

"그래, 수고했네. 보수는 계좌로 넣어두지."

"근데 그 계좌가 있는 은행도 공작님 산하죠? 과로사 안 하는 게 신기하네. 휴식은 대체 언제 하는지 모르겠어요."

"나도 인간이야. 당연히 휴가도 보내지. 아주 자극적인 휴가를 말이야."

"그 자극적이라는 말이 불안하고 무섭거든요?!"

델사시스의 휴가가 할리우드 영화 뺨칠 만큼 폭력으로 가득하다는 것은 의심의 여지가 없다.

그런 이야기를 태연하게 하는 델사시스의 일상을 들어보고 싶기도 하지만, 한 번 들으면 돌이킬 수 없을 것이라고 직감이 알려줬다.

제로스와 아도는 새삼스럽게 깨달았다. 이 공작이 정말로 위험한 인간이란 것을…….

"그, 그럼 우리는 이만 가보겠습니다……. 아 참, 봄바 요새에서 루거 건슬링 기사단장이 인사 전해 달랍니다."

"**인사**라……. 유익한 정보가 많아서 나도 고맙게 생각하는데, 성실한 성격이군. 또 무슨 일이 생기면 그에게도 협력을 구하지. 자네들도 무척 잘해줬어."

"난 가능하면 안전한 일을 하고 싶은데요……."

"아도 공은 마도식 모토르 캐리지의 동력 부품을 만들어야 하지 않나. 사흘 동안 휴가를 즐긴 뒤에 도와줬으면 하네. 다른 건 몰라도 마법식은 아직 우리만으로 해결하기 힘들어."

"으어어, 또 일이야……. 제로스 씨도 도와줘요. 그거 아저씨가 만들었잖아요."

"도와줄 순 있지만…… 허나 거절한다! 시작품은 내가 만들었지만, 양산은 내 손에서 벗어났으니까. 걱정 마, 마법식을 새기는 아주 쉬운 일이야."

"주조는 해줄 수 있잖아요! 몰드에 붓기만 하면 끝인데."

"그 공장은 지금 급히 올리는 중이네. 그때까지만 자네가 고생해주게."

아저씨가 할 일은 끝났지만, 아도는 사흘 뒤에 고된 노동이 예약되어 있다.

물론 아도의 고생은 아저씨는 알 바 아니다.

두 사람이 나갈 때까지 지켜보던 델사시스는 보고서 한 장을 들여다봤다.

"화승총과 유사한 무기……. 위력은 천지 차이지만, 제로스 공은 절대로 팔지 않겠지. 이건 군사 전략을 송두리째 뒤집어버릴 위험하기 짝이 없는 무기니까. 흥미는 생기지만…… 어떻게 할까."

그 보고서에는 루나 사크에서 벌어진 전투의 양상이 상세하게 기록되어 있었다.

특히 자세하게 적힌 마도총에 관한 내용은 델사시스의 흥미를 크게 유발했다. 하지만 그건 현대의 군사 체계를 근본적으로 뒤엎어 버리고, 전쟁을 더욱 비참하게 바꿀 위험성까지 내포했다.

"성기사단에 있는 밀정에게도 보수를 듬뿍 안겨줘야겠군. 흠, 일단 화승총을 바탕으로 우리 공방에서 개발해보는 것도 재밌겠어. 폐하께는 아직 보고하지 않아도 되겠지. 멍청이들이 알면 일이 커질지도 몰라. 놈들에게는 과분한 물건이야."

델사시스의 정보망은 메티스 성법 신국의 정예 부대까지 뻗어 있었다.

잠시 고민한 델사시스는 부하를 불러서 보수를 입금하도록 지시했다.

밀정에게는 비밀리에 움직이는 자가 보수를 건네주며, 단서를 남기지 않도록 철저하게 주의하도록 엄명한다.

표면과 이면을 가리지 않고 델사시스 공작은 이상할 만큼 영향력이 강한 인물이었다.

"**일은 끝났다**라고 했나……. 직접 말하지는 않았지만, 사신이 부활했다는 뜻일까? 가능하면 나에게 최고의 스릴을 선사해주면 좋겠군. 후후후……."

공작님은 창가에서 밖을 내다보며 무서운 말을 중얼거렸다.

역시나 위험인물이었다.

◇ ◇ ◇ ◇ ◇ ◇ ◇

영주 저택에서 나온 아도는 곧장 유이가 기다리는 집으로 돌아갔고, 아저씨는 담배와 선물용 꼬치구이를 사며 느긋하게 귀로에 올랐다.

요즘 구시가지는 활기가 가득했다.

이 땅은 오래전부터 살던 주민 외에도 타국에서 모종의 이유로 흘러든 자들이 눌러앉은 탓에 얼마 전까지는 노숙자나 건달 따위가 우글거렸다.

하지만 산토르의 경제가 활성화되면서 기술자 고용이 늘고 소규모 공방들도 다시 살아났다. 일반 무직자 대부분 햄버 토목 공사로 몰렸고, 기술자는 구시가지에 버려졌던 공방을 활용해 마도식 모토르 캐리지의 외장 부품을 제작했다.

동력부는 솔리스테어파가 소유한 공방에서 만들어지지만, 솜씨 좋은 마도사가 적어서 생산이 따라가지 못하는 상황이었다.

애초에 마도 연성이 가능한 마도사가 손에 꼽을 만큼 적은지라 기술자의 수작업 위주로 돌아갈 수밖에 없었다. 게다가 기계 공학 같은 기술력이 중세 수준이므로 기술자의 실력으로 결과가 좌우된다.

하지만 어떤 암담한 상황에도 빛은 있는 법. 마도식 모토르 캐리지를 본 드워프가 기계에 흥미를 느껴 마도사와 협력해 공업용 기계 제작에 착수했다.

자동차는 동력부에서 전달한 힘으로 바퀴를 굴려 이동한다. 중요한 점은 동력에서 힘을 전달한다는 부분이며, 이는 다양한 기계에 응용할 수 있다. 금속 나사와 톱니바퀴를 활용한 기계가 탄생하면 기계 공업은 급속도로 발전할 것이다.

그런 새로운 기술을 배우려는 자들은 구시가지에 살면서 솔리스테어 상회의 보호 아래 활동한다.

“적은 마력으로 얼마나 효율적을 힘을 끌어내는가……. 움직이게만 하는 거라면 별로 어렵지 않은데 말이야.”

“동력 회전을 톱니만으로 전달하기는 어렵지. 파워는 나오지만, 회전수가 영…….”

“벨트는 좋은 방법이라고 생각했는데…….”

“내구력이 안 받쳐줘. 소재에 따라 다르겠지만, 적절한 소재를 찾는 것도 일이야.”

“완성되면 작업 효율이 확 뛰어. 하지만 마석만으로 마력을 보충하는 데도 한계가 있어. 게다가 실용적이지 못해.”

“마력 탱크는 좋은 물건이지만, 거기에 들어가는 미스릴과 아다만타이트…… 가공이 어렵고 채굴량도 적어. 특히 오리하르콘은 내 평생 만져본 적도 없다고.”

공업용 기계를 제작하는 듯한 기술자들이 공장 앞에 모여 의논하고 있었다.

모든 결과에 의견을 구하며, 다양한 관점에서 방안을 강구해 개량하거나 창의력을 쥐어짜서 효율화를 거듭한다.

보다시피, 마도식 모토르 캐리지의 등장으로 솔리스테어 마법왕국에 산업혁명이 도래하려고 하고 있었다.

하지만 그 계기를 던져준 아저씨는—.

'시끌시끌하네~. 처음 왔을 때는 낙후한 동네였는데 언제 이렇게 사람이 모여들었대? 가게를 연 사람도 있고, 참 살기 좋아졌어.'

—그저 남의 일처럼 생각했다.

재미로 이런저런 물건을 만들지만, 남의 손에 넘어간 시점에서 관심을 잃고 괜히 간섭하지 않는다. 기술자와 마도사들의 대화에 낄 마음도 없어서 태평하게 담배를 피우며 지나쳤다.

아저씨는 기술 혁명을 일으키는 주체는 어디까지나 이 세계 사람들이어야 한다고 생각하며, 자신은 그사이에 들어갈 생각이 전혀 없었다.

'선물로 꼬치구이를 샀으니까 더 뜯어내려고 하지 않겠지. 카이 군은 왜 그렇게 고기를 좋아하나 몰라~.'

고기 지상주의인 소년을 생각하자 저도 모르게 헛웃음이 나왔다.

다른 헝그리 칠드런도 고기에 집착하지만, 카이의 집착은 고기를 못 먹고 죽은 귀신이라도 씐 것 같았다. 처음 한입에 집착하고, 마지막 한입에도 집착한다.

카이의 고기 먹는 법에는 묘한 철칙이 있어서, 그것을 어기는 사람은 친구라도 용서하지 않는다. 첫 한 조각을 입에 넣는 과정을 신성시하며, 고기를 사랑으로 감싸듯 자애롭게 맛보고, 마지막 고기에는 감사의 마음을 담아서 기도한다.

무엇 때문에 그렇게까지 하는지, 제로스는 도통 이해할 수 없었다.

'카이 군은 고기로 신흥 종교라도 세울 셈인가?'

아저씨는 살짝 상상해봤다.

장엄한 신전과 제단 앞에 선 신관 복장의 카이.

그 앞에는 긴 테이블이 있고, 신관들이 자리에 앉아 커다란 접시에 담긴 고기에 기도를 올린다.

기도를 마친 뒤 각자 접시에서 고기를 한 조각씩 들어 사랑스럽게 바라보며 입에 넣고, 혀로 보듬어주듯 고소한 고기 맛을 음미한다.

그 후에는 묵묵히 고기를 먹고, 마지막 한 조각에는 눈물을 흘리며 『오늘 우리의 피와 살이 되어주신 고기들에게 감사합니다. 앞으로 양식이 되어줄 생명과 고기에 깊은 사랑을 바칩니다. 아멘……』이라고 기도문을 왼다. 그렇게 식사 집회는 고기만 먹고 끝난다.

'……뭐 하는 종교야!'

자기 망상에 자기가 치를 떨었다.

상식적으로 생각하면 고기를 먹기만 하는 종교도 기분 나쁘지만, 문제는 그 상황이었다.

지금 망상에서는 장엄한 신전이 나왔지만, 이게 지하의 어두운 제단이라면? 어둠 속에서 촛대의 양초가 희미하게 빛나는 가운데, 말없이 고기를 우걱우걱 먹어 치우는 광경이 된다.

악마 숭배 집회인가 싶을 만큼 사악하고 기괴한 장면으로 탈바꿈이다.

무엇보다 카이는 그곳의 교주로 추앙될 만큼 고기에 진심이다. 고기를 부정한다면 사교(邪敎)로 인정될 만한 악행을 저지를 만큼 그는 고기를 사랑해 마지않는다.

'……웃지 못할 농담이야. 실제로 종교를 세울 것 같아서 무서워. 다른 애들이 말려주면 좋겠지만, 걔네가 부추기면 부추겼지 말릴 리가…….'

아저씨는 카이의 장래가 걱정이었다.

그리고 걱정은 하지만 결국 자기는 행동하지 않았다.

바보 같은 망상으로 고민하는 사이 교회 앞에 도착했다. 마침 예배당에서 나온 이웃 노인들과 스쳐 지나갔다.

딱히 교회에 기도하러 온 노인들은 아니었다. 대부분 루세리스에게 치료를 받으러 온 사람들이다.

"인기 좋네."

루세리스의 직위는 수습 신관이지만, 그녀가 하는 일은 신관보다 의사나 약사에 가까웠다. 의료인이 없는 구시가지에서는 많은 사람이 루세리스의 도움을 받고 있었다.

키워준 부모이기도 한 모 방탕 사제의 영향인지, 그녀는 4신교 포교에는 크게 관심이 없고, 가끔 제단 앞에서 설교를 할 때도 『신에게 기대기만 한다면 제 발로 걷기를 포기하는 것과 같습니다. 스스로 생각하고 스스로 걸어서 자기 행동에 책임을 져야 비로소 건전한 삶이 유지되지요. 미래는 신이 이끌어주는 길이 아니라 사람들이 서로를 지탱하며 쌓아가는 것이라고 저는 생각합니다』라고 이야기했다.

최근 들어 신관도 마도사의 한 분류라는 사실이나 출생의 비밀을 알게 되면서 무의식적으로 행동이 대담해졌다. 이단 심문관이라는 암살자에게 눈도장이 찍히지나 않을지 아저씨는 걱정이었다.

물론 델사시스 공작이 통치하는 산토르는 암살 조직이 쉽게 침투할 수 있는 곳이 아니다. 방심은 할 수 없지만, 적어도 다른 도시보다는 안전하리라.

대외적으로도 메티스 성법 신국이 이단 심문관의 활동을 보장하라고 정치적 압박을 가하기는 하나, 솔리스테어 마법 왕국은 내정간섭이나 하는 불순분자를 받아줄 이유가 없어서 모조리 거절하고 있었다.

이러한 이유로 산토르 구시가지는 오늘도 평화로웠다.

'교회 앞에 서있기만 하면 수상해 보일라. 빨리 들어가자.'

교회 문을 열고 예배당으로 들어서자 마침 루세리스가 약병을 정리하는 참이었다.

카이와 라디가 청소를 거들고 있지만, 다른 아이들은 보이지 않았다.

귀를 기울이자 금속이 부딪치는 소리와 공기를 가르는 소리가 들렸다.

아마 나머지 아이들은 꼬꼬와 대련 중인 모양이었다.

"안녕하세요~. 지금 돌아왔습니다."

"앗. 어서 오세요, 제로스 씨. 일은 무사히 마치셨나요?"

"미라를 찾는 간단한 일이라서 금방 끝났어요. 제가 없는 동안 별일 없었나요?"

"평소와 똑같았어요. 딱히 문제도 없었고요."

문제가 없었다는 말에 제로스는 안심했다.

불상사가 생겨도 해결하면 그만이지만, 기본적인 확인은 해두었다.

샤란라 같은 골칫거리가 언제 나타날지 모르므로 작은 이상이라도 평소부터 신경 쓰면 사고율은 부쩍 내려간다.

무엇보다 지구와는 치안의 수준이 다르다. 소매치기 같은 경범죄는 일상다반사고, 강도와 살인 사건도 드물지 않다. 해결되는 사건보다 미제사건으로 남는 경우가 더 많을 정도다.

가도에서는 도적이 빈번히 출몰하고 기사단 파견이 결정될 무렵에는 다 달아나는 게 현실이다. 그래서 대부분의 사건은 범인이 잡히지 않는다.

그보다 마물에 의한 피해가 더 크다는 것도 문제였다.

산토르의 치안이 여타 도시에 비해 안전할 뿐, 실제로는 상당히 위험한 곳이었다.

"평화가 제일이죠. 요즘은 이 근방에도 사람이 많아졌어요. 범죄자가 흘러들 수도 있으니까 주의해야겠네요."

"그러게요. 언제부터인가 이곳에도 활기가 생겼고 오늘도 처음 온 환자분이 있었어요. 약초 같은 의료품도 점점 수요를 따라가기 어렵겠어요."

"쟈네 씨 파티는 온천에 갔다고 했었나요? 돌아오면 부탁해 보세요. 용병이니까 채집 의뢰도 받아줄 텐데요?"

"요즘 쟈네는 일하러 아한 마을에 자주 가요. 광산이 던전으로 변해서 마물이 늘었다나 봐요."

"……아한 마을? 광산?"

제로스가 전에 광물을 채집하러 간 마을이었다.

당시에는 광산이 던전으로 변해 최하층에 거대한 샌드 웜이 득시글거렸다.

광범위 섬멸 마법으로 전멸시켰는데, 던전은 그런 생물의 혼과 마력을 흡수하여 성장한다. 던전이 활성화된 원인은 아저씨에게도 있었다.

하지만 던전이 꼭 나쁜 것만은 아니다. 마력을 띤 무기나 귀중한 마물 소재도 구할 수 있어서 사람이 몰려 경제가 활성화되는 이점도 있다.

대국이 던전을 가급적 관리하려는 이유도 광산처럼 한정적인 자원 공급처보다 자원을 쉽게 구할 수 있기 때문이다.

특히 미스릴과 오리하르콘, 다마스쿠스강 같은 희귀 금속이 그 부류에 속한다.

참고로 히히이로카네는 미스릴과 오리하르콘, 백철을 일정 비율로 섞어 연성한 합금이다. 자연적으로 만들어지기도 하지만, 가공이 어렵다.

"항상 교회에 있으니까 일이 없는 줄 알았더니 거기에 들락거리고 있었나요. 던전은 언제나 위험이 뒤따르는 곳인데……. 강력한 마물이 나오기도 하고, 주기적으로 마물을 청소하지 않으면 나중에 위험한 일이 터지기도 하거든요."

"쟈네가 하는 일이 그 청소 작업이라고 해요. 무기와 방어구를 강화할 수 있고 소재를 팔면 돈도 나온다고 기뻐했어요."

쟈네 파티가 아한에서 던전을 공략한다는 이야기는 처음 들었다.

그 외에도 농장에 나오는 마물을 퇴치하거나 상인 호위 의뢰, 일이 없을 때는 채집 의뢰를 받는다고 한다.

쟈네와 이리스는 지금 온천에 갔지만, 용병이란 매일 일하지 않으면 금방 지갑이 비어버리는 경제적으로 빡빡한 직업이었다. 심지어 레나의 사생활은 여전히 베일에 감춰져 있다.

어릴 때부터 함께 자란 루세리스 덕에 교회에 얹혀살고 있지만, 거꾸로 말하면 그만큼 생활이 빠듯하다는 뜻이었다.

'솔직히 용병으로 먹고살 능력이 안 된다는 증거지. 원래 돈 벌기 쉬운 직업도 아니고……. 생활비를 보태주니까 그나마 양반인가?'

사회에 나왔으면 더 이상 남의 호의에 기댈 수만은 없다. 추측건대, 쟈네 일행도 그걸 아니까 식비라도 내는 것이다.

"아찌, 선물 없어?"

"고기는? 고기고기고기고기고기, 고기이이이이잇! 으음, 고기 냄새가 나?!"

"별건 아니지만, 저녁에 같이 드시라고 꼬치구이를 조금 사왔습니다."

"항상 챙겨주셔서 감사해요. 얘들아, 너희도 제로스 씨한테 인사부터 하렴."

"고마워, 아찌."

라디는 미안한 기색도 없이 손을 들어 감사했다.

하지만 카이는 꼬치구이라는 말을 듣자 점차 표정이 환하게 빛나더니 그 자리에서 기쁨의 춤을 추기 시작했다.

"고마워요, 고기 교주니이이이이이이이임!"

"고기 교주?!"

아저씨의 평가가 고기교의 교주로 랭크업.

카이에게 공짜로 맛있는 고기를 주는 사람은 신이나 다름없나 보다.

본의 아니게 정체 모를 종교의 교주로 승격했지만, 카이에게는 최고의 찬사와 감사일 테니까 불평은 할 수 없었다. 솔직하게 기뻐하는 모습이 보기 좋기도 했다.

만약 방금 한 상상이 현실이 되어 카이가 교주가 됐을 때, 자신을 신으로 추앙하지 않기를 간절히 바랄 뿐이었다.

제로스는 공연한 걱정을 하며 자택 현관문을 열었다.

“오, 늦게 왔구먼. 그럼 어서 내게 공물을 바쳐라! 돈가스, 나는 돈가스를 원한다! 카레는 물 적게!”

“돌아오자마자 밥 달라고 떼쓰는 사신이라…….”

일찍이 세상을 붕괴 직전까지 몰고 간 사신—【알피아 메이거스】는 의자에 바른 자세로 앉아서 두 손에 쥔 포크와 숟가락으로 탁상을 쾅쾅 두드리며 제로스를 맞이했다.

심지어 깐깐하게 카레 돈가스를 주문했다. 신의 위엄은 어디 팔아먹었을까…….

“불과 며칠 집을 비웠다고 이 꼴이라니……. 루세리스 씨에게 식비를 맡기고 밥을 챙겨주라고 부탁했을 텐데요?”

“식사 시간에는 돌아왔었다. 내게 바친 공물을 받지 않으면 큰 실례니까.”

“밥만 먹고 놀러 다녔나요?”

“섭섭한 소리! 4신을 찾으려고 전 세계를 돌아다녔다! 그딴 시답

잖은 얘기는 치우고 내게 공물이나 바치도록! 천벌을 받고 싶으냐!"

"아니, 시답잖다뇨? 그게 제일 중요한데……."

창세신의 후계자이자 관측자.

식도락에 빠진 전 사신 겸 여신님은 오늘도 활기차고 귀엽게 밥 달라고 재잘거린다.

제약 봉인이 하나 풀렸다는 사실은 말하지 않은 채…….

◇ ◇ ◇ ◇ ◇ ◇ ◇

임신한 유이가 걱정되어 급히 솔리스테어 공작가 별장으로 돌아온 아도.

하지만 그가 돌아와서 처음 들은 말은—.

"축하드립니다. 건강한 따님입니다."

"푸웁?! 단티스 씨…… 지금 뭐라고요……?"

"유이 씨가 출산했다는 말일세. 자네도 이제 애 아빠야."

"추, 출사아아안?!"

—아이가 태어나 있었다.

출산이 임박했다는 사실은 알고 있었으나, 설마 며칠 자리를 비운 사이에 태어날 줄은 생각지도 못했다.

""아도 씨, 축하해요!""

"앗…… 어……."

다만, 갑작스러운 출산 소식에 아도는 전혀 실감이 들지 않았다.

반대로 중요한 때에 곁에 있어주지 못한 죄책감으로 머리가 가득 차서 축하의 말은 허무하게 한 귀로 흘러나갔다. 너무 놀라서 살짝 얼이 빠진 느낌이었다.

그가 다시 정신을 차린 것은 인내심이 바닥난 이들에게 강제 연행되어 침대에 누운 유이와 자신의 아이와 마주했을 때였다.

그 직후, 아도의 의미 모를 환희의 외침이 저택에 울려 퍼졌다.

제5화 아저씨, 아도에게 울컥하다

기묘한 집단 미라화 사건 조사를 마치고 사흘 후.

일과인 꼬꼬와의 대련 및 개구쟁이 아이들의 훈련을 마치고, 하는 김에 밭일까지 얼추 해치운 아저씨는 남는 시간을 제작 활동에 쏟고 있었다.

지금 만드는 물건은 위험천만한 마도총, 마법 동력으로 움직이는 이동 수단……이 아니라, 원점으로 돌아와 판타지의 정석인 마도구였다.

"……흐음, 이거라면 노점에서 팔아도 될까?"

보석에 마력을 담아 변질시킨 【마정석】이나 【마석】을 이용한 장식품을 늘어놓고 하나씩 꼼꼼히 살펴보며 적당한 가격을 쓴 태그를 달았다.

마도구는 단순한 물건이라도 10만 골. 일본 엔으로 환산하면 10만 엔에 상당하는, 초보 용병은 꿈도 꾸지 못할 고가품이다.

마도구는 소모품이며, 특히 마석을 쓰는 물건이라면 사용 횟수가 정해져 있다.

그 이유는 마석 마도구는 마석의 마력을 써서 마법식을 발동하는 물건이며, 마력을 소진한 마석은 작아져서 깨지기 때문이다.

강력한 마법일수록 마력을 많이 잡아먹고 마법식이 복잡해지는데, 이런 마법식은 마석에 담아내기가 어렵다. 특히 범위 마법은 아무리 간략화해도 마석에 새겨넣기에는 한계가 있다.

반지에 대마법을 담기란 거의 불가능에 가깝다. 만들어도 마석의 마력을 한 방에 전부 소진하는 일회용 마도구다.

그에 비해 마정석 마도구는 마력을 주입할 수 있어서 여러 번 사용 가능하지만, 담을 수 있는 마력에 한계가 있다.

마정석으로 가공할 보석이 클수록 마력 용량이 커지므로 같은 보석 여러 개에 압력을 가해서 결합하면 해결되지만, 그러면 장식품으로 쓰기에는 너무 커진다.

이건 마석도 마찬가지다.

많은 마력이 비축된 마석과 마정석을 만들려면【결합】보다 상위 스킬인【압축】스킬이 필요한데, 적당한 크기로 가공하는 난관을 극복하면 그 다음에는 마도 술식을 새기기 어렵다는 문제가 기다린다. 이렇듯 마도구 제작에는 귀찮은 공정이 너무 많다.

보통은 마석 같은 광석과 프레임이 되는 금속 표면에【마력 전사】와【가공】스킬을 병용해 마도 술식을 새기는데, 강력한 마법일수록 마도 술식은 복잡해진다.

더 많은 스킬을 병용하면 더 강력한 마도구도 만들 수 있겠지만, 상품으로 내놓을 퀄리티로 완성하려면 수많은 재료가 갈려 나갈 것이다.

'츠베이트 군에게 알려주고 싶어도 재료가 부족한가……. 아니지, 이 세계에서 우리 상식이 얼마나 통하는지 알 수 없지만, 어쩌면 스킬을 쉽게 배울지도 몰라.'

【소드 앤 소서리스】에서는 스킬을 배우기 위해서라도 아이템 제작을 지겹도록 반복해야 했지만, 이 세계에서도 그 시스템이 적용된다는 보장은 없었다. 요령만 익히면 생각보다 쉽게 스킬을 배울지도 몰라서 마도 연성을 가르쳐야 할지 말아야 할지 고민이었다.

"흐음…… 아도 군 생각은 어때?"

"끙…… 유카리로 할까? 사랑 애(愛)를 쓰고 메구미라고 읽거나…… 아니야, 이러면 아버지를 무시하는 딸[#1]이 될지도 몰라. 무엇보다 내가 바람둥이 같아서 싫어……. 너무 특이한 이름이면 놀림받기 십상이고, 차라리 서양식 이름으로 할까?"

"……아직 딸 이름을 못 정했어?"

"어쩔 수 없잖아요. 유이가 나한테 이름을 정해달라고 했다고요. 나 이런 거 못 하는데……."

"그건 네 캐릭터 닉네임만 봐도 알아."

아도가 좀비를 조사하던 사이, 아내인 유이는 아이를 낳았다.

그것 자체는 축하할 일이지만, 그 후 아도는 딸의 이름을 고민하느라 밤이고 낮이고 끙끙 앓고 있었다.

"사야는 어때?"

#1 아버지를 무시하는 딸 80년대 일본 드라마 『아빠는 뉴스 캐스터』의 등장인물 메구미(愛). 주인공이 바람둥이라서 동명의 딸이 세 명 있다.

“블러드한 세계에서 피 칠갑으로 칼을 휘두를 것 같아서 안 돼요.”
“사쿠야는?”
“남편에게 바람 피웠다고 의심을 사서 홧김에 방에 틀어박혀서 불 지를 것[#2] 같아요……. 장래에는 시간을 멈추고 나이프를 던지고.”
“앨리스.”
“이상한 나라로 들어가서 돌아오지 못할 것 같으니까 싫어요…….”
아침부터 줄곧 이 모양이었다.
뭔가 의견을 말하면, 이상한 이유로 거절하며 이야기를 돌린다.
밭일을 할 때도 아도는 걸핏하면 제로스에게 울며 매달렸다.
아저씨는 솔직히 성가셔 죽을 맛이지만, 이것도 아도가 아버지로서 맡은 첫 임무라고 생각하여 꾹 참았다.
“그럼 마도카…….”
“마법 소녀가 되었다가 마지막에 친구를 울릴 것 같아서……. 순수하고 착한 건 좋지만, 안 돼요. 역시 마음에는 꿈이라는 이름의 원대한 야망을 품어야죠.”
“원대한 야망은 무슨……. 그럼 마리사는?”
“마스타아아아아아, 스파아아아아아아아아아크!”
“왜 슈퍼로봇처럼 말해?!”
첫 아이에게 좋은 이름을 지어주고 싶은 마음은 알겠지만, 의견을 내도 무조건 안 된다고만 하니까 의욕이 안 생겼다.
예를 들어 『카구라는 어때?』라고 하면 『먹보에 음담패설이나 하고 다시마 초절임을 입에 달고 살 것 같다』라고 대답하고, 『그럼

#2 남편에게~불 지를 것 일본 신화에 등장하는 여신 코노하나노사쿠야히메.

레이는?』이라고 물으면 『클론이 여러 명 있을 것 같아……』라고 받아쳤다.

결국 무슨 말을 해도 트집만 잡는 탓에 제로스도 슬슬 상대해주기 귀찮아졌다.

"그냥 세츠코로 해. 오케이, 결정. 수고하셨습니다~."

"진지하게 생각해 달라구요~. 그런 슬픈 결말을 맞이할 이름은 싫어요!"

"결국 정하는 사람은 너야. 내가 아무리 이름을 말해도 네 마음에는 안 들겠지. 그럼 말해봤자 무슨 소용이야?"

"그러지 말고 하나라도 많은 의견을 내주세요~! 내 머리에서는 이미 아무것도 안 나온단 말이에요!"

"……마지막, 아카리."

"아깝다! 좋은 이름이지만, 부끄러운 대사를……."

"아도 군…… 이제 패도 되지? 솔직히 나도 인내심이 한계에 달했는데?"

이쯤 되자 아저씨도 살의가 부글부글 올라왔다.

그리고 결국 짜증을 못 이긴 아저씨는 아도의 이마에 데저트 이글을 들이대고 엄지로 공이치기를 당겼다.

아주 환하게 웃고 있지만, 뒤쪽에서 피어오르는 시커먼 암흑 오라는 숨기지 못했다.

"자, 장난……이죠? 이러면 패는 게 아니라 사살 아니에요……?"

"하하하, 아도 군…… 아무리 성격 좋은 아저씨라도 받아주는 데 한계가 있단다. 무한 반복되는 문답은 여기서 끝내도록 할까?"

"내 인생까지 끝날 상황인데요?!"
"셋을 세기 전에 빨리 정하기나 해. 하나."

—타아아아아아아아앙!

하나라고 세자마자 아저씨는 망설임 없이 방아쇠를 당겼다.
아도가 어떤 영화처럼 몸을 젖혀 총알을 피한 순간, 놓치지 않겠다는 양 한 발을 더 발사한다.
무자비한 진짜 공격이었다.
"쏴, 쐈어…… 두 발이나 쐈어. 아버지한테도 총 맞은 적 없는데! 심지어 셋까지는 세지도 않았잖아!"
"남자는 하나만 기억하면 되는 거야. 인생은 언제나 한 방 승부라고 영혼에 새겨둬."
"두 방 쐈잖아요? 한 방 승부도 아니잖아! 이 인간이, 진짜 죽이려고 했지?!"
"사소한 건 신경 꺼. 그리고 고무탄이니까 호들갑 떨지 말고. 가랑이에 맞으면 죽을 만큼 아프겠지만, 죽진 않아."
그 말대로 고무탄이었나 보지만, 그 고무탄이 바닥에 꽂힌 것을 아도는 똑똑히 봤다. 이것이 시사하는 바는 고무탄이 고무라고 생각할 수 없는 강도를 가졌으며, 아무리 초인적인 육체를 지닌 아도라도 그저 아프다는 말로 넘어갈 위력이 아니라는 것이다.
"두 발째는 진짜 내 중요한 부위에 맞을 뻔했거든요? ……그 위력으로 맞으면 병원에 누워있을 게 확정일 텐데요?"

“적어도 바람은 못 피우겠다고 유이 씨가 기뻐하겠는데.”

“그런 농담 하지 마요! 안 웃기니까!”

“농담이라…… 과연 농담일까?”

아저씨는 진심이었다.

짜증을 넘어서 참을 수 없는 화가 치밀었다.

그게 어떤 결과를 가져오는지 아도는 누구보다 잘 알았다. 정확하게는 그 분노를 산 상대의 말로를…….

“……죄송합니다!”

“알면 됐어.”

아도는 즉시 땅에 넙죽 엎드려 사과했다.

기껏 이름을 생각해줘도 드라마나 만화 얘기를 꺼내면서 퇴짜를 놓는다. 웬만한 성인군자라도 짜증이 날 수밖에 없다.

“평생 함께할 이름이니까 좋게 지어주고 싶은 마음은 이해해. 그런데 남한테 의견을 구해놓고 퇴짜만 놓는 게 올바른 태도인가? 그것도 몇 번이나.”

“그래도 나한테 이름을 정하라는 것부터가 잘못된 판단이라구요. 나보다 이름 못 짓는 사람 있으면 나와보라고 해요.”

“참고삼아 묻겠는데, 처음에는 뭐로 지으려고 했어?”

“……사다코. 유이가 안 된대요.”

“응, 그건 유이 씨가 잘 막았네. 왜 하필 그 이름으로 하려고 했어?”

아도의 작명 센스는 조금 남다른 구석이 있었다.

사다코로 정하려고 한 이유가 『어떤 역경에도 굴하지 않고 힘차게 강행 돌파하는 굳센 아이가 되기를 바라서』라고 하지만, 아저씨는 악령이 될까봐 무서웠다.

그밖에도 아도가 추천하는 이름을 몇 개 들어보고 분석한 결과, 죄다 비극적으로 죽은 캐릭터거나 전형적인 악역으로 비참하게 죽은 캐릭터의 이름이었다. 왜 그런 이름을 우선해서 고르는지 이해할 수 없었다.

"너…… 애한테 무슨 원한 있어? 혹시 애 싫어해?"

"무슨 말을 그렇게 해요? 이런 위험한 세계에서 태어났으니까 조금이라도 액땜을 하려는 거예요. 애니에서 비극적인 캐릭터는 신념이 확고하고 최후의 순간에도 의지가 강하잖아요."

"아니, 네가 내놓은 이름 중에는 아무런 의미도 없이 비참하게 죽은 캐릭터도 있었잖아? 그리고 일단 애니에서 벗어나서 생각하자고."

"뭐, 같은 이름이라도 작품에 따라서 역할이나 성격이 다르기도 하니까요. 역시 【카렌】이나 【카논】이 좋으려나? 판타지 세계에서도 어색하지 않잖아요."

"괜찮은 이름이네. 그건 언제부터 생각했어?"

"오늘 아침부터요."

"너……."

아침부터 지금까지 이어진 문답은 다 무의미했다. 처음부터 이 두 이름 중에 하나를 고르라고 했으면 제로스도 이렇게 짜증 내지 않았을 것이다.

이름으로 액땜하려는 마음만 앞서서 우유부단한 성격이 상황을 악화시켰다.

결론부터 말하면 고민할 필요가 전혀 없었다.

그 답이 나온 시점에서 아저씨의 분노가 폭발했다.

"처음이야. 나를 이렇게 갖고 논 인간은."

"……아…… 마, 말로 합시다."

"말로 전부 해결되면 전쟁도 안 일어나. 그럼 시작할까? 우리의 전쟁을."

산토르 한쪽 구석에서 주머니에도 들어가지 않을 바보들의 전쟁이 시작됐다.

고무탄이 난무하고 비명이 울려 퍼지며 격렬한 타격음이 대기를 뒤흔들었다.

아도가 걸레짝이 될 때까지 이 전쟁은 멈추지 않았다.

◇ ◇ ◇ ◇ ◇ ◇ ◇

다음 날, 제로스는 출산 축하 선물로 육아용품을 챙겨 크레스톤이 사는 별장을 찾았다.

이리스 일행도 온천에서 돌아와 교회에서 오랜 여행의 피로를 풀고 있었다.

유이는 지금도 침대에서 안정을 취하느라 거의 움직이지 못한다.

아빠가 된 아도도 이세계에 와서 육아 준비를 하지 못해 부랴부랴 아기 침대와 기저귀를 사느라 동분서주했다. 안타깝게도 종이 기저귀 같은 일회용품은 찾지 못했다고 한다.

'크레스톤 씨네 메이드한테 신세 지는 것도 하루 이틀이지. 아도

군도 고생이구만.'

그저 남의 일처럼 생각하는 아저씨는 댄디스에게 안내받아 유이가 있는 방으로 갔다.

"유이 님은 이 방에 계십니다."

"아이고, 바쁘신 와중에 죄송합니다."

"별말씀을요. 저도 도련님들과 아가씨께서 태어나실 때가 생각나서 흐뭇할 따름입니다."

"세 남매는 여기서 태어났나요?"

"츠베이트 님은 영주 저택 쪽입니다. 여기서 태어난 분은 델사시스 님과 아가씨지요. 델사시스 님은 제가 수습 집사로 이 저택에 왔을 무렵 태어나셨습니다. 그 시절에는 저도 젊었는데 말이죠."

"델사시스 공작님의 어린 시절은 솔직히 상상이 안 가네요……."

제로스의 말에 댄디스는 「모두 그렇게들 말씀하십니다」라며 쓴웃음을 지었다.

얼마 전에도 츠베이트가 똑같은 말을 했다고 한다.

"유이 님, 제로스 님께서 오셨습니다."

노크한 댄디스가 방 앞에서 말을 걸지만, 왠지 대답은 없고 소란스러운 소리만 들려왔다.

특히 아도가 『유이, 무리하지 마! 아직은 쉬어야지!』라고 외치는 소리가 마음에 걸렸다.

제로스와 댄디스는 당혹스러운 눈빛으로 서로를 돌아봤다.

"……무슨 일일까요?"

"모르겠군요."

방 안을 빼꼼 들여다보자 가볍게 스트레칭하는 유이를 아도가 전전긍긍하며 말리고 있었다.

"아도 군…… 오늘부터 일이 있다는 건 넘어갈게. 그보다 이게 웬 소란이야?"

"제로스 씨, 마침 잘 왔어요! 유이 좀 말려줘요, 출산한 지 얼마 되지도 않았는데 벌써 운동을 하잖아요."

"그랬구만. 유이 씨, 아도 군이 걱정돼서 죽을 표정이니까 무리하지 마시고 좀 쉬세요."

"그치만 출산 직후에는 여성 호르몬이 늘어서, 이때 운동하면 아름다움을 유지할 수 있다고 하는걸요……."

"아하…… 아도 군을 위해서였나."

아도를 향한 끝없는 애정이 느껴졌다.

솔직히 말해서 질투난다.

"아차, 이건 제가 드리는 출산 축하 선물입니다. 분유와 젖병, 종이 기저귀예요."

"제로스 씨, 고마워요."

유이는 솔직하게 감사를 전했다.

"잠깐만! 제로스 씨…… 이런 걸 왜 들고 있어요?"

"응? 팔다 남은 물건이야. 이벤트에서 레시피를 구해서 많이 만들어 팔았잖…… 아, 그때는 아도 군이 없었나? 생산직 스킬을 올리려고 케모 씨의 옛날 파티원과 조금 무리했지……."

"무리해요? 대체 뭘 했는지 궁금하지만…… 이런 레시피가 있었나?"

"네 번째 업데이트였던가? 클리어 보수가 탐나서 유아용품 제작 이벤트에 참가했는데, 이벤트 기간에는 상점에 도매로 팔아넘길 수 있었거든. 자금을 벌려고 대량생산에 착수했지. 재료를 모으는 것도 어찌나 힘들던지~. 약간의 실수로 이벤트 내내 분유와 종이 기저귀만 만들기도 했고……. 그건 지옥이었어."

【소드 앤 소서리스Ⅳ】. 【소드 앤 소서리스】의 네 번째 업데이트로, 일반 유저에게 초점을 맞춘 이벤트가 있었다. 이 영유아용품 제작 이벤트는 완성품의 평가가 좋아 왕족과 귀족의 주문이 쇄도하여 큰돈을 만질 수 있었다.

단점은 산업 스파이가 레시피를 훔칠 때까지 생산 작업을 계속 이어가야 하며, 다른 퀘스트를 받을 수 없다는 점이었다.

그 산업 스파이를 실수로 해치우는 바람에 이벤트가 끝날 때까지 끝없이 분유와 종이 기저귀를 만드느라 산업혁명 공장 노동자의 기분을 맛본 것은 씁쓸한 추억이었다.

이게 분유와 종이 기저귀가 대량으로 쌓여 있는 이유였다.

"아도 군에게 레시피를 줄게. 다음부터는 직접 만들어."

"아니, 왜 레시피를 들고 있어요? 그리고 뭐예요, 이 서류 더미는……."

서류를 보자 종이 기저귀와 분유 재료, 그 제작법이 상세하게 적혀있었다. 모양새가 아무리 봐도 기업의 중요 서류였다.

"너한테도 아이템 제작법이 적힌 책이 있을걸? 나도 우연히 인벤토리를 뒤지다가 발견했는데, 사전처럼 두꺼운 책이었어……."

"네? 정말요?!"

【소드 앤 소서리스】에서 한 번이라도 마법 개조나 생산직에 손댄 사람이라면 마도서나 아이템 제작 레시피라는 스킬을 얻는다.

예를 들어 제로스라면【멀린의 마도서】, 아도의 경우【ADO의 마도서】 같은 방식이다. 레시피는 단순하게【아이템 제작 레시피】뿐이다.

그건 이 세계에서 책의 형태로 존재하며 무지막지하게 두꺼운 책이 아공간에 수백 권 넘게 보관되어 있었다. 아도에게 넘긴 서류는 그것을 옮겨 쓴 사본이었다.

그리고 제로스가 알려줄 때까지 아도는 그런 게 있다는 사실조차 알지 못했다.

"……이거, 델사시스 공작님과 교섭할 때 써먹어도 돼요?"

"안 될 거 없지? 마음대로 써. 하지만 마도 연성이 가능한 우리는 제작 과정을 생략할 수 있어도, 시판하려면 처음부터 만드는 법을 배우는 편이 나을 거야. 상품화가 목적이라면 교섭도 일찍 진행하는 게 좋아."

"제로스 씨…… 고마워요! 나, 이거로 시제품을 만들어 볼게요! 이사라스 왕국에도 팔면 많은 아이를 살릴 수 있겠어요."

"작업 과정을 나눠서 분업하면 단순노동으로 대량생산도 가능할 거야. 어린아이가 있는 집에서는 큰 인기를 끌겠어."

다만, 연금술을 쓸 줄 아는 인원이 대거 투입되어야겠지만―.

여담으로 이 분유는 제로스의 인벤토리 안에 대량 보관되어 있었다.

하지만 일반적으로 식료품에 들어가는 분유가 왠지 소재 품목

구석에 박혀 있던 탓에 얼마 전까지 알아차리지 못했다. 아마 물에 타야 완성되기 때문에 소재로 취급되지 않았나 싶다.

파프란 대산림 지대에서 이것을 찾았더라면 얼마나 좋았을까.

비상사태였는데도 불구하고 이걸 모르고 일주일이나 맛없는 고기만으로 배를 채우느라 심신이 피폐해졌었다.

마물을 해치울 때마다 다음 마물이 몰려오는 통에 소재를 확인할 심적 여유도 없었지만, 훗날 이것을 찾은 아저씨는 허탈감에 넋이 나가 버렸다.

달리 보면 나잇살 먹은 아저씨가 젖병 물고 돌아다니는 흑역사를 면했다고도 할 수 있지만, 생사를 건 혹독한 밀림 서바이벌에서는 사소한 문제였다.

"제로스 씨, 【포르타】로 설탕을 만드는 방법도 알려줘요. 이사라스 왕국에 보내주고 싶으니까. 그 나라 애들은 불쌍하게 달콤한 과자도 못 먹어 본다구요."

"설탕은 귀중품이라서 국가사업이 되지 않을까? 장작은 알톰 황국에서 수입해야겠지만, 설탕을 만들 수 있다면 마진은 충분히 남겠……지?"

"왜 말끝을 흐려요? 무슨 문제 있어요?"

"아마 생산량이 따라가지 못할 거야. 그리고 품질. 줄기나 잎에서 당분을 추출하는 건 좋지만, 끓일 때 불 조절을 잘못하면 식물 특유의 쓴맛이 배어나거든……."

"그건 그쪽에서 실험하겠죠. 설마 생각도 없이 대량생산에 들어가는 미친 짓을 하겠어요?"

"그렇다면 다행이지만. 나중에 사본을 만들어 줄게."

제로스도 아도가 자유롭게 행동할 수 있게 되기를 바랐다.

국빈 대우라도 나중에 귀찮은 일을 떠맡을 수 있으므로 이사라스 왕국과 조금이라도 거리를 두도록 하고 싶었다. 그래서 가급적 협력할 생각이다.

"그래도 다행이다, 분유와 종이 기저귀가 있어서. 솔직히 모유만으로는 불안했는데……."

"그렇겠지. 우리 같은 입장이라면 이 세계에서 육아가 힘들 테고 위생도 불안하니까."

"이제 【카논】을 키우기가 조금 수월해지겠네요. 제로스 씨, 정말로 고맙습니다."

"이름은 카논으로 정하셨나요?"

"네. 히라가나로 카논(かのん)이에요. 가능하면 지구…… 일본 이름으로 짓고 싶었어요."

"아도 군이 열심히 머리를 쥐어짰지~. 로봇 댄스를 추기 시작했을 때는 드디어 맛이 간 줄 알았지만……."

"제로스 씨도 부모가 되면 알아요! 애 이름을 짓는 게 얼마나 머리 아픈 일인데요!"

"그보다 나는 네가 왜 일도 안 하고 여기 있는지 궁금한데? 리사 양과 샤크티 양은 성실하게 메이드로 일하는 중인데 말이야. 너, 오늘 마력 모터에 내부 술식을 새기는 일이 있지 않았나?"

아도는 있는 힘껏 고개를 돌렸다.

이제야 생각이 났나 보다. 기분 탓인지 얼굴도 흙빛이었다.

그리고 꼭 이럴 때만 나쁜 일이 터진다.

물론 **아도에게만** 나쁜 일이지만…….

갑자기 방문을 박차고 제로스도 잘 아는 인물이 쳐들어왔다.

"찾았다! 쿠티, 당장 연행해!"

"예이~!"

"너, 너희는 뭐야! 이거 놔!"

"못 놔. 아무리 기다려도 안 오니까 친히 모시러 온 거 아니야. 고마운 줄 알아."

"일하기 싫어! 그보다 지금은 유이가 무리하지 않게 막아야…… 으헉!"

말이 끝나기 전에 쿠티의 망치가 아도의 배에 박혔다.

보통은 즉사할 수준이지만, 아도는 아저씨와 같은 전생자. 기절만 하고 끝났다.

"벨라돈나 씨, 왜 굳이 여기까지 오셨어요? 가게는 비워둬도 괜찮습니까?"

"훗…… 어떤 바보 때문에 돈이 벌려야 말이지. 이대로 가면 정말로 가게가 망할 거야……."

"아직 안 잘랐나요. 이런 점원은 빨리 해고하는 게 상책 아닐까요? 아무리 생각해도 갱생 불가예요. 태생적으로 어딘가 잘못된 인간이니까."

"말씀이 지나치잖아요~!"

"해고해도 하루가 지나면 까먹고 돌아와. 게다가 사회에 풀어놓으면 남한테 피해만 줘. 슬슬 정말로 없애버릴까 생각 중이야."

백해무익한 자기중심적 점원은 벨라돈나의 가게를 파산 직전까지 몰고 간 모양이었다. 그녀의 표정에 애수가 감돌았다.

"독살한 뒤에 슬라임 먹이로 주면 되지 않을까요?"

"……오. 그거 괜찮네? 어차피 도시에서는 공공의 적이니까 사라진다고 찾을 사람도 없어. 쿠티 부모님도 어디 나가서 객사했으면 좋겠다고 했으니까 멋진 완전 범죄가 되겠어."

"너무해! 어떻게 본인 앞에서 살인 계획을 세울 수 있어요~! 이렇게 우수한 점원이 세상에 어디 있다고요!"

"우수……? 어느 부분인지 모르겠네요. 남에게 폐 끼치는 능력 말인가요?"

"정말로 우수했으면 진작 독립하고도 남았어. 평생 기생할 수밖에 없는 쓰레기니까 슬라임 밥이 되는 게 세상에 공헌하는 거야."

쿠티는 아도를 밧줄로 묶으면서 불평하지만, 평소 행실이 워낙 비상식적이라고 소문이 자자한 탓에 아무도 옹호하는 사람이 없었다.

그리고 아저씨도, 벨라돈나도 무자비했다.

제로스가 봐도 쿠티는 방향성이 다를 뿐인 샤란라였다. 본바탕이 선한가 악한가의 차이일 뿐, 쓰레기 같다는 점에서는 우열을 가릴 수 없었다.

신세 지는 가게에 폐를 끼치면서도 그게 당연하다고 믿어 의심치 않고, 반성하지 않으니까 똑같은 행동을 반복하는 쿠티에게는 혐오감밖에 들지 않았다.

제로스와 벨라돈나가 죽이 잘 맞는 이유는 동병상련하는 사이라서 자연스럽게 기묘한 공감대를 형성했기 때문이었다.

그리고 같은 피해의식을 공유하는 인간 둘이 모이자 의견은 점차 과격해졌다.

“왜, 왜 이 사람들은 이렇게 죽이 잘 맞아요~?! 사랑해요? 사귀는 사이예요?! 천생연분이니까 결혼하지 그래요!”

“이상하게 제로스 씨는 남 같지 않아. 닮은꼴이라는 느낌이 들어.”

“가족 중에 쿠티 씨와 비슷한 쓰레기가 있었거든요. 저도 그 인간을 처리하기 위해서라면 어떤 희생도 마다하지 않아요. 최악의 마법을 써서 말살할 각오까지 되어 있습니다.”

“저랑 비슷해요~? 아주 능력이 출중한 사람이겠네요~.”

“남에게 피해를 준다는 점에서는 굉장히 우수하죠. 죽여버리고 싶을 만큼……. 편하게 죽이지는 않겠지만.”

“그 마음 알아~. 나도 쿠티를 처리할 때 얼마나 고통을 줘야 좋을지 생각하게 돼. 역시 편하게 보내면 안 돼. 철저하게 지옥을 보여줘서 태어난 것을 후회하게 해줘야지.”

“…….”

쿠티는 생명의 위기를 느꼈다.

제로스와 크로이사스처럼, 벨라돈나와 제로스는 만나서는 안 될 존재였다.

이 두 사람이 복수를 논하면 상승효과를 발휘해 과격하고 악랄한 계획을 짜기 시작한다. 취미와 복수의 차이는 있어도 섞으면 독극물이 되는 타입이다.

이대로 가다가는 정말로 죽을지도 모른다는 예감에 쿠티의 얼굴이 창백해졌다.

“그건 그렇고 지금은 뭘 하고 계신 거죠? 아도 군을 데리러 왔다고 하셨는데…….”

“마도식 모토르 캐리지 때문에. 이 사람의 마도 술식 기술은 정말 대단해. 나도 아직 부족하다고 뼈저리게 깨달았어. 특히 동력부의 마력 모터. 자력을 발생시키는 술식이 너무 세밀해서 나는 따라할 수도 없었어. 그렇게 촘촘하고 정확하게 술식을 새기는 사람이 있을 줄은 생각지도 못했어. 예술의 영역에 달했다고 말해도 과언이 아니야.”

“에이, 그 정도는 해주셔야죠. 안 그러면 앞으로 마법 발전은 턱도 없어요.”

“말이 되는 소리를 해. 그런 고도의 술식을 한정된 공간에 새기는 건 그야말로 신들린 기술이야. 파벌 소속 마도사들이 도저히 못 하겠다고 울더라니깐?”

“그랬나요? 마력 모터도 너무 기술 수준이 높았나……. 증기 기관으로 할 걸 그랬나? 아니, 그러면 물을 끓이는 데만 마석을 왕창 잡아먹어서 비용만 따져도 실용성이……. 쓰읍, 그러면 또 문제가~.”

이 세계의 마법 기술력이 낮다는 것은 제로스도 알고 있었지만, 설마 마력 모터로 고전할 줄은 상상하지 못했나 보다.

바꿔 말하면 그만큼 마법 연구가 정체됐다는 뜻이다.

생산직이 아닌 아도도 어디서나 구할 수 있는 재료로 간단하게 만들어 내는데, 일선 전문가들이 이를 흉내조차 내지 못한다면 자체 생산은 물 건너간 셈이다.

가령 완성품을 만들어도 단가가 비싸서 일반인은 사지도 못할 것이다.

인재 육성으로 상당한 난항을 겪으리라는 예감이 든다.

“아차, 이야기가 길어졌네. 이미 오늘 할당량을 채우기는 글렀지만, 지금부터라도 시작해야지. 쿠티, 언제까지 떨고 있을 거야! 빨리 연행해!”

“네에에~!”

“이거 놔아아~! 그만둬, 드워프랑 어떻게 같이 일을 해애애애~!”

아도가 질질 끌려 나갔다.

벨라돈나는 제로스에게 손을 흔들며 어쩐지 한결 가벼워진 발걸음으로 방에서 나갔다.

아마도 자기가 모르는 기술을 보게 되어 기쁘겠지. 크로이사스와 묘하게 비슷한 기질로 보였다.

“토시— 아도, 오늘은 돌아올 수 있을까? 엄청 중요한 일이 있다고 하던데…….”

“글쎄요? 현장을 본 적이 없어서 저는 모르겠군요…….”

창밖으로 밧줄에 꽁꽁 묶여 번데기처럼 된 아도가 마차에 실리는 모습이 보였다. 사람을 저렇게 다뤄도 되나 싶다.

튀어나온 다리가 미련을 버리지 못하고 꼴사납게 버둥거렸다.

◇ ◇ ◇ ◇ ◇ ◇ ◇

아도를 솔리스테어파 공방으로 끌고 가서 잠깐 작업에 참여한 뒤, 벨라돈나는 자신의 가게로 돌아왔다.

오랜만의 개점이었다. 최근 며칠은 쭉 바빠서 가게를 열지 못했었다.

부족한 광석과 마석은 솔리스테어파 공방에서 보수로 받아왔다. 오늘은 공방에서 마음껏 연구에 몰두할 계획이었다.

"저, 점장니임……."

"뭐야? 지금 바쁘니까 짧게 말해."

"이 항아리…… 슬라임이 가득 들었는데요?"

"신선한 소재가 질도 좋으니까 살려둔 거야. 그게 왜?"

"그럼 이 이상한 냄새 나는 풀은요? 보아하니 독초 같은데……."

"매개체로 사용할 용액을 만들려면 그 독초가 필요해. 늘 하던 일이잖아?"

독과 슬라임.

이 두 가지가 모이는 것은 쿠티에게 죽음의 징조나 다름없었다.

쿠티의 얼굴이 점차 창백해지고 온몸이 주체할 수 없이 떨렸다. 매그니튜드 7은 될 진동이었다.

"이럴 순 없어~! 점장님이 오늘 나를 처리할 생각이야아아아~!"

"……앗, 시간 나면 그것도 해줄게."

"긁어 부스럼?! 그보다 소일거리로 절 죽이는 거예요~?!"

"어쩌면 나도 모르게 죽일지도 모르지만, 원망하면 안 된다?"

"나도 모르게? 그렇게 하찮게 죽일 거예요?!"

"네가 멍청한 짓을 안 하면 돼. 그래…… 멍청한 짓만 안 하면 말이야……."

요염하게 웃는 벨라돈나는 마녀 그 자체였다.

미인이 웃을 뿐인데 무섭다고 느낀 것은 쿠티 인생을 통틀어도 이번이 처음이었다.

아니, 사실 몇 번 봤지만, 금붕어처럼 잊었을 뿐이다.

쿠티는 당분간은 성실하게 일하기로 맹세했다.

어차피 3일 안에 까먹겠지만—.

제6화 아저씨, 가정교사를 재개하다

솔리스테어 공작가 차남, 크로이사스 반 솔리스테어.

자타공인 연구에 미친 자. 마법에 관계된 것이라면 무엇이든 손대는 무절제한 성격이지만, 무엇이든 반드시 성과를 내고야 마는 타고난 천재다.

그런 크로이사스는 지금—.

"아아…… 나의 이상향. 돌아가고 싶다…… 그곳으로."

—굉장히 침울해졌다.

이스톨 마법 학교의 성적 우수자들은 과외 수업이라는 명목으로 지하 도시【이더 란테】로 파견됐었다.

하지만 명목은 명목일 뿐. 실상은 학교 강사들이『흥, 이제 우리가 가르칠 건 없다』라며 교육을 포기하고 성적 우수자들을 추방한 꼴이었다.

물론 나라에서 조사를 위해 파견한 고고학자 및 마도 연구가는 인력 부족이 해소되므로 두 팔 벌려 이들을 반겨줬다. 그렇게 학생들의 지옥이 시작됐다.

하루마다 늘어나는 마도구, 유적에 남아있는 문헌 해독. 진척이 없는 해석 작업에 우울증 증상을 호소하는 사람도 있을 만큼 가혹한 현장이었다.

마도구 하나를 해석하면 새로운 마도구 100개가 들어온다.

환호하는 사람은 국가 소속 연구자뿐이고 학생들에게는 영원히 돌을 굴리는 시시포스의 형벌, 블랙 기업의 노예 체험이었다.

그런 현장에 적응한 학생은 크로이사스뿐이었다.

"위대한 옛 문명의 마도구들…… 마법 문자로 기록된 고대 문헌……. 모든 것이 그립구나."

그에게는 천국이었다.

눈을 감으면 산처럼 쌓인 마도 문명의 유적과 발굴품의 모습이 선명하게 되살아났다.

영원히 끝나지 않는 해석 작업조차 그에게는 도파민에 절여진 인생 최고로 보람찬 나날이었고, 새로운 사실이 판명될 때는 흥분해서 밤잠을 설쳤을 정도였다.

그 아름다운 시절의 모든 것이 사랑스러웠다.

하지만 어떤 즐거운 나날에도 끝은 찾아오는 법. 겨울방학이라는 이름의 봄 방학이 시작되면서(사실 학교가 세간의 눈치를 봤기 때문이지만) 크로이사스는 낙원에서 추방됐다.

어디까지나 이건 크로이사스의 감상이고, 사실 많은 학생은 지옥에서 해방되어 눈물을 흘리며 기뻐했다.

크로이사스에게는 천국이라도 다른 학생들에게는 지옥. 이것만 봐도 그가 정상이 아니라는 것은 분명했다.

유적에서의 생활이 보람찼던 만큼 그 일상을 빼앗긴 크로이사스의 절망은 컸다.

낙원에서 추방된 **아담**은 지금 잡동사니가 흩어진 침대 위에서 삶을 한탄하고 있었다. 그는 방을 두 개 배정받았는데, 하나는 연구용 방이고 다른 하나가 지금 있는 침실이었다.

오랜만에 돌아온 자기 집의 방도 학교 기숙사와 똑같은 엉망진창……. 이 침실도 지저분하기는 하지만, 엉망진창이 된 방보다는 훨씬 깨끗해서 쉴 때는 이곳으로 온다.

가까운 곳에 마도사의 정점이라고 할 수 있는 괴물이 산다는 것도 잊은 채, 침실에서 홀로 절망을 맛보는 크로이사스.

그는 정말로 연구 이외에는 머리가 돌아가지 않는 광인이었다.

"……그래서 이 모양 이 꼴인가."

아들을 보러 침실로 온 델사시스가 혀를 찼다.

"앗, 아버지, 오셨나요? 제 방에 오시다니, 별일이네요."

델사시스의 손에는 길고 가느다란 꾸러미가 있었지만, 크로이사스는 별 흥미를 보이지 않았다. 자신의 연구 말고는 정말로 아무래도 좋은가 보다.

참고로 크로이사스는 지금 자기 속마음을 무의식중에 주절대는 바람에 델사시스가 다 듣고 말았다. 보통은 창피하게 생각하겠지만, 안타깝게도 크로이사스에게 그런 섬세한 감성의 소유자가 아니었다.

"너도 나가서 운동 좀 하고 그래라. 연구자가 되고 싶은 꿈은 알지만, 결국 체력이 안 받쳐주면 과로로 죽을 수도 있어."

"연구하다가 죽으면 호상이죠. 그보다 무슨 일로 오셨나요, 아버지."

"방에서 시간을 축내고 있다는 얘기를 듣고 재미있는 선물을 주려고 왔다. 어떻게 할지는 네가 직접 정해."

"선물이요……?"

델사시스는 적어도 자식에게 선물을 주는 부모는 아니었다.

필요하다고 판단하면 여러모로 준비해주지만, 그건 어디까지나 귀족의 의무이기 때문이며 그 외에는 전부 아이들의 자주성에 맡긴다. 방임주의까지는 아니더라도 한없이 방임에 가까운 교육 방침이었다.

필요할 때는 주의하거나 잔소리로 자주성을 가지도록 장려했다. 요약하자면『스스로 생각하고 행동하고 책임져라』를 철저하게 지키는 성격이었다.

그래서 아버지가 가져온 선물은 의심부터 샀다.

그 불신이 미심쩍은 표정으로 얼굴에 드러났다.

"아버지 손에 있는 그게 선물인가요? 어쩐지 지팡이처럼 생겼네요."

"그래. 극비로 개발한 물건인데 우선 네 의견을 듣고 싶구나."

'극비……. 마도구인가.'

특별한 이유가 없는 한 델사시스는 크로이사스의 방을 찾아오지 않는다.

1년에 서너 번 오면 많이 오는 편이다. 심지어 의견을 물으러 온

건 이번이 처음이다.

"그럼 아버지가 들고 오신 물건을 보여주실래요? 저도 관심이 생기네요."

"하나는 메티스 성법 신국의 신형 무기다. 다른 하나는 이더 란테에서 발견된 유물 중에서 되도록 상태가 좋은 물건을 골랐지."

"……오호."

크로이사스의 눈에 빠르게 활기가 돌아왔다.

고대 유물이라는 말을 듣고 의욕에 불이 붙었다.

델사시스는 그런 아들 눈앞에서 포장을 묶은 끈을 풀어 내용물을 꺼냈다.

하나는 금속 통을 목제 몸통에 붙였을 뿐인 간소한 지팡이. 다른 하나는 녹슬었지만, 분명히 마도구의 특징이 보이는 지팡이였다.

"……이건 학회에서도 무기로 생각하던……."

"무기다. 이것과 비슷한 무기를 제로스 공도 가지고 있어. 아니, 아마 만들었겠지."

"그분도요? 그렇군요……."

크로이사스는 두 물건을 손에 들고 대충 훑어봤다.

손잡이 뒤쪽인가 중앙부에서 조금 떨어진 곳인가라는 차이는 있지만, 둘 다 같은 콘셉트로 제작되었다는 것을 알 수 있었다.

긴 원통 부품으로 추측하자면 끝부분의 걸쇠를 당겨 무언가를 발사하는 도구로 추정됐다.

방아쇠를 당기는 무기에는 석궁이 있다. 석궁은 팽팽하게 당긴 시위를 장치로 고정했다가 풀어서 화살을 쏘는 구조다.

그래서 이 지팡이도 사출 무기라고 결론지었다.

"메티스 성법 신국의 무기는 발굴된 것에 비하면 원시적인 형태네요. 마법을 거부하는 나라가 마도구를 만들다니……."

"용사들의 지식으로 재현했겠지. 제로스 공이 만든 무기는 유적에서 발굴된 무기에 가까워."

"흠…… 분해해도 될까요?"

"해봐. 우리도 분해해서 조사했지만, 어떤 원리로 작동하는지 밝혀내지 못했어. 네가 이 무기를 재현해줬으면 한다."

델사시스는 크로이사스에게 무기 해석과 제작을 의뢰했다.

마도구 재현은 흥미로운 연구 과제라서 기쁘게 수락했지만, 그 정도라면 솔리스테어파 공방에서도 충분히 할 수 있을 것이다. 연구자로서 미숙한 크로이사스에게 의뢰할 필요성을 느끼지 못했다.

그래도 이 이야기를 꺼낸 이유는 아마 이것이 극비 임무이고, 향후 어떤 계획이 있기 때문이라고 막연히 생각했다.

물론 금방 잊어버리겠지만…….

"또 무모한 일을……. 그래서, 메티스 성법 신국의 무기는 어떻게 사용하는지 밝혀졌나요?"

"이건 화승총이라고 불리는 물건이야. 우선 끝부분의 구멍으로 화약과 금속탄을 넣고, 통 아래에 있는 봉으로 밀어넣어. 오른쪽 옆에 달린 레버에 불을 붙인 밧줄을 고정하고, 그 앞에 있는 접시에 소량의 화약을 올린 뒤, 방아쇠를 당기면 화약이 인화해서 금속탄을 발사하는 구조지."

"과정이 유난히 길군요. 그럼 구시대 마도구는 그 과정을 생략한 구조로 추측되네요. ……아하.”

크로이사스의 머리가 풀가동했다.

두 무기 모두 탄을 발사한다는 점은 일치한다.

중요한 차이는 화약 접시의 유무다. 그 과정을 생략하려면 화약 대신 마법을 이용했다고밖에 생각할 수 없다. 하지만 마도구인 이상, 어딘가 마력을 저장할 곳이 필요하다.

사용자의 마력을 이용하면 효율이 떨어지므로 실용적이지 못하기 때문이다.

“흠, 흐음…… 그렇군…….”

마도구를 들어서 조사하자 방아쇠 앞쪽에 있는 상자가 빠졌다. 들여다보자 안쪽에 뭔가를 넣는 구조 같았다.

내부에는 스프링이 있어서 아래에서 물체를 밀어 올리게 되어 있었다.

더 분해하자 굉장히 흥미로운 구조였다.

손잡이 부분도 바닥에 뚜껑 같은 것이 있고, 내부에 가늘고 긴 통이 들었다. 꺼내서 확인하자 복잡한 마법 문자가 빼곡하게 새겨져 있었다.

“이더 란테에서도 봤지만, 이 통이 마력을 저장하는 부품 같네요. 성법 신국의 무기를 상당히 강화한 물건일까요? 이 상자 형태의 부품은 탄을 넣어서 연사하는 용도 같아 보여요. 연사 가능…… 그렇다면 발사하는 장치는 본체 내부에 있나? 재미있는 무기지만…… 이해가 안 되네요.”

“뭐가 말이냐?”

"제로스 님이 이것과 비슷한 무기를 가졌다면 직접 제로스 님께 물으시면 되지 않습니까? 왜 저를 찾아오셨죠?"

"제로스 공은 나라를 위해서 일할 생각이 없어. 취미로는 만들어도 제품화나 양산에는 절대로 협력하지 않겠지. 마법 스크롤 정도라면 도와주지만, 이런 무기는 틀림없이 기피할 거야."

"그렇군요. 개인적으로 제작하는 건 괜찮고, 양산이 목적이면 안된다는 말인가요."

똑같이 취미로 살아가는 사람이기 때문에 알 수 있었다.

크로이사스도 마도구에 쓰는 마석과 마정석을 가공할 때가 있지만, 상업적 가치는 따지지 않는다. 어디까지나 실험의 일환이기 때문이었다.

편리성이나 생산성은 다른 사람들이 생각할 영역이며, 크로이사스에게 중요한 것은 결과에서 얻어지는 정보였다.

이론 검증과 결과로 증명된 정보를 고찰하는 그때가 바로 크로이사스에게 가장 행동한 시간이었다.

"인원은 준비해주마. 쓰고 싶다면 우리 파벌 공방도 써라. 노는 인원도 활용해라."

"아버지…… 노는 인원이란 건 **기술자** 말인가요?"

"그래. 마도식 모토르 캐리지의 동력부 생산이 지지부진해서 할 일 없이 빈둥대는 자들이 있어. 그 인원을 끌어다가 팀을 꾸려도 된다."

"그렇지만 저도 학생인데요? 휴가가 끝나면 학교로 돌아가야 해요."

"네가 없는 동안 우리 쪽에서 어떻게든 계획을 진행해보마. 걱정하지 마라, 생산 가능성만 보여주면 돼."

크로이사스는 눈앞에 놓인 무기를 바라봤다.

델사시스는 이 무기에 지대한 관심이 있는 것처럼 보였다.

하지만 크로이사스는 그저 금속을 발사하는 무기가 그렇게 중요하다는 생각은 들지 않았다. 이 정도 공격이라면 마법 장벽에 막힌다고 생각하기 때문이었다.

그는 한낱 연구자이며 마법이라는 기술을 신앙처럼 떠받드는 인종이라서 이 무기가 얼마나 위험한지 전혀 이해하지 못하고 있었다.

"재미있어 보이니까 하긴 하겠지만, 그렇게 급히 매달릴 만한 물건인지는 모르겠네요."

"너는 마법을 절대시하지만, 기본적인 물리력만큼 무서운 것은 없어. 그것을 알려주는 무기가 네 앞에 있다. 이건 전쟁의 패러다임을 갈아엎을 물건이야."

"그런가요……. 그럼 공방에 가서 협력자를 모아보죠. 우선 금속 가공이 특기인 드워프부터 찾을까요. 부품 샘플은 많을수록 좋을 테니까."

그리하여 솔리스테어파 공방에서 총기 연구가 시작됐다.

이 사건이 미래에 총사대(銃士隊) 창설로 이어지지만, 그건 아직 상관없는 이야기다.

어찌 됐건 크로이사스가 나라의 중요한 위치에 서는 계획이란 것만은 확실하다.

◇ ◇ ◇ ◇ ◇ ◇ ◇

크로이사스가 총 양산 계획에 착수했을 무렵, 함께 귀향한 츠베이트와 세레스티나도 할아버지인 크레스톤 전 공작의 별장에서 마법 수업을 받고 있었다.

두 사람을 가르치는 사람은 당연히 매일이 일요일인 제로스였다.

오늘의 과제는 마법 연성. 【연성대】라고 불리는 탁상을 쓰는 수업이었다.

【연성대】란 연금술로 행하는 공정을 실험 기구 없이 진행할 수 있는 특수한 탁상으로, 탁상에 새겨진 복잡한 마법진이 사용자의 의지와 연동해 귀찮은 작업 공정을 생략하고 결과를 내는 편리한 마도구다.

예를 들어 물을 생성하려면 수소와 산소를 결합해야 하지만, 연성대는 사용자가 대기 중의 원소를 결합하는 이미지만 만들면 실험 기구 없이 간단하게 물을 만들어 낸다.

포션을 제작할 때도 재료를 모아두고 약초 성분과 제작 도중의 약물 반응, 제작 과정을 상상하기만 해도 과정을 생략하고 포션이 완성된다.

문제는 실험 기구를 사용하는 일정 과정이 생략되는 탓에 재료의 상태를 확인할 수 없어서 완성품의 품질이 떨어진다는 점이다. 이 문제는 상상대로 재료가 변질하는 상태를 파악할 때까지 반복 숙달하는 수밖에 없다.

철로 검을 만드는 작업 공정을 모르면 검을 만들 수 없듯이, 포션도 재료의 화학 반응을 모조리 파악하지 않으면 질 좋은 제품을 완벽하게 재현하기는 불가능하다.

"오늘의 수업은 마석과 보석의 결합. 마정석 제작입니다."

"뜬금없이 마정석……? 마정석은 보석에 마력을 주입해서 오랜 시간 변질시키는 거지?"

"연성대…… 선생님은 가지고 계셨네요. 처음 봐요."

"남은 두 개는 저택 창고에서 먼지에 묻혀있던데요? 아무튼 연성대는 재료를 모으고 상상하기만 해도 간단하게 원하는 물건을 만들 수 있습니다. 말만 들으면 굉장히 좋아 보이지만, 솔직히 품질이 조악해요. 품질 좋은 물건을 만들려면 상당한 기량이 필요하죠."

제로스도 처음부터 최고 품질을 기대하지는 않는다.

이건 지금까지 학교에서 배운 강의 내용과 가정교사 노릇을 할 때 가르친 내용을 얼마나 정확히 기억하는지 연성대로 시험하려는 취지였다.

공격 마법도 마도 술식으로 발동 과정이나 위력, 형태가 모두 규정된다.

하지만 사용자가 명확한 이미지를 상상하면 발동한 마법의 위력을 자유자재로 조절할 수 있게 된다. 마력 조작의 연장선에 있는 기술이다.

그러므로 마도사에게 명확한 이미지는 아주 중요한 기술인 셈이다. 이 수업의 목적도 지식으로 아는 물리 현상을 상상력만으로 현실에 구현하는 것에 있다.

그리고 연성대를 이용하는 가장 간단한 방법이 【결합】이라는 작업이었다.

“보석은 광물이 지하에서 결합하고 압축된 결과물이지만, 마석도 마력이 압축되어 만들어지니까 과정은 비슷하다고 할 수 있겠죠. 보석의 입자가 결합하는 틈으로 마력을 넣어 압축하는 이미지를 상상하세요.”

“실패하면 어떻게 돼?”

“보석이 분해되어 입자만 남죠. 다이아몬드라면 탄소로 변하려나. 비취라면 규소, 루비나 사파이어라면 산화알루미늄에 크롬, 철은 티타늄이었나…….”

“저기…… 이거 굉장히 거액이 들어가는 수업 아닌가요? 새끼손가락 손톱만 한 보석도 엄청 비싸죠?”

“그야 뭐, 일반인이면 몇 달 동안 놀고먹을 수 있겠죠? 어차피 공짜로 얻었으니까 신경 안 써도 돼요.”

‘안 쓰게 생겼나(요)…….’

아무리 공짜로 구했어도 보석을 낭비하자니 거부감이 앞섰다.

심지어 연성대로는 실패할 확률이 커서 츠베이트와 세레스티나에게는 부담스러울지도 모른다.

“마석은 마물의 핏속에 있는 철분과 산소, 마력…… 마력은 어떤 성질의 입자지? 원자 번호 몇 번인지 아세요?”

“스승님이 모르는 걸 우리가 어떻게 알아?”

“애초에 마력은 에너지 아닌가요?”

“다이아몬드는 방사성 물질로 색이 변하는데, 마정석도 변색이 일어난단 말이죠. 설마 마력이 방사선은 아니겠지…….”

"방사선이면 문제라도 있어?"

"인간— 생물이 죽어요. 백번 양보해서 방사선에 내성이 있다고 가정해도 태어날 때부터 피폭됐다는 뜻이 돼요. 마력은 정말로 뭐지?"

마력— 실로 신비로운 에너지.

분명히 존재하지만, 아무도 그 존재에 의문을 품지 않는다.

온갖 현상을 일으키고 끊임없이 변질하면서도, 줄어들지 않고 세계를 구성하는 정체 모를 힘이다.

조만간 금속을 생물로 진화시켜도 그러려니 할 수밖에 없다.

"새삼스럽게 생각해 보면 마력이라는 거, 무섭네."

"그게 마도사가 할 소리야?"

"그러고 보면 막연하게 인식할 뿐이고, 마력이라는 힘의 근원은 알 수 없네요."

마력으로 태어난 물질과 현상은 마력 확산으로 분해되어 자연계로 돌아가므로 세계의 마력 총량은 변하지 않는다고 추정된다. 에너지 차원에서 보면 손실 없이 언제나 일정량을 유지한 채 자연계를 순환하는 셈이다.

그렇다면 이 자연계 순환은 영구기관에 가깝다.

물론 용사 소환 마법진으로 자연계 마력이 대량 소비된 사례가 있으므로 반드시 총량이 보존된다고는 할 수 없다. 그러나 이는 인재(人災)니까 예외로 봐도 되리라.

또한 마력을 생성해 방출하는 식물도 존재하여 자연계 마력이 포화될 가능성도 있지만, 생태계의 먹이 연쇄로 적정 농도가 유지된다고 추측할 수 있다.

가령 자연계가 마력 농도를 일정하게 유지한다면, 자연계 마력이 포화됐을 때 불어난 마력은 어디로 가는지 알 수 없다.

여기까지 오면 가설이 아니라 망상의 영역이라서 고찰은 포기했다.

"마력이 뭔지 고민해도 소용없나. 일단 실험이나 하죠."

"그래. 생각해봤자 답도 없을 것 같아."

"지식을 탐구하는 마도사의 태도는 아니지만요……."

지식으로 이해할 수 없으니까 문제인 것이다.

아니, 정확하게는 이해하기 위한 지식을 아무도 모른다.

"그럼 이제부터 보석에 마석을 결합할 겁니다. 마석은 속성에 따라 색이 달라요. 4대 속성에 더해 빛과 어둠…… 막연한 개념이지만, 실제로 그런 성질을 띠고 있죠. 보석에 마석을 결합하면 그 속성에 해당하는 빛깔로 변합니다. 보석을 구성하는 물질의 색을 무시하고요. 신기하죠~?"

"마도구를 만들 때도 4대 속성에 맞춘 마법을 넣을 때가 많지. 주로 공격용 마도구지만. 내가 이상하게 생각하는 부분은 커다란 바람 속성 마석에 불 마법을 넣어도 위력이 오르지 않는다는 거야."

"왠지 위력이 더 떨어지죠?"

"빛과 어둠 마석을 결합하면 무속성으로 변하는데, 이러면 4대 속성을 넣을 수 없죠. 중력이나 공간 마법은 넣을 수 있지만……. 아이템 백에 필요한 재료를 만들 수 있으니까 수요가 없진 않아요."

무속성 마석— 혹은 마정석은 사실 아이템 백을 만드는 데 필요한 재료다.

최소한 마정석 여덟 개로 아이템 백 내부에 공간 마법을 이용한 아공간을 구축한다. 장벽과 결계, 공간 마법의 응용 기술이다. 상시 발동 상태인 마도구인 만큼 자연계 마력을 공급하는 마법식을 넣어서 마정석의 마력을 끊임없이 충전해야 한다.

그래도 마력이 부족해지는 탓에 소유자가 정기적으로 마력을 충전해줘야 하지만, 용병이나 원정에 나서는 기사라면 누구나 가지고 싶어 하는 도구다.

다만, 제작이 어렵고 제작 기술을 계승한 마도사도 적다. 그리고 그 대부분은 국가 기밀 수준으로 귀족들이 관리한다.

"그러고 보니 전에 그런 말도 했었지……. 스승님, 정말로 만들 수 있어?"

"그럼요. 자작한 아이템 백을 몇 개나 들고 있는데, 생김새가 좋지 않아요. 전문가가 아니라서 디자인이 영~."

"아니, 만들 수만 있어도 돈방석에 앉는다고. 워낙 수요가 높은 도구라서."

"저도 만들 수 있을까요?"

"숙련자도 실패할 때가 많아서 별로 추천하고 싶진 않군요. 그냥 수상한 도구를 만드는 편이 돈 벌기도 쉽고."

아이템 백은 실패 확률이 상당히 높다.

무리해서 만들기보다 평범하게 강화 아이템을 만드는 쪽이 돈이 된다. 재료를 모으는 것만으로도 아주 많은 수고가 드는 아이템이다.

"이 얘기는 다음에 하고, 지금은 마정석 가공부터 하죠. 간단한 마법을 발동하는 마도구도 수요가 있으니까요. 특히 【신체 강화】 마법은 기사와 건설 노동자에게 큰 인기가 있을 겁니다."

"그건 그럴지도 모르지만……. 응? 지금 수상한 도구라고 하지 않았나?"

"……아이템 백."

츠베이트와 세레스티나는 아이템 백이 몹시도 가지고 싶었다.

츠베이트는 주로 군사적 유용성에 주목했다. 작은 창고 수준의 수납 능력이라도 회복약 같은 작은 도구만 운반해도 충분히 쓸만 했다. 전장에서는 물자 보급이 쉽지 않기 때문이다.

세레스티나는 아이탬 백에 약초나 조제, 가공한 마법 매개체를 보존하다가 필요할 때 꺼낼 수 있다는 점이 매력적이었다.

"에헤이, 하나 달라는 눈으로 쳐다봐도 안 줄 거예요. 그보다 수업이나 똑바로 들어요."

"그래. 작은 일부터 차근차근 배워가야지……."

"……아이템 백은 비싸니까요."

아쉬운 마음을 달래며 두 사람은 연성대 앞으로 갔다.

연성대의 마법진이 빛나고 마정석 가공 준비가 완료됐다.

"모든 물질은 작은 입자가 결합해서 형성됩니다. 보석을 형성하는 입자 사이에 마력 결정을 끼워 넣는 모습을 상상하세요."

"보석과 마석을 합치는 느낌으로?"

"단순히 합치면 반발을 일으켜서 가루가 될걸? 마석을 마력으로 분해해서 보석에 결합하는 느낌이에요. 이렇게, 작은 가루의 사이사이를 마력 가루로 채우듯이……."

칠판에 보석을 나타내는 큰 동그라미를 여러 개 그리고, 마력을 나타내는 다른 색 동그라미로 둘러싸서 사이를 연결하는 그림을 그렸다. 거기서 사방에서 화살표로 압력을 가하는 도식도 더했다.

요약하면 분해와 결합을 동시에 진행하고 응결하는 세 가지 공정이었다.

"대략적인 이미지는 잡히지만…… 압력도 동시에 가해야 하나요?"

"그건 연성대가 보조해 줄 겁니다. 프로는 이 정도 작업에 구태여 연성대까지 쓰지 않죠."

"아니, 스승님…… 마력만으로 연성한다는 게 말이 돼? 상상만으로 그게 가능하다고?"

"가능하죠. 봐요."

아저씨는 손바닥에 놓인 작은 보석과 마석을 꽉 쥐어서 마력을 불어넣었다. 그리고 손바닥을 펴자, 마정석이 완성되어 있었다.

너무 빠른 변화에 츠베이트와 세레스티나는 말을 잇지 못했다.

"자, 얼른얼른 시작하세요. 마력을 낭비하면 쓰나~. 연성대는 이미 가동하고 있어요."

"그래……(봐도 이해가 안 되는데……)."

"이게 장인의 기술이란 건가요?"

마도 술식은 마법을 원활하게 사용하기 위해서 만들어졌지만, 그것이 없던 시대에는 어떻게 했을까? 아마 상상과 마력 제어로 무작정 밀어붙이지 않았을까.

그것이 실험을 여러 번 반복한 아저씨의 결론이었다.

물리 현상을 이해하고 선명한 이미지를 떠올릴 수 있다면 마력을 왕창 쏟아부어 현실에 빚어낼 수 있다.

하지만 쉬운 일은 아니다. 과학적인 지식과 마력의 성질 변화를 충분히 이해하지 않으면 불가능하다.

탁월한 마력 제어력과 깊은 과학 지식이 요구되고, 매개체가 되는 소재의 성질 변화를 정확하게 파악하여 제작 공정을 무시하고 결과로 변질시킨다. 당연하지만 실패할 확률은 크다.

그것을 보충하기 위해서 긴 『주문』이 만들어졌다. 작업 공정을 주문이라는 형태로 확인하면서 정신을 집중하여 성공률을 높이는 것이다. 이것이 원시적 마도 연성이다.

연성대는 그 수고를 덜고 마도 술식으로 가능한 한 성공으로 이끌어주는 도구로, 주문이 필요 없는 대신 물리 현상에 관한 깊은 이해력과 상상력이 요구된다.

어쩌면 주문을 더하면 성공률도 오를지 모르지만, 애초에 아저씨는 장황한 주문을 모른다. 모르니까 알려줄 수도 없다.

하지만 주문 없이 연성하면 츠베이트와 세레스티나가 물리 현상을 얼마나 과학적으로 이해했는지 알 수 있으니까 깜짝 시험으로 최적이기도 했다.

"크…… 제법 어렵군……."

"보석에…… 분해한 마석을 결합……. 이해는 했지만……."

"애먹는구만~."

애초에 두 사람은 물질의 결합 상태를 본 적이 없다.

금속의 결합은 전자 현미경이 있으면 볼 수 있지만, 이 세계에 그런 게 있을 리 없는 관계로 다른 결정체를 결합하는 이미지가 떠오르지 않았다.

본래 마정석을 만들려면 보석에 마력을 불어넣어 변질시키는데,

예를 들어 《루비》=《불》이라는 이미지로 속성에 맞춰 마정석이 만들어진다.

이것은 보석의 색이 속성의 성질을 무의식적으로 정착시킨 결과로, 《블루 사파이어》=《물》, 《토파즈》=《흙》 같은 선입견이 생기고 말았다.

속성별 마석이 더해지면 보석도 그 속성에 맞춰 색이 변하니까 아예 틀린 생각은 아니다. 하지만 절대적이지도 않다.

두 사람이 쓰는 보석은 츠베이트가 루비, 세레스티나가 자수정인데 마석의 색은 녹색. 다시 말해 바람 속성이었다.

성공하면 두 보석 모두 녹색으로 변할 것이다. 하지만—.

"앗, 깨졌어……. 실패했나."

"아앗?! 실패했더니 모래처럼 변했어요……."

"츠베이트 군은 억지로 결합하려다가 깨졌고, 세레스티나 양은 이미지는 잡았지만 응결에서 실패했네요. 경도를 유지하지 못해서 부서진 거예요."

"그래도 자잘하게 부서진 보석이 녹색으로 변했어요."

"정말로?! 나는 부서지기만 하고 색은 안 변했는데……."

평가하자면 정교한 마력 제어는 세레스티나가 더 잘한다는 뜻이다.

츠베이트는 마력을 억지로 움직이는 경향이 있나 보다. 마석을 마력으로 분해하는 것까지는 괜찮지만, 결합할 때 마력을 무모하게 욱여넣는 식으로 제어했다.

그래서 다른 성질의 물질이 반발하여 보석과 마석이 깨진 것이다.

"섬세한 제어는 세레스티나 양이 잘하는군요. 츠베이트 군은 힘으로 밀어붙이려다가 실패했으니까 성격이 반영된 건가?"

"아니, 아마 이미지를 잘못해서겠지. 기존의 입자에 다른 입자를 끼워 넣는 이미지를 상상하기 어려워서."

"그럼 시험 삼아 제가 해보죠. 볼 수 있도록 천천히 할 테니까 잘 보세요."

제로스는 더 큰 보석과 마석을 꺼내서 연성대 위에 올렸다.

"서, 선생님?!"

"스, 스승님…… 그 마석과 보석, 팔면 엄청난 돈이 된다고. 일반 시민이 몇 년은 놀고먹을 수 있는……."

"이 정도 크기가 아니면 알기 쉬운 시범을 못 보여줘요. 나중에 가공해서 지팡이에나 끼워 넣을까."

손바닥 크기의 보석과 마석. 만약 이것으로 마정석을 만들면 국보급 가치를 가질 것이다.

그런 의미에서 두 사람은 역사적 순간 앞에 놓여 있었다.

"그럼 시작할게요."

제로스가 꺼낸 보석은 단순한 수정이고, 마석은 짙은 군청색이었다.

어떤 마물의 마석인지는 알 수 없었다.

연성대 위에서 보석이 공중으로 떠오르고 커다란 마석이 녹는 것처럼 세밀하게 분해되어 갔다.

마력으로 변환된 마석은 보석 주변을 떠돌며 침투하듯 보석 내부로 빨려 들어갔다. 동시에 외부의 압력으로 결합을 촉진했다.

상당히 경도가 높은 수정이 마치 슬라임처럼 흐느적거렸다.

"굉장해……. 무색 수정이 푸르게 변해요."

"다이아몬드만큼은 아니지만, 수정도 꽤 단단할 텐데? 어떻게 이런 식으로 움직이지……."

"그야 입자와 입자의 틈으로 마력이 들어가서 경도를 유지하지 못하기 때문이죠. 그리고 이걸 압축 응결!"

블루 슬라임 상태였던 수정이 사방에서 압력이 가해지며 굳어갔다.

손바닥만 하던 크기도 탁구공 정도로 압축됐다.

"대충 완성됐네요."

"이 짙은 푸른색…… 물 속성인가요?"

"……근데 처음부터 시범을 보였으면 우리가 성공할 확률도 높았던 것 아냐?"

"천천히 보여주면 시간이 지나는 만큼 마력이 낭비되잖아요. 최대한 빠르게 만드는 게 이상적이에요."

""그거, 우리가 할 수 있긴 해(요)?""

여기서 제로스의 착각을 바로잡겠다.

지금 제로스가 쓴 방법이 초보에게 맞는 올바른 마정석 제작법이다.

아저씨가 처음 두 사람에게 시킨 방식은 크레파스를 갖고 노는 아이에게 유화 그리는 법을 가르치고 『참 쉽죠?』라고 한 꼴이다. 하마터면 보석과 마석만 산더미처럼 낭비될 뻔했다.

요컨대 실패를 전제로 단번에 마정석을 만들거나 마력이 유실될 것을 각오하고 확실하게 마정석을 만들어야 한다. 갑자기 고수용 기술을 보여줘도 성공할 리가 없다.

아저씨는 자기가 너무 앞서나갔다는 사실을 깨닫지 못했다.

시범을 보여주어 조금은 이해했는지, 츠베이트와 세레스티나는 확실하게 마정석을 만들기 위해서 제로스가 알려준 공정을 참고로 다시 연성에 들어갔다.

몇 번의 실패는 있었지만, 두 사람은 가까스로 마정석을 만드는 데 성공했다.

형태는 좀 삐뚤빼뚤하지만—.

제7화 아도, 거래하다

솔리스테어파 공방은 산토르 북부에 위치한다.

붉은 벽돌로 지은 공방은 여러 부서로 나뉘어 있고, 주로 마법약이나 마도구 연구 및 양산이 이루어진다.

관리는 파벌의 명칭대로 솔리스테어 왕가의 이름하에 친척인 솔리스테어 공작가가 맡고 있으며, 델사시스가 경영하는 상회가 협력해 막대한 이익을 거두었다.

사실 델사시스가 반쯤 사유화한 상태였다.

하지만 솔리스테어파 공방의 설립 당시 관리자였던 크레스톤이 아들 델사시스에게 자리를 넘기면서 수익이 늘어났고 왕가에도 상당한 금액이 들어오는 누이 좋고 매부 좋은 상황에 불만을 토로하는 이는 없었다.

델사시스의 경영 능력은 누구나 알아주는 바이며, 마도사와 연금술사를 발효 식품이나 술, 화장품 등 제조 분야에 배치하여 좋은 결과를 얻었고 마도사의 취직률도 높아졌다.

파벌 중에서는 작은 편이지만, 사업 수익은 어느 파벌보다 높았다. 품질도 좋고 가격도 적당한 것이 성공한 이유이리라.

그런 제품을 만드는 공방의 어느 방에서, 델사시스와 크로이사스는 드워프 기술자들과 얼굴을 맞대고 마도총에 관해 논의하고 있었다.

연구를 향한 크로이사스의 열정은 예상 밖을 넘어 미쳤다고밖에 할 수 없는 수준이었고, 귀중한 구시대 유물인 마도총을 곧바로 분해해 구조를 샅샅이 분석했다.

게다가 화승총도 참고해 내부 마력으로 가동하는 부품을 제외한 기본형의 설계도를 완성했다. 그것은, 지구의 총기와 구조가 거의 일치했다.

"—이게 마도총의 기본 구조입니다. 구시대의 총은 이것 말고도 여러 기능이 있어 보이지만, 정체를 알 수 없는 장치나 부품이 많아서 시험할 수가 없더군요. 이 도면은 메티스 성법 신국에서 만든 화승총을 참고로 제가 나름대로 구조를 고찰했을 뿐이지만요."

"자네들이 이 마도총의 시제품을 만들어줬으면 하네. 물론 금속 강도를 높이거나 구조를 간략화하는 등 다양한 실험을 하게 될 걸세."

구시대 무기를 분해하고 마도 기기를 제외한 구조를 도면에 기록한 크로이사스는 오늘 델사시스와 함께 기술자들 앞에서 마도총에 관해서 공표했다.

밤샘 작업으로 구시대 유물을 조사한 탓에 크로이사스의 눈 밑에는 짙은 다크서클이 생겼다. 정말로 얼굴이 아까운 마법 오타쿠였다.

그런 그의 앞에 모인 기술자들은 모두 델사시스의 신임을 사는 인물들로, 새로운 무기 제작이라는 말에 핏발 선 눈으로 도면을 응시하고 있었다.

그리고 그들 뒤에서는— 아도가 필사적으로 마도 모터의 부품을 제작하고 있었다.

참고로 이 미팅 전에 크로이사스는 아도에게 얼굴을 들이밀며 최대한 총의 부품명을 캐내어 설계도에 써넣기도 했다.

'이런 중요한 이야기를 왜 내 옆에서 하는 거야?! 『들어버린 이상 안 놔준다』라고 나한테 압박을 가하는 건 아니지?!'

아도가 그렇게 생각할 만도 했다.

델사시스에게 아도는 제로스와 마찬가지로 놓치기 아까운 위험한 카드이며, 조금 강경한 방법을 써서라도 곁에 두고 싶은 인재였다.

그리고 어디서도 볼 수 없는 기술을 가졌기 때문에 다른 마도사의 기술력을 높일 좋은 교사가 될 수도 있었다. 더구나 이사라스 왕국과의 외교에서도 아도의 이름은 편리하게 써먹을 수 있었다.

아도는 그런 델사시스의 속내는 추호도 알지 못했다.

내심 쫄아있는 아도의 옆에서 의논은 계속해서 이어졌다.

"회장, 잠깐만."

"흠, 뭔가?"

"이 약실의 강도가 중요하다는 건 알겠어. 그런데…… 왜 부위의 명칭이 이미 정해져 있는 거야? 자꾸 신경 쓰여."

"저기 있는 아도 공이 비슷한 무기를 알기 때문이지. 물론 그 무기는 마법 착화가 아니라 화약을 쓰는 탓에 탄창에 탄이 많이 들어가지 않는다는군. 이 도면은 아도 공의 의견을 참고로 그렸네."

'어제 공작네 차남이 갑자기 쳐들어와서 늦은 밤까지 부품명을 캐물었지……. 델사시스 공작은 나를 어떻게 소개한 거야?'

아도도 연구 광인 때문에 피곤해 보였다.

"오호…… 젊어보이는데 아는 게 많은가 보군."

'뭐, 뭐지…… 뒤에서 뚫어지게 쳐다보는 기분이?!'

이곳에 있는 기술자들의 시선이 전부 미지의 무기를 아는 아도의 등에 꽂혔다.

물론 아도도 총의 구조는 초보보다 약간 더 잘 알지만, 실물을 만들 수 있는 수준은 아니었다. 강도 계산이나 내부 장치 개조 등, 취미로 기계를 만지는 공대 출신 제로스와 달리 모르는 부분이 더 많았다.

아저씨는 대학생 시절 로봇 제작을 도운 적이 있고, 금속 강도나 무게 중심 계산 등 여러 분야에 경험이 있었다.

대학 중퇴자인 아도와는 배경부터 달랐다.

"이야기를 계속해도 될까요? 이 총은 마법 폭발력으로 작은 금속탄을 사출하는 무기인데, 그때 약간의 반동이 생깁니다. 부품들이 이 충격을 버티지 못하면 실사용은 불가능하겠죠."

"그렇군. 석궁에도 비슷하게 반동이 있는데, 그것보다 큰가?"

"약실에서 폭발을 일으켜 탄환을 앞으로 밀어내는 방식인데, 작은 폭발력이라도 좁은 내부 공간에 위력이 집중됩니다. 폭발력과 반동은 마도 술식에 따라서 달라지겠죠."

"즉, 탄환 크기와 무게에 따라서 마도 술식을 조정해야 하는구만? 우리 같은 기술공에게는 힘들겠는데."

"그건 마도사나 연금술사가 할 일이죠. 그들의 기술 향상에 도움이 되기를 바랍니다."

"""히이이이이이이이익~?!"""

작업하는 아도와 다른 마도사들에게 이목이 집중됐다.

그들의 시선에는『본체는 우리가 튼튼하게 만들어 줄 테니까 실수하지 마라?』라는 살벌한 압박감이 느껴졌다.

마도 술식을 이용한 발화 장치는 마도사의 분야며, 아무리 본체가 튼튼해도 정작 내부 부품이 약하면 의미가 없다. 무엇보다 드워프들은 어설픈 일처리를 싫어하는 경향이 강하고, 실패하면 주먹으로 응징한다.

현재 이 방에는 드워프 기술자 열 명과 마도사 스물여섯 명이 있다. 그중 절반, 마도식 모토르 캐리지 제작에 종사하는 마도사들은 마도총 제작반 마도사들에게 동정의 눈길을 보냈다.

왜냐면 남의 일이라고 생각했으니까. 바로 이때까지는.

"심장부라고 할 수 있는 약실은 기본적으로 마도 술식이 뒤쪽에 들어갑니다. 방아쇠를 당겨서 마력을 흘려보내면 발화하죠. 사용할 술식은 초급 마법인【파이어】가 좋을까요?"

"아니, 위력을 더 낮춰서【토치】로 하지?"

"잠깐잠깐, 그거로 화력이 나오겠어? 애초에 그 마법은 폭발력이 없잖아?"

"그럼 폭발을 더하는 술식을 만들면 되지. 실험은 몇 번 해야겠지만."

""""""그건 마도사가 생각하겠지!""""""

"""그만해~! 압박 주지 말라고! 게다가 우리는 담당 부서도 다르잖아?!"""

드워프 기술자들은 마도사 전원을 노려봤다. 어쩨선지 상황이 묘하게 돌아간다.

아도가 있는 부서는 마도 모터의 부품 제작을 담당했다.

지금도 자력을 발생시키는 술식을 열심히 플레이트에 새기는 중인데, 옆에서 스트레스를 주지 말았으면 좋겠다.

실패하면 플레이트를 만드는 기술자들에게 몰매 맞을지도 모른다.

드워프 기술자들은 담당 부서가 달라도 일에서 실수하면 팬다. 마도사가 말하는 이론이나 실증 실험조차 드워프는 자기네 가치관으로 판단한다.

드워프는 장인 정신이 강하지만, 성미가 거칠고 정신력으로 이겨내라는 이른바 헝그리 정신을 중시하는 종족이다.

실제로는 여러 번 반복해야 할 마도 술식 실험도 죽자 살자 덤비면 한 방에 성공한다고 믿고 있다.

"미스릴은 강도가 부족하겠어."

"그보다 이렇게 작은 부품에 마도 술식이 새겨져?"

"다른 금속과 섞으면서 강도를 확인해야겠군. 하지만 여기 있는 마도사들은 이렇게 작은 마도 술식을 새길 능력이 없어. 될 때까지 갈굴까?"

"흠…… 딱 죽지 않을 만큼 혹사— 훈련해야겠지."

"내가 아는 토목 회사에 성능 좋은 강장제가 있대. 한 모금 마시면 마차 끄는 말처럼 쉬지 않고 일한다는군. 몇 병 받아와?"

"""히이이이이이이이이이이이이이이이익?!"""

그리고 드워프들은 융통성이 없었다.

새로운 무기를 만드는 매력에 사로잡힌 기술자들의 영혼은 뜨겁고 격렬한 열정으로 불타올랐고, 목적을 이루기 위해서라면 노동의 악마도 될 수 있었다.

남이 하는 말 따위 무시하고 어떤 희생을 치러서라도 직무를 완수한다.

여기서 희생이란 마도사의 희생을 뜻하며, 담당 부서가 다르다는 이유 따위는 핑계조차 되지 못했다.

무모함을 천원돌파해서 상식을 파괴하고 짓뭉개 버린다. 그게 드워프라는 종족이다.

웬만한 악덕 사장도 식겁하고 도망칠, 다른 의미로 위험하고 혹독한 지옥이 펼쳐지리라.

드워프의 사전에 인권이라는 글자는 없으니까.

"흠, 의욕이 있어서 보기 좋군. 기대해도 되겠어."

""""""회장니이이이이이이이이임! 왜 우리가 혹사당하는 게 전제인가요?!""""""

"걱정도 팔자구만. 일 한번 하고 나면 그런 나약한 마음은 쏙 들어갈 거야~."

"곧 일밖에 생각할 수 없는 몸이 될 게야. 기술이 좋아지면 자네들한테도 이득이지 않나?"

"우리랑 같이 있던 시점에서 끝났어. 앞으로 너희는 정밀 작업을 할 뿐인 기계가 될 거야~."

"같이 땀 한바탕 흘려 보자고~. 좋지?"

""""""싫어어어어어어어어어어어어어어어어어어어어어어어어!""""""

흡사 모 건설사가 떠오르는 광경이었다.

지옥문이 열렸다. 마도사들은 본능적으로 위기를 감지하고 떨었다. 『여기 있으면 위험하다. 지금 당장 도망쳐라!』라고 마음이 필사적으로 경종을 때렸다.

"회장님, 살려주세요! 이쪽 일만 해도 벅차다고요!"

"델사시스 공작, 마도 술식을 새기는 작업은 섬세하고 정밀해! 가뜩이나 마도사들의 기량이 따라가지 못하는데 드워프의 작업 속도에 어떻게 맞추나! 그것도 모자라 양쪽 작업을 다 맡으라고?!"

"다른 부서의 한가한 녀석들을 제물로— 아니, 도우미로 불러주세요!"

"이대로 가면 우리 죽어요! 애초에 부서가 다르잖아요!"

"마도 모터를 납기에 못 맞춰요!"

필사적 탄원이었다.

드워프들이 그들을 놓아주지 않는 데도 이유가 있었다.

마도 모터를 담당하는 마도사들은 솔리스테어파 내에서도 비교적 기량이 우수한 이들로, 그들은 대체할 인재가 없었다.

다른 마도사는 기술력이 한 단계는커녕 세 단계는 뒤처져서 기술력에 엄격한 드워프들이 그들을 붙잡아 두는 것이다.

이 방으로 불려온 시점에서 이미 벗어날 방법은 없었다.

"……나도 못 하는 일이 있네. 포기하게."

""""""회장니이이이이이이이임?!""""""

'델사시스 공작님, 이러기예요~?!'

델사시스는 매정했다.

무엇보다 그는 바쁜 사람이었다. 공작이라는 작위뿐 아니라 다양한 직함을 가졌고, 그 노동량은 미쳤다고밖에 설명할 수 없는 수준이었다.

그래서 사소한 일은 과감히 무시한다.

어쩌면 단순히 드워프를 상대하기 귀찮을 뿐인지도 모르지만.

"도망쳐! 여기 있다가는 과로로 다 죽어!"

"전원 후퇴하라!"

"노예처럼 죽을 순 없어!"

"어이쿠, 어딜 도망가?"

"우리가 두 눈 뜨고 있는데 놔줄 거 같아?"

"헤헤헤…… 신나고 재미난 작업 시간이야. 지금부터 시작이니까 도망치지 마~."

도망치는 마도사, 막아서는 드워프 기술자.

피할 수 없으면 즐겨라.

"야, 멈추면 죽는다! 절대로 멈추지 마라아아아아아아아아!"

"""""우오오오오오오오오오오, 죽기 살기로 밀어어어!"""""

"제물— 아니, 마도사들을 한 마리도 놓치지 마라!"

“““으헤헤헤헤…… 어디 가려고~? 이제부터 천국을 보게 될 텐데~?”””

그리하여 대난투가 시작됐다.

주먹이 날아가고 물건이 날아가고 사람이 날아간다.

그 혼돈 속에서 몰래몰래 이동한 아도가 입구 근처까지 왔다.

“어디 가시나, 아도 공.”

“어? 델사시스 공작님…… 왜 여기에?”

거기에는 당연한 것처럼 델사시스가 있었다.

“나는 자네도 이 프로젝트에 참가했으면 좋겠네.”

“아니, 그런 일이라면 제로스 씨를 부르시는 게…….”

“아쉽게도 제로스 공은 나랏일에 관여하지 않네. 지금은 이 나라에서 파는 마법 술식을 효율화하는 작업을 맡겼고, 이미 우리나라에 충분히 공헌해줬어. 마도식 모토르 캐리지도 제로스 공의 제안이지 않았나?”

“윽…….”

“아마 자네 부부가 살 집을 마련해 주려는 배려였겠지. 가급적 개량의 여지를 남기고 자네들 세계에 있던 차보다 성능을 낮추어 우리가 만들기 쉬운 시제품을 만들었을 거야. 지금까지 얻은 정보로 보아 자네는 기계 관련 기술이 그다지 뛰어나지 않은 듯하니까.”

“아니, 나도 자동차는 만들었는데요?”

델사시스의 말이 맞았다.

아도가 제작한【경승합차】는 겉모습만 보면 번듯하지만, 기본 구조 외에는 거의 있는 둥 마는 둥 했다. 굴러가기만 하면 된다는 생각으로 만들었기 때문이었다.

얼마 전 제로스가 간단한 에어컨을 달아줘서 더욱 쾌적해졌지만, 어디까지나 지구의 경승합차가 확장성이 뛰어난 구조이기 때문이며, 그것보다 옛날 차의 구조는 아도도 알지 못했다.

마도식 모토르 캐리지는 마도사와 연금술사의 기술력 향상이 목적이지, 국가간 분업을 통한 양산은 부차적인 계획에 불과했다. 여기서부터 응용해 나가는 것이 기술 발전의 첫걸음이 되리라.

기술 발전의 역사를 알지 못하면 의도적으로 이런 골동품을 만들도록 하지는 않는다.

단순히 취미를 우선시하는 인간이 아닌 한—.

"기본적인 구조는 알지만, 세세한 부품까지는 못 만들지 않나?"

"어, 어떻게 그것까지 알아요……?"

"흠, 자네는 얼굴에 철판 까는 법을 배우는 편이 좋겠군. 유도신문에 이렇게 쉽게 걸리면 능력 있는 상인한테 금방 속겠어."

"윽, 유도신문…… 제로스 씨 같은 짓을 하네요."

"후후후…… 제로스 공과 대화하면 참 재미있어. 능청스럽게 보여도 내 말에 숨은 의도를 읽으려고 하지. 상대하기 어려운 수준은 아니지만, 좀처럼 허점을 보이지 않아. 권력자를 경계하는 탓일 거야."

"……와아."

제로스도 델사시스도 자기 이익을 우선한다.

줄다리기도 하지만, 이해가 일치할 때가 많고 금방 타협점을 찾기 때문에 대립하는 경우는 적다. 그런 점에서는 베스트 파트너라고 할 만하다.

하지만 아도는 어떻게 봐도 호구였다. 심리전에 내성이 없었다.

서로 속을 떠보는 경험이 없기 때문이겠지만, 그것을 비난할 수는 없었다.

"딱히 마도총을 만들라는 말은 아니네. 필요할 때 충고해주면 족해."

"조언자예요?"

"그래. 마도 모터 제조도 늦어지고 있네. 더 이상 일을 늘릴 수는 없지 않나? 무엇보다 제로스 공과 적대하고 싶지 않다는 게 솔직한 심정일세."

"마도사가 적은 게 문제 아닌가요?"

"안 그래도 인재를 찾고는 있지만, 조건에 부합하는 사람이 있어야 말이지. 나도 고민이 많네. 지금은 무리해서라도 사람을 키울 수밖에 없어."

마법을 쓸 뿐인 마도사와 마법을 이해하는 마도사는 기본 능력이 다르다.

개발에 필요한 마도사는 마법의 원리를 충분히 이해해야 하며 기술자로서도 능력이 요구된다.

그런 조건을 갖춘 마도사는 그리 흔하지 않다.

"나는 이사라스 왕국 관계자인데 괜찮아요?"

"그건 내쪽에서 알아서 하겠네. 걱정은 말게, 자네에게 피해가 가진 않을 테니. 지금 하는 일을 계속하면서 필요할 때 의견만 내주면 돼."

"그 정도라면 뭐……. 나도 나랏일은 하고 싶지 않거든요."

"맡겨두게, 그건 내 일이야. 그리고 자네들에게는 해야 할 일이 있지? 나도 그걸 방해할 생각은 없네."

"……믿어도 돼요?"

"말하지 않았나? 나는 제로스 공과 적대하고 싶지 않아. 그의 친구인 자네를 이용할 생각도…… 아예 없다고는 못 하겠군."

요컨대 좋은 게 좋은 거니까 서로를 이용하자는 뜻이다.

이토록 힌트를 주면 아도라도 알아먹는다.

심지어 본인 앞에서 『이용하겠다』라고 밝히는 대담함만 보아도 델사시스의 사업 수완을 알 수 있다. 아니, 도량이라고 표현해야 할까?

"에휴, 난 어차피 공작님한테 기댈 수밖에 없어요. 제로스 씨도 믿는 눈치니까 그렇게 할게요."

"이해해줬나 보군."

"다만, 우리는 국가 간 전쟁에는 안 낍니다? 이사라스 왕국에도 의리를 지켜야 하고요."

"흠, 그럼 이사라스 왕국을 조금 더 지원하겠네. 대신 상황에 따라서 자네 이름을 빌리겠지만. 식량 지원에 인재 파견…… 그리고 뒷거래도 염두에 둬야 하나."

"함부로 국가의 일에 관여한 건 내 잘못이죠. 관계를 끊더라도 뭔가 보험을 들어두고 싶은데, 지금 내가 뭘 준비할 능력도 없고……."

"그건 내가 어떻게든 해보지. 자자라고 했었나? 그 이사라스 왕국의 연락책 말이야. 그와 접촉해서 그 나라를 잘 구슬려 보겠네."

"……뭘 어쩌게요?"

"별 건 아니야. 메티스 성법 신국은 지금 대군을 움직일 여력이 없네. 이사라스 왕국이 바라는 것을 줄 뿐이야."

"……역시 무서운 사람이야. 제로스 씨는 잘도 이런 사람이랑 알고 지내네."

아도의 눈에 델사시스는 바닥이 보이지 않는 나락 같은 존재였다.

솔직히 같은 편이라고 믿어도 될지 고민스러울 정도로 악독한 짓을 태연히 해내는 인물로 보였다. 그리고 그 예상은 틀리지 않았다.

그는 누가 뭐래도 공작이니까.

"나는 자네들이 훨씬 위험해 보여. 하지만 위험하다는 이유만으로 없애야겠다고는 생각하지 않네. 나는 그렇게까지 어리석지 않아."

"평범하게 이용해도 충분히 득을 볼 수 있다는 뜻이에요?"

"그렇지. 유능한 인재를 쓸데없이 버리는 건 인류의 손실일 뿐이네. 강력한 마법을 쓴다는 이유만으로 처분하다니, 어리석음의 극치야. 사람은 적재적소로 사용해야 하지 않겠나?"

"우리 세계는 그랬죠. 전부 제대로 돌아가지는 않았지만……."

"모든 일이 성공할 수는 없는 법이네. 절반만 성공해도 세상은 잘 돌아가지. 사람은 신이 아니라네."

"공작님이면 할 수 있을 것 같은데요?"

"후후후…… 그랬다면 나도 이 고생은 안 했지. 그게 가능했던 사람은, 나는 한 명밖에 몰라."

아도는 델사시스의 말을 이해하지 못했다.

그가 말하는 인물이란 세레스티나의 어머니 밀레나였다.

정확히는 그녀와 그녀의 일족. 【미래 예지】라는 저주받은 운명에 놓아난 일족은 목숨을 바쳐 그 힘을 세상에서 없애고자 했고, 최후의 계승자였던 밀레나가 그 숙업을 완수했다.

통곡과 절망 속에서 집념을 발휘해 혈통 마법 【미래 예지】의 계승을 끊어버린 것이다.

델사시스는 밀레나와 그 일족에게 존경 이상의 감정을 품고 있었다.

"무조건 믿으라는 말은 안 하겠네. 하지만 너무 의심하진 말았으면 좋겠군."

"알았어요. 한 번 믿어볼게요. 단, 유이와 딸한테 손댔다가는……."

"나는 그런 멍청한 자충수는 두지 않네. 맡겨두게. 흠…… 저쪽도 이야기가 끝난 모양이군."

방을 돌아보자 드워프들에게 멍석말이 당한 마도사들이 보였다.

저기에 잡힌 마도사들이 아도보다 더한 고통을 받을 것은 자명했다.

"어떻게 보면 저 녀석들이 더 위험하지 않아요? 나는 드워프라는 종족이 무서워요."

"저건 나도 어떻게 못 해. 가끔은 포기하는 것도 중요하다네."

"아, 네에……."

델사시스조차 두 손 들게 만드는 드워프의 장인 기질.

아도는 이 세계의 또 다른 위험성을 깨달았다.

이곳에는 아직 근로기준법이 없다는 것을…….

◇ ◇ ◇ ◇ ◇ ◇ ◇

4신 중 하나인 윈디아에게서 관리 권한을 되찾은 알피아 메이거스.

약육강식의 법칙이 강하게 작용하는 파프란 대산림 지대 앞에서 고스로리 소녀, 전 사신은 당혹감에 빠져 있었다.

"이 녀석…… 왜 이런 곳에서 자고 있지?"

알피아가 바라보는 곳에는 자신이 찾던 만악의 근원, 여신 중 한 명이 칠칠맞게 침을 흘리며 퍼질러 자고 있었다.

이상 변이한 마물이 언제 덮쳐도 이상하지 않은 위험지역에서 말이다.

그녀는 대지의 여신이기도 한 가이라네스.

원래대로라면 강제로 관리 권한을 빼앗아야겠지만, 4신 중에서 이 여신만은 달랐다.

그 이유는—.

"이 녀석은 나와 적극적으로 싸우려고 하지 않았지. 불과 물에게 엉덩이를 걷어차여서 마지못해 싸웠고, 무엇보다 머리가 좀 모자라니까……."

물론 원한은 있었다.

하지만 관리 권한을 하나 되찾아서 마음의 여유가 생겼는지, 과거를 돌이켜보다가 가이라네스가 자기 의지로 적대하지 않았다는 사실을 깨달았다.

아카식 레코드에도 접속하여 과거 영상을 조사해 봤는데, 대지의 여신은 자고 있을 때가 더 많았다.

쫓길 때도 세 여신은 필사적으로 도망친 데 반해 가이라네스는 끌려갔을 뿐이었다.

처음부터 도망칠 의지가 없었던 게 아닐까.

무엇보다 이 대지의 여신은 무슨 병인가 싶을 만큼 심각한 게으름뱅이였다. 세계의 관리 권한 따위 자기 알 바 아니라고 생각할 가능성이 컸다.

"흐음…… 정상참작의 여지가 있나. 깨워서 말이나 들어볼까."

알피아는 가이라네스를 발로 톡톡 건드렸다.

"으우웅…… 누구?"

"오랜만이구먼, 대지."

"……잘 자."

"왜 또 자!"

알피아의 발차기로 하늘 높이 떠오른 가이라네스는 거목 가지에 빨래처럼 걸렸다.

안 그래도 잠옷 차림이라서 긴장감이 없는데 나무에 걸린 꼴을 보자니 개그가 따로 없었다.

"우웅…… 졸린데……. 왜애?"

"뻔하지 않나? 그대가 가진 관리 권한을 받아가마. 바람에게서는 이미 돌려받았다."

"……사신? 윈디아도 돌려줬어? 그럼…… 알아서 가져가든가. 난 필요 없으니까."

"그래도 되지만…… 특이하구만. 그대는 신의 자리에 미련이 없나?"

"……없어. 세계 관리하기 귀찮아. 나는 맨날 자고 싶어."

"구제 불능이구만."

주관이 확고한 게으름뱅이였다. 싸우게 될지도 모른다고 생각했는데 허탈하기 그지없었다.

가이라네스에게는 잠이 최고의 행복이며, 일할 생각은 전혀 없었다.

일하면 패배자라고 생각하는 백수보다 게을렀다.

"……내가 여기 있는 이유도 성역에 있는 두 명이 시끄럽게 굴어서야. 잠자기 좋은 곳을 찾다가 귀찮아져서 그냥 그 자리에서 잤어."

"……기분이 복잡하구만. 봉인된 후로 오랫동안 원망했는데, 그대를 보니까 혼자 열 내던 내가 바보 같아져……."

"봉인…… 조용해서 잠자기 좋겠다. 영원히 자고 싶어……."

알피아도 자진해서 봉인되기를 바라는 자는 처음 봤다.

게으른 데도 정도가 있다.

"뭐, 좋다. 관리 권한을 되찾으면 내 족쇄도 하나 풀린다. 권한이 얼마나 해제될지는 알 수 없지만."

"……뭐 할 수 있어?"

"물질 변환이 수월해지지. 지금 내 능력으로는 베개만 만들어도 세계의 절반이 날아가."

"……베개. 관리 권한을 돌려줄 테니까 최고의 베개와 이불을 줘."

"뭘 바랄 입장이라고 생각하나? 시험해보지 않으면 가능할지도 모른다만……."

"필요하면 플레이레스와 아쿠이라타를 넘길게. 베개 플리즈. 기브 미 이불!"

'……내가 이런 녀석 때문에 고민했다고? 왠지 눈물 나려고 하네…….'

4신은 동료 의식이 희박한 모양이었다.

기본적인 심성이 자기중심적이라서 자기만 좋으면 같은 4신이라도 팔아넘긴다.

하지만 적어도 가이라네스와는 평화적으로 교섭할 수 있겠다. 그렇게 생각하자 지금까지 한 고생이 다 헛짓이 아니었을까, 라는 허탈감이 밀려왔다.

"그럼 돌려받지……."

알피아는 가이라네스의 가슴으로 손을 내밀고 안쪽에 있는 머테리얼에 간섭했다.

기능은 윈디아와 마찬가지로 대부분 잠겨있었다.

저장된 정보를 읽어 자신에게 인스톨하자 잠긴 기능이 해금됐다.

거기서부터 기능을 하나둘씩 장악했고, 가이라네스의 풍만한 가슴에서 금색으로 빛나는 구체가 나타나 알피아에게 흡수되었다.

"핵을 흡수…… 현재 필요한 제한을 해제, 고차원에서 공급되는 에너지 제어를 개시, 3차원 세계 환경에 대응……. 아바타 생성, 동시에 본체를 우주 공간으로 전송, 구축 개시……."

제한이 풀리면서 본체는 행성에서 활동하기 어려워져 얼른 자신의 복제를 만들어서 핵을 우주 공간으로 전송했다. 고에너지 물체인 핵을 행성에 둘 수는 없어서 정보 처리 능력으로 급히 도출한 고육지책이었다.

남은 두 제한이 해제되면 차원 이동도 가능하지만, 지금 상태로는【신역】으로 들어가도 관리 세계 전체를 통제하기는 불가능하다.

복제와 링크하면서도 사고는 풀가동 중이었다.

'으음…… 예상보다 제한이 많이 풀렸군. 고차원에서 유입되는 에너지가 방대해. 현상 관리 능력은 아직 해제되지 않았고 정보 관리 능력만 확대됐나……. 복제 개체로 힘 조절을 할 수 있게 된 게 그나마 다행이야. 마력이나 신력이 폭주하지는 않겠어.'

본체의 정보 처리 능력은 아카식 레코드와 연결되면서 현재 위치한 행성 외에도 수천 광년 떨어진 행성의 환경까지 알 수 있게 됐다. 행성 관리 정도라면 지금 상태로도 충분히 가능하다. 복제 개체를 이용한 용맥 간섭이나 기상 제어가 쉬워졌으니까 이제는 이 행성도 재생할 수 있다.

'불과 물을 찾을 때까지 잠시 이 별의 재생 활동이라도 할까……. 창조주도 더 융통성 있게 시스템을 짜주었으면 좋았으련만…….'

관리자가 관리 권한에서 벗어난 것 자체가 비정상이었다.

창조주인 고위 차원 생명체가 왜 그런 짓을 했는지 알피아는 아직도 이해할 수 없었다.

사실 이해하고 싶지도 않겠지만…….

"……베개 나와라, 뚝딱~. 이불 나와라, 뚝딱~."

"……그대는 몸매 좋은 미녀면서 왜 그리도 얼굴값을 못하지?"

"고급 베개에 고급 이불……. 그것은 세상에서 가장 위대한 존재! 후아아암~."

"잠깐, 은근슬쩍 품질을 높이지 않았나? 뭐, 그 정도라면 준비할 수 있겠다만…….”

물질 변환은 현상 관리 시스템과는 그다지 관계가 없어서 복제 알피아에게는 식은 죽 먹기였다. 이전 호문쿨루스의 육체로는 힘을 제대로 제어하지 못해 무에서 유를 창조하면 대륙 하나를 날려 먹을 수준이었지만, 【관측자】가 직접 만들어낸 복제 개체라면 어렵지 않았다. 행성에서 활동하기에는 충분하고도 남는다.

그 복제 개체도 호문쿨루스 육체를 바탕으로 만들어 외모는 이전과 차이가 없었다.

“그나저나 설마 베개와 이불에 관리 권한을 팔 줄이야…….”

한 세계를 관리하는 힘이 베개와 이불보다 가치가 없다는 사실에 살짝 충격을 받은 알피아였다.

“받아라. 이거면 됐겠지?”

“오오…… 이 이불의 감촉. 베개의 탄력도 딱 적당해……. 이것이 최상의 행복! 궁극의 행복?”

“대체 뭐야, 이 녀석은…….”

“목을 잡아주는 베개! 편안하고 따뜻한 이불! 멋진 솜씨야……. 수면의 잠옷신이시여, 평생 함께하겠습니다.”

“누가 수면의 잠옷신이냐!”

여러 복잡한 감정을 느끼면서도 알피아는 제어할 수 있게 된 마력으로 물질 변환을 이용해 폭신폭신한 이불과 기능성 베개를 창조했다.

물건이 완성되자마자 무시무시한 속도로 이불과 베개를 껴안은 전 여신 가이라네스는 그 감촉에 감탄하며 그 자리에서 잠들려고 했다.

침구에 한해서는 굉장히 타산적인 면모가 있었다. 전 사신이 할 말을 잃을 만큼…….

알피아 메이거스. 그녀는 이날 관측자의 모형, 사신에 이은 새로운 칭호를 얻었다.

그 칭호는 수면의 잠옷신. 게을러 빠진 부하가 생겨버린 알피아는 이날 이후 가이라네스에게 수면용품을 만들어 달라는 투정에 시달린다.

대지의 여신도 이날부터 나태의 신으로 거듭났다.

나태라는 이름에 걸맞게 정말로 아무짝에도 쓸모없는 신이었다.

제8화 아저씨, 제자의 일면을 알다

지하 도시 이더 란테에서 돌아온 세레스티나와 츠베이트는 크레스톤이 사는 별장에서 제로스에게 다시 개인 지도를 받게 되었다. 훈련 루틴은 오전에 전투 훈련, 오후에 마도 연성의 기초를 배우는 식이었다.

제로스가 성법 신국에서 돌아온 지 일주일째 되는 날, 시각은 이미 해질녘.

이미 수업을 마칠 시간이 지났는데도 두 사람은 마도 연성의 난해함에 골머리를 앓고 있었다.

"젠장, 여러 과정을 동시에 진행하려니 조작 난이도가 확 뛰는군."

"금속의 형태를 바꿀 뿐인데 많은 집중력이 필요하네요. 소비되는 마력에도 주의해야 하고요……."

【연성대】나 제로스의【연성 시트】는 마도 연성을 쉽고 간편하게 만들어 주는 도구지만, 더 효율을 높이려면 물질 변화와 화학 반응의 이미지만으로는 부족하다.

직업 스킬【연성술사】중에는【결합】,【분해】,【용해】,【추출】,【소성】,【압축】,【응축】,【형성】등등 다양한【기술 스킬】이 있고, 그것들을 함께 사용하면 마도 연성의 품질을 높일 수 있다.

하지만 그 수준에 도달하려면 마도 연성을 여러번 반복해야 한다.

연성대와 스킬 사용에는 마력이 소비되므로 마력 향상과 마력 제어력, 기술 스킬을 높이기에 안성맞춤인 훈련 도구지만, 마력 고갈로 사용자가 쓰러질 위험이 있다.

게다가 말하기는 쉽고 행동하기는 어려운 법.

이 직업 스킬과 연성대를 자유자재로 다룰 수 있으면 연성술사로서 일류라고 자부해도 될 것이다.

제로스가 처음 가정교사를 시작했을 무렵의 츠베이트와 세레스티나는 마력 제어가 형편없고 마력량도 적어서 연성대를 사용할 수 없었다.

【마력 제어】스킬도 막 배운 탓에 잠깐만 가동해도 마력 고갈에 빠져 훈련에 쓰기에는 무리가 있었다.

지금은 두 사람 모두 연성대를 쓸 수 있을 만큼 레벨과 마력량이 늘었다. 이것도 다 마력을 늘리는 훈련을 꾸준히 이어온 덕분이었다.

그래도 아슬아슬한 수준이지만—.

참고로 그 훈련이란 마법을 계속 사용해서 의도적으로 마력을 고갈시키고 자연 회복을 기다리는 무식한 방식이었다.

마력 고갈과 마력 회복을 나날이 반복하면 미미하게나마 마력량이 늘어난다.

두 사람의 부단한 노력이 결실을 거둔 것이다.

“흠…… 일단 완성됐군.”

“오라버니…… 그거 굉장히 귀엽네요.”

의외로 손재주가 좋은 츠베이트는 제로스에게 제공받은 미스릴과 보석을 써서 꽃 모양 브로치를 만들었다.

그에 비해 손재주가 없는 세레스티나의 연성대에는 디자인 콘셉트를 알 수 없는 쇳덩어리가 덩그러니 놓여있었다.

츠베이트의 마력 제어 능력이 남들보다 우수하다는 증거였다.

“의외의 결과인걸. 츠베이트 군에게 이런 재능이 있었다니.”

“사실 용돈벌이로 금속 가공품을 팔곤 해서 상상하기 쉬웠어. 반쯤 취미에 가깝지만.”

“취미가 금속 가공인가요? 드워프 기술자가 보면 제자로 삼으려 하겠네.”

“그런 농담 하지 마. 그것들에게 들키면 납치당해서 영원히 쇠만 만질 것 같으니까…….”

“그건 그래요. 드워프의 종족 특성을 잘 아는군요.”

드워프 얘기를 꺼내자 츠베이트는 진저리를 쳤다.

어쩌면 드워프들과 무슨 일이 있었는지도 모르겠다.

"정말로 예쁘네요. 그에 비하면……."

"네 건 볼품없네……."

"으으……."

"이미지를 떠올리고도 형태로 만들지 못한다……. 마력 제어는 제대로 했을 텐데 희한하네요."

마력 제어는 되는데 금속을 상상대로 만들지 못한다.

충분히 가능한 능력을 갖춘 세레스티나는 상상 이상으로 창작 능력이 없는 것 같았다. 이건 제로스도 예상하지 못한 일이었다.

"츠베이트 군 같은 경험이 없어서인가, 아니면 단순히 재주의 문제인가……. 몇 번 더 시험해 봐야 판단이 되겠어요."

"아니, 형태를 바꾸는 정도는 별거 아니잖아? 그냥 이렇게 하면…… 봐."

츠베이트는 세레스티나가 쓰는 연성대에 손을 대고 괴상한 형태의 쇳덩어리를 가공했다.

금속은 생물처럼 꾸물거리다가 곧 백합을 닮은 브로치로 바뀌었다.

한 번 요령이 붙은 츠베이트는 가공 속도가 무섭도록 빨라졌다.

"금속 가공 경험을 살렸군요. 금속의 특성을 숙지한 덕분에 가공 속도가 빠르다고 판단됩니다. 이런 수준이라면 조만간 마도 술식을 마석이나 가공한 제품에 새길 수 있겠군요."

"마도 술식…… 너무 세밀하고 귀찮은데. 금속 가공만 해도 손이 많이 가. 내가 해봐서 아는데, 【파이어】 마법을 새겨넣는 데만 한 달이 걸렸어."

"마도구를 수작업으로 만드나요? 대단하네요."

"간단한 물건이지만 예전부터 만들고 있지. 확대경을 들여다보면서 마도 술식을 새기려면 눈알이 빠질 것 같아. 의외로 힘든 작업이야."

생각지도 못한 재능이었다.

이제 중급 마법 술식을 마석에 새길 줄 알면 자력으로 마도구를 대량 생산할 수 있다.

아이템 백이 있으면 공격 마법을 쓰지 않고 마도구로 공격해서 마력 소비를 최대한 줄인 채 장시간 전투를 이어갈 수도 있다. 물론 마법약으로 회복까지 가능하다.

적에게는 틀림없이 성가신 마도사가 되리라.

"마석 압축 가공은 어제 시험했죠? 마석의 마력 함유량을 높이면 그만큼 강력한 마도 술식을 새길 수 있어요. 일회용이지만 여러 개 가지고 있으면 전쟁터에서 마력 소비를 어느 정도 줄일 수 있죠."

"스승님…… 말이야 쉽지, 마도구 하나 만드는 것만 해도 엄청 어려워. 마도 술식을 베껴 쓸 수 없는 내가 여러 개를 만들려면 한세월이야."

"그건 크로이사스 군의 전문 분야가 되겠죠. 그러고 보니 가장 먼저 저를 찾아올 줄 알았는데 코빼기도 안 보이네요?"

마법과 연금술에 관한 지식에 병적으로 집착하는 크로이사스가 얼굴도 내비치지 않는 것이 의아했다.

그 의문에 답해준 사람은 같은 저택에 사는 츠베이트였다.

"오늘 아침에 들었는데 요즘 공방에 드나든대. 어쩌면 아버지가 귀찮은 일거리를 떠넘겼는지도 몰라. 크로이사스가 한마디도 꺼내지 않는 걸 보면 아마 내 예상이 맞겠지."

"아무리 똑똑하다지만 그런 일까지 시키나……. 공작가 차남이라도 학생에게 시킬 일은 아닐 텐데."

"아버지 성격 몰라? 늘 그렇잖아, 상식 따위 내다 버리고 무리한 얘기 꺼내는 거. 극비로 연구를 시킨다고 해도 나는 안 놀랄 거야."

"그렇군요……."

필요하다면 상식을 무시하는 기상천외한 공작이었다. 제로스도 츠베이트의 예상이 맞다는 생각이 들기 시작했다.

최근 며칠 동안 아도도 보이지 않으니까 상당히 힘든 일을 하고 있을지도 모른다. 무엇보다 솔리스테어파 공방에는 드워프도 있지 않던가.

일에 열정을 넘어 목숨까지 불태우는 그들에게 아도가 말려들었을 가능성도 충분히 있었다.

"그런데 세레스티나 양은 뭘 만들고 있죠?"

"커다란 슬라임에게 잡아먹힌 피해자냐? 그 기분 나쁜 조형물은 뭐야?"

"네? 그게…… 금속을 다른 형태로 바꾸기 어려워서……. 이미지는 잡히는데 생각대로 변형되지 않아요. 오라버니 작품을 흉내냈는데……."

"흉내?! 뭘 어떻게 하면 그런 괴상망측한 형태가 되는 거냐……."

'나는 엽기 호러 피규어라도 만드는 줄 알았네. 센스도 문제지만, 왜 이런 형태가 되지?'

연성대 위에서 꿈틀대는 금속의 형태는 몹시 흉측했다.

그것은 마치 초강산을 뒤집어쓴 사람이나 지옥을 그린 종교화에서 불타며 괴로워하는 죄인, 혹은 분신하는 인간.

노리고 한 것도 아니건만, 움직이는 금속의 형태는 무척 끔찍한 상상을 불러일으켰다.

츠베이트가 만든 브로치를 보고 만들었는데도 공통점이 보이지 않고, 보기만 해도 SAN치가 팍팍 줄어드는 기분이었다.

세레스티나에게는 안 좋은 의미로 무시무시한 재능이 있었나 보다.

"……우연이라도 이건 너무했다."

기분 탓일까, 형용하기 어려운 불길한 오라가 피어오르는 것처럼 보였다.

무심결에 「이거, 어쩌면 제물 없이 사신이 소환되는 거 아니야?」라고 생각할 정도였다.

"선생님, 오라버니?! 너, 너무해요……."

""앗…… 입으로 말했어?""

"모양이 조금 삐뚤어진 건 인정하지만, 그렇게 심각하지는 않아요! 게다가 잘 보면 살짝 귀여운 느낌도……."

"……이게 조금이냐? 어떤 이미지를 상상하면 이런 흉물이 나와?!"

'귀엽다……? 이게? 세레스티나 양의 감성을 모르겠어. 한 방에 암흑의 만마전이 부활할 것 같은 다크 포스가 느껴지는데…….'

연성대 위에서 꾸물거리는 금속이 묘하게 사람의 형상을 닮은 탓에 고통에 몸부림치는 것처럼 보였다. 보다못해 『이제 그만해!』라고 외치고 싶어질 정도였다.

제로스가 실전 훈련에서 쓰던 【머드 골렘】보다 움직임이 기분 나

빴다.

"……앗, 마력이."

"왜 연성대를 작동시켜 놨어? 이야기할 때는 마력을 끊어도 되잖아."

"조, 좀 더…… 정밀하게 제어하고 싶어서요. 허억허억……."

"일단 마나 포션으로 회복하시죠. 오늘은 이쯤 하세요."

일반인보다는 많아진 세레스티나의 마력도 연성대를 제어하면서 거의 소진된 모양이었다. 집중하는 것은 좋지만, 페이스 배분을 고려하라고 아저씨는 속으로 지적했다.

마나 포션을 마셔서 마력 고갈 증상이 한결 나아진 세레스티나가 말했다.

"생각보다 마력 소비가 빨랐네요……."

"연성대는 사용자의 연성 이미지를 직접 소재로 전달하는데, 연성대의 술식 가동과 소재 가공으로 마력을 상당량 소비합니다. 기술 스킬을 사용해서 복잡한 공정을 거치면 소비는 더 심하죠. 숙달될 때까지는 효율이 나빠요. 기량을 쌓으려면 여러 번 반복해야 하고, 실패를 거듭하니까 소재를 대량으로 날려먹죠. 소재 비용만으로 어마어마한 적자라서 연금술사도 웬만하면 쓰기 싫어해요."

"게다가 운반도 힘들고 말야. 소형도 무게가 상당하잖아? 가격은 또 무식하게 비싸고……."

"과거의 유물을 그대로 복제한 물건이고, 술식을 새긴 플레이트도 2중, 3중으로 들어가니까요. 적층형 마법진의 응용인데 금속이라서 무거워질 수밖에 없어요. 게다가 마력 전도율이 높은 소재가 많이 들어가서 제작 비용도 영……."

수요가 적고 가격이 비싼 연성대. 많은 마도사가 무용지물이라고 말하는 이 마도구가 사실 마도사의 기량을 높이기 좋은 도구라는 사실을 아는 사람은 적다.

그리고 구시대의 유적이나 작위를 잃은 귀족 저택에는 반드시 남아있는 불행한 아이템이었다. 현재는 앤티크 가구 정도의 가치밖에 없었다.

"저, 소박한 의문인데, 계속 마나 포션을 마시면서 작업하면 안 되나요?"

"자연 회복은 몰라도 마법약을 남용하면 건강에 나빠요. 일단 약물이라서 부작용으로 신체에 어떤 영향을 끼칠지 모르거든요. 위험한 짓이니까 하지 마세요. 중독되면 저도 모릅니다~?"

"하긴, 마법약은 급할 때만 먹는 거지. 계속 복용하는 데도 한계가 있나."

"물배가 찰 테니까요."

많이들 착각하지만, 마나 포션은 마력 고갈 상태를 방지하는 상비약이다.

용병의 전투 기술이나 마도사의 마법 사용으로 마력을 소비할 때 많은 사람이 별생각 없이 마나 포션을 복용하지만, 현실적으로 보면 아주 위험한 행위였다.

마나 포션은 어디까지나 마력 고갈의 무력감을 회복하는 약이지, 마력을 회복하는 약이 아니었다.

원래는 전쟁터에서 마력이 고갈되어 쓰러진 사람을 다른 병사가 운반하는 수고를 덜기 위해서 고안됐다.

또한 제작자에 따라서 소재나 품질에 차이가 있고 기본 성분부터 아예 다르기도 했다. 성분에 따라서 많은 양을 섭취하면 독이 되는 경우도 있어서 과복용은 문제시되어야 하지만, 이런 의료 상식을 이해하는 사람은 적은 편이었다.

"저는 마법약에 의존하기보다 자기 몸을 단련하는 게 중요하다고 생각합니다. 보유 마력을 늘리고 싶다면 마법을 꾸준히 쓰면 되고, 근접 전투에서 유리해지고 싶으면 운동이나 무술 연습을 하면 되죠. 안일하게 약물에 기대는 건 아둔한 짓이에요."

"격을 높이기만 해서는 안 되나. 노력은 배신하지 않는다는 거군."

"하급 마나 포션은 훈련할 때 쓰는 일시적 응급처치라고 생각하는 편이 낫겠네요. 마력이 고갈된 상태에서는 수업이 안 되니까요."

"벌컥벌컥 마시는 건 추천하지 않지만, 이건 개인의 판단에 맡길 수밖에 없어요. 두 사람이 알아서 조심한다면 그걸로 됐습니다."

제로스가 마법약이라는 약물의 주의사항을 일일이 설파하고 다닐 이유는 없었다.

남이 어떻게 되든 알 바 아니니까. 그저 제자 두 명이 그 위험성을 알고 주의하면 그만이었다.

규제가 약한 이 세계에서 안전 법규를 제정하는 것은 권력자의 일이었다.

자기가 하기 싫은 일은 뭐든 남에게 미루는 아저씨였다.

『큰일 났어요! 현관에 아도 님이 쓰러져 있어요?!』

『누가 가서 의사를…… 앗, 아직 의식이 있어!』

수업이 너무 길어져서 슬슬 끝내려던 때, 방 밖이 갑자기 소란스러워졌다.

"……뭐야? 시끄럽게."

"무슨 일일까요?"

"아도 군이 쓰러졌다고 하네요? 일이 많이 힘든가 보네."

"그게 누군데?"

"얼마 전에 저택에서 고용한 마도사예요. 아버지 일을 돕는다고 들었는데…… 선생님의 제자래요."

"스승님의 제자? 그런 인간이 여기 있어?!"

별장에 사는 세레스티나는 아도를 알지만, 츠베이트는 금시초문이었다.

그보다 제로스에게 자기들 말고 제자가 있다는 얘기가 더 놀라웠다.

"제자보다는 같이 놀던 친구에 가깝죠. 둘이서 사고도 많이 치고 다녔어요."

"아하, 위험한 쪽으로 제자였군……."

"사모님도 이 저택에 계세요. 아이를 돌보느라 바쁘셔서 이야기는 거의 못 나눴지만요."

"아도 군의 동료도 메이드로 일하는 중일 겁니다. 이사라스 왕국의 국빈이기도 하니까 객인으로 받아줬죠. 지금은 공방에서 일을 돕는다고 들었습니다."

"한마디로 우수한 마도사라는 뜻이군. 공방이라면 크로이사스와 같은 솔리스테어파지? 아버지가 특별할 것도 없는 외부인을 끌어들일 리 없지."

"츠베이트 군도 예리하군요. 어쨌든 시간이 늦었으니까 오늘 수업은 이쯤에서 정리하죠. 내일은 아침 일찍 실전 훈련을 할 테니까 푹 쉬세요."

세 사람은 자료로 참고하던 책을 덮고 사용하던 도구를 정리했다.

그러는 동안에도 밖에서는 소란스러운 목소리가 울려 퍼졌다.

짐을 인벤토리에 넣고 방을 나가려던 그때, 노크와 함께 「실례합니다」라고 말하며 리사가 방으로 들어왔다.

"리사 양 아닌가요. 무슨 일이죠?"

"제로스 씨, 죄송한데 강장제 없나요? 아도 씨가 과로로 쓰러져서……."

"있죠. 잠깐만요…… 짜잔~, 초강력 강장제 【레드 불끈 맥시멈 봄버Ⅷ】~!"

파란 고양이 로봇 같은 억양으로 인벤토리에서 강장제를 꺼냈다.

기분 탓일까, 그 조그만 병에서 기이한 기운이 감돌고 있었다.

"그, 이름이 왜 그렇죠……? 너무 수상하잖아요!"

"헷, 아주 죽여주지~. 한 번만 마셔도 바로 천국을 보여주는 판타스틱 어메이징한 물건이란 말씀."

"그거 정말로 강장제 맞죠?! 불법 약물 아니죠?!"

"……괜찮아. 문제없어."

"그 침묵은 뭔가요?!"

아저씨가 꺼낸 아이템은 굉장히 수상쩍었다.

"피로도 이성도 한 방에 날려버리는 사이키델릭하고 힙한 슈퍼

강장제죠~. 카논의 레시피를 내가 독자적으로 개량해서 24시간 안에 사건을 해결해버릴 만큼 기운이 샘솟아요. 아도 군도 피로가 쌓였다고 하니까 특별히 강력한 놈을 써 보죠."

"정말로 괜찮을지 의심스럽지만, 물불 가릴 때가 아니죠……. 일단 써볼게요."

"빨리 가져가세요. 장정을 방으로 옮긴다고 쓸데없이 힘 뺄 필요 없잖아요? 아도 군이 제 발로 방으로 돌아가게 만듭시다. 남한테 폐 끼치지 말고."

"제로스 씨, 잔인해요! 그래도 감사합니다. 가볼게요."

리사는 후다닥 달려서 방을 나갔다.

그녀를 바라보던 제로스는 불길하게 『씩』 웃어 보였다.

"크크크…… 사실 저건 아직 누구에게도 시험한 적이 없어요. 어떤 효과가 나타날지 기대되네요~."

"""……심했다."""

제자 두 명의 눈길이 차가웠다.

얼마 있지 않아서 『유이이이! 더는 못 참겠어! 둘째 만들자아아!』, 『토시, 왜 그…… 꺄아악~♡』이라는 소리가 들렸다.

제로스의 강장제는 그쪽 방면으로 막강한 효과를 가졌는지, 【연애 증후군】에 버금가는 폭주를 일으킨 모양이었다.

드워프들 때문에 한동안 유이를 보러오지 못했던 아도는 강장제 효과로 꽤나 힘을 썼는지 다음 날 아침에는 찰싹 달라붙어 핑크빛 분위기를 연출했다던가—.

좌우지간 부부 관계가 원만하여 천만다행이다.

◇ ◇ ◇ ◇ ◇ ◇ ◇

제로스가 가정교사 일을 마치고 집으로 돌아오자 알피아와 이리스, 그리고 쟈네가 있었다.

기본적으로 제로스는 집을 열어두고 다니며 지인들이 멋대로 드나들며 식사를 하거나 차를 마시기도 한다.

다만, 오늘은 거기에 낯선 인물이 한 명 더 껴 있었다.

정확하게 묘사하면 곰돌이 무늬 잠옷을 입고 바닥에 드러누운 여성이 폭신한 베개에 얼굴을 파묻고 세상모르고 자고 있었다.

"……쟈네 씨. 하나만 물어도 될까요?"

"내가 아는 거라면."

"이 사람, 누구예요?"

"나도 몰라. 알피아한테 물어봐."

제로스가 알피아에게 눈을 돌리자 태평하게 핫도그를 먹던 고스로리 여신은 먹던 것을 내려놓고 한숨 쉬었다.

"그 녀석은 가이라네스다. 4신 중 하나**였던** 것이라고 해야 하나?"

""""뭐?! 4신?!""""

갑작스러운 폭탄 발언에 놀라 세 사람이 합창했다.

제로스와 이리스에게는 원망의 대상이지만, 이 세계에서 태어난 쟈네에게는 세상에서 가장 거룩한 존재였다. 그런 여신을 설마 사신이 데리고 올 줄은 감히 상상이나 했겠는가.

"아니, 그 녀석이 왜 여기 있어요? 저는 그런 얘기 못 들었는데요?!"

"어제 주웠으니까. 조사해 보니까 1년 내내 먹지도 않고 잠만 자는 녀석이고 해도 없으니까 놔둬도 상관없지 않나?"

"아니아니, 그렇다고 왜 여기 데리고 와요?! 원래 있던 곳에 버리고 오세요!"

"나도 그러고 싶다만, 베개와 이불을 줬더니 나를 평생 따라오겠다지 뭐냐. 솔직히 나도 난감해."

"아니아니아니, 그렇다고 제 앞으로 끌고 와서 어쩌자고요?!"

"기본적으로 바보에 잠만 자는 식충이니까 그냥 무시하면 돼. 돌아올 때도 거의 자고 있었어."

【대지의 여신】이며 4신교의 핵심 중 하나인 가이라네스.

풍요의 여신, 자애의 여신이라고 불리지만, 역사상 그 모습을 본 자는 아무도 없는 수수께끼의 존재.

성녀가 있어도 신탁을 내리지 않고, 대지에 가호를 내려 풍작을 부른다고 하는데 기근은 발생한다.

이를 두고 교회에서는 지켜보는 존재, 중용적 위치에 있는 신으로 해석하지만, 실상은 그냥 게으름뱅이였다.

그녀가 설마 민가 바닥에서 느긋하게 자고 있을 거라고는 아무도 생각하지 못하리라.

그것도 잠옷 차림으로—.

"알피아 씨? 그래서 이거 어떡할 거예요? 저는 안 돌봅니다? 책임지고 버리고 오세요."

"방이 남으니까 아무 곳에나 박아두면 되잖아. 나태한 녀석이고 먹이도 안 줘도 돼."

"그렇다고 왜 하필 우리 집으로 데리고 와요?!"

"일단 교회에도 데리고 갔지만…… 예배당에서 자서 방해된다고 하더군. 이 녀석, 잠버릇이 워낙 안 좋아서……."

"아무짝에도 쓸모가 없다는 뜻이군요?"

"……응."

상황이 이상해졌다.

애초에 알피아, 사신이 부활한 것 자체가 비밀인데 정작 본인이 위험한 폭탄을 끌어안았다.

그것도 4신 중 하나를.

세간에 정체가 밝혀지면 대소동이 벌어질 테니까 비밀로 해줬건만, 이래서는 제로스가 배려한 의미가 없었다. 특히 이곳에 쟈네가 있는 점이 문제였다.

이리스는 제로스와 같은 전생자이므로 대화하면 협력해 줄 가능성이 컸다. 하지만 쟈네가 알피아의 진실을 알면 틀림없이 혼란에 빠질 것이다.

천상의 존재가 두 명이나 눈앞에 있으니까.

'……더 큰 문제는 내가 쟈네 씨가 혼란에 빠진 모습을 보고 싶다는 거야. 그리고 상황이 이 지경에 이르렀으면 이실직고하는 수밖에 없겠지.'

쟈네는 경악한 채 굳어있었고, 이리스는 모든 사실을 짐작했는지 제로스에게 따가운 눈총을 보내고 있었다.

척 보기에도 이미 들켰다.

"……아저씨. 전부터 수상했는데, 알피아가 사신이지?"

"역시 들켰네~. 맞아요. 과거에 세계를 멸망시킬 뻔했고, 사신이라고 불리며 용사에게 봉인된 존재…… 그게 바로 이 고스로리 폭식신입니다!"

"누구더러 고스로리 폭식신이래!"

"나 참…… 게다가 어디서 주웠는지 4신 중 하나를 가져왔어요! 중요하니까 한 번 더 말합니다. 일에 방해되니까 원래 있던 곳에 버리고 엄중히 봉인하고 오세요. 우리 집에서는 키울 만한 여유가 없어요."

"아니, 개나 고양이도 아니고 버리라니……. 뭐, 아저씨 마음도 이해는 하지만."

인간과 같은 모습을 한 여신이라서 그런지, 계속 버리라고 으름장을 놓는 제로스에게 이리스가 거부감을 드러냈다. 하지만 그 말을 듣는 사람은 아무도 없었다.

알피아는 이리스의 지적을 무시하고 말을 이었다.

"버려도 왠지 내 근처로 온단 말이다! 나도 지긋지긋해……. 몇 번이나 도망쳤는데도 소용이 없어. 대체 어떻게 된 영문인지 원……."

"그걸 제가 어떻게 압니까? 테이밍이라도 한 거 아닌가요?"

"거래는 했지만, 계약한 적은 없다! 그 자리에서 나눈 구두 약속이었어! 그걸 들어주니까 나를 수면의 잠옷신이라며 숭배하기에 짜증 나서 원시림 한복판에 정성스레 묶어놓고 왔는데, 어느샌가 내 뒤에서 자고 있었단 말이다아아! 【바람】은 간단하게 봉인했는데……."

""""엥?!""""

더 큰 폭탄이 떨어졌다.

알피아는 가이라네스를 만나기 전에 윈디아에게 접촉해서 이미 해치웠다고 한다.

제로스도 금시초문이었다.

"저기, 아저씨……. 이 알피아가, 진짜 사신이야?"

"여기까지 들었으면 숨겨도 소용없겠네요……. 맞습니다. 세계를 붕괴 직전까지 파괴했던 사신이에요. 그 원인 제공자는 창생신과 이 4신이지만요."

"진짜 전부 사실이었다고?! 나한테는 그런 괴물로는 안 보이는데……."

"후후후, 프리티하지?"

알피아는 싱긋 미소 지으며 제자리에서 빙글 돌았다.

회전으로 치마를 휘날리고, 앙큼하게도 외모에 걸맞은 귀여움을 어필했다.

"아저씨…… 알피아 쟤, 너무 속 보인다. 어떻게 교육한 거야?"

"제가 교육했겠습니까…… 응?"

이야기 도중에 현관문이 열리고 심각한 표정을 한 레나가 인사도 없이 집으로 들어왔다. 말없이 의자에 앉은 그녀는 탁상에 팔짱을 끼고 무거운 한숨을 내쉬었다.

그리고—.

"하아…… 나, 어쩌면 임신했는지도 몰라."

—금일 최후이자 최대의 폭탄을 떨어뜨렸다.

""""""뭐어어어어어어어어어어어?!""""""

레나의 커밍아웃은 알피아가 사신이라는 이야기나 4신을 집에 끌고 온 이야기보다 큰 충격을 주며 이 자리를 혼란의 도가니로 바꾸었다.

만약 사실이라면 상대방은 성인이 된 지 얼마 되지 않은 소년. 그것도 몇 명에게 손을 댔는지 알 수 없는 상황이었다.

"으음, 저는 언젠가 이럴 줄 알았습니다……. 오히려 지금까지 괜찮았던 게 이상한가?"

"누구야! 누구 애야, 레나아아아아아아아아아아아?!"

"후보가 너무 많아서 누구 애인지 모르겠어. 그리고 임신이라고 확정된 것도 아니고……."

"왜?! 레나 씨, 거짓말이지?! 우리 파티, 이대로 해산하는 거야?!"

"어쩌면 달마다 오는 그게 좀 늦을 뿐인지도 몰라. 그래도 정말 맞다면, 상대방도 책임질 각오를 해줬으면 좋겠어. 어우…… 대체 누구 애지?"

"""피임도 안 했어?!"""

"그런 걸 왜 해? 내 달링들에 대한 예의가 아닌걸. 게다가 그 피임구는 소나 돼지 내장으로 만들잖아. 쓰기 싫어."

레나는 자못 당연한 것처럼 잘라 말했다.

임신 여부와 상관없이 쟈네와 이리스에게는 자극이 너무 강한 화제였다.

백번 양보해서 소년들과 정사를 치른 것은 넘어가더라도, 임신할 가능성이 있는데도 피임하지 않은 레나도 참 대범한 인물이었다.

"그건 그렇고 왜 다들 우리 집에 모이나 모르겠네. 이런 이야기는 여자끼리 하는 편이 나을 텐데……."

"루세리스 씨한테도 갔어요. 그래도 애들 앞에서 할 얘기가 아니라서……. 그러고 보니 그 애들도 이제 곧 성인이었죠…… 주륵."

"""도망가아아아아아아! 무서운 육식동물이 노리고 있어!"""

레나는 교회 아이들을 성적인 포식 대상으로 판단한 모양이었다.

처음의 윤리적 배려는 어디에 팔아먹었는지, 그녀의 왜곡된 성욕은 흔들림이 없었다. 자신의 욕망에 무섭도록 솔직하다.

"그딴 것보다, 만약 애가 생겼으면 어떻게 키울 생각이야?"

"**그딴 것**이라니…… 우리에게는 절실한 문제라구, 쟈네 씨……."

"돈이 궁하지는 않으니까 애 하나 키우는 건 문제가 안 돼. 귀여운 달링들과 놀지 못하는 게 문제지……. 하아~."

""레나(씨)는, 그딴 고민을 했구나…….""

레나의 고민은 임신 여부가 아니라 소년들과 즐길 수 없는 점 같았다. 요컨대 그녀는 언제나 손댄 소년들과 아이가 생겨도 상관없다고 생각했나 보다.

각오가 남다른 별종이라고 새삼스럽게 깨달았다. 별로 알고 싶지 않았지만.

"……각오하고 놀았나 보구만. 이해하지 못할 호색, 무시무시한 탕녀로구나."

"이걸 취향이라고 봐야 하나, 모성이라고 봐야 하나. 도통 모르겠어."

"모성은 아니지. 듣기로는 소년이라면 가리지 않는다고 하니까."

"아이를 키울 마음은 있나 본데요?"

"여자애라면 평범하게 키울 거야. 하지만 남자애라면…… 장래가 기대되네?"

"""""이 여자…… 답도 없는 짐승이잖아?!"""""

주지의 사실이었다.

하지만 그것으로도 모자랐는지 은근슬쩍 무서운 발언이 추가됐다.

"이야기가 옆길로 샜는데, 이 나태의 화신은 어떻게 해야 하나."

"……2층 안쪽 안 쓰는 창고에 던져두죠. 꼼꼼하게 봉인할까요?"

제로스는 밧줄로 이불째 묶어서 가이라네스를 짐짝 옮기듯 짊어지고 2층으로 올라갔다. 그 후, 알피아는 마력의 흐름을 느끼고 제로스가 가이라네스용 결계를 쳤다는 사실을 짐작했다.

'여기는 하루도 조용할 날이 없구먼. 빨리 밥이나 먹고 싶어~.'

아직도 싸우는 여성들을 바라보며 알피아는 오늘의 식사를 기대했다.

2층에서 내려온 제로스도 소란을 피우는 세 사람을 무시하고 저녁 준비에 들어갔다.

여담으로 레나의 임신은 결국 착각으로 결론이 났다. 사흘 후, 한 달에 한 번 걸리는 마법이 찾아와 기뻐하며 다시 소년들에게 마수를 뻗치러 거리로 나갔다.

그녀를 말릴 자는 아무도 없었다.

제9화 아저씨, 에로무라를 희생하다

이사라스 왕국군 첩보부 소속 자자 요원은 그날 산토르 뒷골목에 있는 술집에서 어떤 인물을 기다리고 있었다.

첩보 활동을 마치고 숙소로 돌아오자 테이블 위에 편지가 놓여 있었기 때문이었다.

숙소 종업원에게 누가 왔느냐고 물어도 모른다고 한다. 종업원도 모르게 방에 침입해 편지를 두고 갔다면 잠행을 전문적으로 훈련받은 자의 소행으로 판단된다.

편지에는『유익한 정보가 있다. 지정된 술집으로 와라』라는 내용과 술집까지 가는 약도가 그려져 있었다.

수상한 권유지만, 자신을 처분하기 위한 공작은 아닌 듯했다.

암살할 생각이라면 이런 번거로운 방법을 쓰지는 않을 것이다.

물론 함정일 가능성도 무시할 수 없지만, 지정된 술집은 저녁에 사람으로 붐비는 숨은 명소며 자자도 자주 들르는 가게였다.

'돌겠군. 이거…… 내 행동을 꿰고 있어.'

첩보원에게 접촉하려는 이유라면 정보 거래 정도밖에 없었다.

그렇다면 자신과 같은 일을 하는 자겠지만, 문제는 어느 나라의 첩보원이냐는 것이다.

'생각한다고 답이 나올 리 없지. 과연, 어떻게 나올까…….'

적당한 자리에 앉아 점원에게 요리와 술을 주문하고, 티나지 않게 주위를 살피며 접촉해 오는 인물을 찾았다.

그때, 얼핏 보기에도 거나하게 취한 풍채 좋은 남자가 다가왔다.

"헤헤, 형씨. 합석해도 될까?"

"그러든지……."

겉으로 봐서는 50대의 기술자 같은데, 술에 취한 사람치고는 눈빛이 또렷했다.

"너희…… 우리 구역(나라)을 꽤 들쑤시고 다니나 보군."

남자가 말하는 구역(나라)이라는 은어를 듣고 그가 솔리스테어 마법 왕국 소속이라고 알아차렸다.

하지만 이 남자는 첩보원보다 더 언더그라운드의 인간처럼 보였다.

이 시점에서 자자는 이 남자의 배후를 짐작했다. 물론 확증은 없지만, 그렇다는 가정으로 이야기를 진행했다.

"……댁이 누구 아래에서 일하는지 대충 알겠어. 아니, 확신해. 그런데 나한테 접촉하려는 이유는 뭐지? 이렇게 불러낼 만큼 우리가 친한 관계는 아닐 텐데."

"성격 급하긴. 그야 신뢰 관계는 아니지만, 그렇다고 너무 경계하지 마. 이건 거래야. 형씨도 알잖아?"

"이런 식으로 불러냈다면 그것 말고는 없겠지. 하지만 우리나라는 거래할 재료가 없어. 무슨 목적이야?"

"에이, 그렇게 걱정할 일은 아냐. 오히려 그쪽에는 고마울 이야기지. 이거 읽어 봐."

"또 편지인가? ……흠…… 으음?!"

그건 편지로 위장한 이웃 나라의 조사 보고서였다.

이웃 나라— 바로 메티스 성법 신국의 내부 사정과 정치 상황, 군사 정보가 자세하게 적혀 있었다.

이사라스 왕국에서도 조사하는 안건이 여럿 포함되어 있고, 그들이 조사한 정보보다 훨씬 세세한 내용까지 담고 있었다.

문제는 마지막 몇 줄이었다.

"이봐…… 이, 이건……."

"어이쿠, 여기서 입 밖으로 꺼내지 마. 어디서 누가 들을지 몰라."

"하지만 이건…… 진심이야?"

"우리 보스는 한다면 해."

그건 솔리스테어 마법 왕국이 이사라스 왕국에 무기와 보급 물자를 지원한다는 내용이었다.

솔리스테어 마법 왕국이 이사라스 왕국을 이토록 우대할 이유가 없을 텐데도 불구하고 말이다.

"댁들 구역은 혈기 넘치는 녀석들이 시끄럽다며? 한 번 스트레스를 풀어줘야지 않겠어? 지금은 온건파가 유리하지만, 영원히 억누를 순 없어."

"그건 그렇지만, 그런다고 당신들에게 무슨 이득이 있지? 상식적으로 생각하면 손해밖에 없다고 보는데."

"형씨, 생각보다 머리가 유연하지 못하군? 이득이라면 있어."

솔리스테어 마법 왕국이 이사라스 왕국에 빚을 만들 이점이라면 있다.

바로 그들이 채굴하는 풍부한 광물 자원이었다. 솔리스테어 마법 왕국에도 광산은 여러 곳 있지만, 채굴량은 한정된 법. 솔리스테어 마법 왕국의 상인을 우대해 주기만 해도 경제적 효과는 막대하므로 선행 투자할 가치는 충분히 있었다.

그리고 현재 메티스 성법 신국은 약해져 있었다. 북쪽에서 르다이루루 평원을 통해 수인족이 침공하는 중이지만, 기사단을 파견하고 싶어도 일전의 전쟁과 재해의 영향으로 대응이 늦어지고 있었다.

최대 전력인 용사도 솔리스테에어 마법 왕국과 알톰 황국으로 빠져나가면서 정상적으로 싸울 수 있는 사람은 두 명밖에 남지 않았다. 남은 용사는 전투에 맞지 않는 이들뿐.

침공한다면 국내 정세가 불안정하고 방어할 병력이 없는 지금이 절호의 기회였다. 이 기회를 놓치는 것은 굴러온 복을 제 발로 걷어차는 짓이다.

그래서 솔리스테에어 마법 왕국은 이 틈에 동맹국의 국력을 강화할 속셈이었다. 그리고 메티스 성법 신국에 인접한 3국 중에서 가장 국력이 약한 곳은 바로 이사라스 왕국이었다.

"아니, 하지만…… 이 사안은 내가 독단으로 정할 수 없어."

"아직 시간상 여유는 있어. 그사이에 대장한테 전해주면 돼. 우리는 언제든 자료를 보낼 수 있게 준비해두지. 아마 움직이지 못할 이유는 자금 부족일 테니까."

"아픈 곳을 찌르는군. 하지만…… 믿어도 되는 건가? 다른 속셈이 있어도 이상하지 않을 상황이야. 그도 그럴 게 당신네 보스는 그 사람이니까."

"필요하면 회장님보다 높은 분과 거래할 수 있게 자리를 마련한다는군. 계약서가 있으면 안심할 수 있겠지?"

현재 솔리스테에어 마법 왕국과 이사라스 왕국 사이의 동맹 관계는 경제 분야에 한정되어 있었다. 그것을 본격적으로 군사 분야까지 확장하자는 뜻이었다.

심지어 두 국왕의 조인을 받아낼 계획까지 짜여 있었다.

이사라스 왕국의 혈기 넘치는 세력— 주전파는 이 맹약을 받아들이리라.

비옥한 토지를 되찾는 것이 그들의 오랜 염원이었으니까.

"……큰 빚이 되겠군."

"아차, **토지 매입**은 적당히 해. 우리나 댁들이나 가용할 수 있는 기술자는 적어. 자재를 옮기는 경로가 길어지면 운반 담당이 지쳐 쓰러져."

은어를 번역하면 『메티스 성법 신국을 침공해도 지나치게 영토를 확장하지 마라. 병력은 한정되어 있고, 거리가 멀면 보급 물자를 옮길 때 호위가 부족해진다』라는 뜻이다.

'피차 군사력은 약하니까 욕심부리지 말라는 뜻인가……. 그래, 보급선이 늘어나는 건 바람직하지 않지. 물자가 제때 도착하지 못하면 위험해.'

자자는 최근 이사라스 왕국과 알톰 황국이 군사 동맹을 체결했다는 소식을 들었다.

양국 모두 조만간 메티스 성법 신국을 칠 계획이었다. 식량이 부족해서 보급 물자인 보존 식품을 생산하고 사들이는 중이지만, 아직 충분한 양을 확보하지는 못했다.

하지만 지금 솔리스테어 마법 왕국이 지원해 준다면 최소한 외곽 영토는 빼앗을 수 있다. 그것이 지금 병력으로 영토를 확장할 수 있는 아슬아슬한 범위. 그 이상은 병력 부족으로 깊숙이 들어갈수록 불리해진다.

문제는 공명심에 눈이 먼 아군이다. 전쟁은 실적을 올릴 기회여서 침공 계획을 무시하고 독단적으로 행동할 가능성도 염두에 둬야 한다.

실패가 용납되지 않는 상황에서 가뜩이나 적은 병력을 잃을 수는 없다. 그런 사정을 알기 때문에 노파심에 충고하는 것이다.

"알겠어. 우리 사장님한테도 보고는 해둘게. 조만간 윗선에서 연락이 올거야."

"좋아. 그거 기대되는군. 내 이야기는 이걸로 끝이야. 잘 가, 좋은 거래였어."

나타났을 때와 마찬가지로 첩보원은 비틀거리는 걸음으로 술집을 나갔다.

그것을 확인한 자자는 얼마 후 나온 요리와 술로 배를 채운 뒤 동포와 연락하기 위해 움직였다.

『맛있는 밥과도 당분간 이별이군……』이라고 중얼거리며.

◇ ◇ ◇ ◇ ◇ ◇ ◇

츠베이트와 세레스티나는 느리지만 확실하게 실력을 쌓아갔다.

이제는 레벨이 올라서 머드 골렘 정도는 상대가 되지 않아 실전훈련의 난이도를 한 단계 높여야 할 듯했다.

하지만 역시 인생이 취미인 아저씨답게 지금까지 했던 훈련에 추가할 골렘을 미리 준비해 놓았다.

"후후훗, 마침내…… 마침내 이 녀석을 쓸 때가 왔군."

"……스승님, 뭐가 그렇게 기뻐?"

"아주 안 좋은 예감이 드네요. 선생님, 대체 무슨 생각을 하시는 거죠?"

"여러분이 상대하던 골렘을 설계부터 재검토해서 시행착오 끝에 겨우 완성했거든요. 바로 공개하죠. COME ON, 고올레에에엠~!"

제로스의 뒤에서 검은 원형 공간이 퍼지더니 그 안에서 거대한 금속 구체가 나타났다.

방대한 마력이 담긴 구체를 보고 두 제자는 자기도 모르게 뒷걸음쳤다.

"……뭐, 뭐야? 그 쇠공은."

"고, 골렘이라고 하셨죠? 겉모습은 금속으로 만든 공으로밖에 안 보이는데요."

"크크크…… 재미있는 건 지금부터입니다. 변형!"

기동 병기로 무투전을 펼치는 파이터처럼 손가락을 튕기자 금속 구체에 무수한 균열이 생기더니 각 부위가 동시에 형태를 바꾸었다.

어느 부분은 플레이트 파츠가 접히고, 어느 부분은 조인트 파츠가 나오고, 어느 부분은 장갑 안쪽으로 들어가 무기로 변한다.

두 사람의 눈앞에서 거대한 강철 구체는 구부정한 자세의 기이한 기사로 변신했다.

""아, 아이언…… 골렘?!""

"노노, 이건 아이젠리터예요. 옛날에 취미를 함께하던 친구가 설계했지만, 가성비가 안 좋아서 봉인했던 녀석이…… 드디어! 드디어 완성된 겁니다! 후하하하하하하!"

【아이젠리터】— 다른 이름은【나이트 골렘】.

원본은 강철 가동 인형에 기사 갑옷을 입히고 마력으로 억지로 움직이는 골렘이었지만, 이 골렘은 완전 금속제 자율 인형이었다.

심지어 구체 상태에서도 2미터에 달하던 크기가 지금은 4미터의 거구가 되었다.

무게는 약 2.7톤. 골격과 장갑은 벌집 구조이며, 부위에 따라서 불필요한 부분을 깎아내어 무게를 줄였다.

두 팔과 일체화된 대형 원형 방패는 뒤쪽에 목검이 수납되었고 수상쩍은 보조 팔도 붙어있었다.

상체가 구부정해서 전체적으로 둥그스름한 형태지만, 내부에 흐르는 마력이 절대로 방심할 수 없는 존재라고 말해주고 있었다. 단적으로 말하자면 이것은 마력으로 움직이는 로봇이었다.

"하고 싶은 거 다 했네!"

"정말로…… 이거랑 싸워야 하나요?"

"물론이죠. 록 골렘 중에도 무시무시하게 강한 개체가 있어요. 아이젠리터를 못 이기면 실전에서 못 살아남습니다."

"아무리 그래도 그렇지……."

"록 골렘보다 더 어려운 느낌이……."

완전 무장한 기묘한 형태의 강철 기사.

거구도 거구지만, 그 박력이 가히 위압적이었다.

"자, 덤비세요."

""아니, 말이 안 되잖아(요)?! 아무리 봐도 우리가 상대할 골렘이 아닌데!""

"거참 잔말 많네. 머신~, GO!"

제로스의 명령을 받고 아이젠리터의 풀 페이스 헬름을 본뜬 머리 구멍에 두 개의 빛이 들어왔다.

그리고 무게에 어울리지 않는 경쾌한 운동 성능을 발휘해 두 사람에게 빠르게 달려들었다.

"너무 갑작스럽잖아?!"

"와, 왔어요!"

아이젠리터는 츠베이트에게 목검을 내리쳤다.

"헉?! 속도가 빨라……."

한순간 검으로 방어할까 생각했지만, 상대방은 골렘. 잽싸게 몸을 날렸다.

그 직후, 츠베이트가 있던 자리로 목검이 박혔다.

"이 녀석, 생각보다 날렵해! 세레스티나, 조심해!"

"네!"

이 골렘을 움직이는 것만으로도 여유가 없는지, 제로스는 머드 골렘을 꺼내지 않았다. 츠베이트는 여기에 공략의 실마리가 있다고 봤다.

두 사람은 아이젠리터를 포위하듯 나뉘어 공격을 한 대라도 맞히자는 생각으로 덤벼들었다.

"에잇!"

"야압!"

좌우 협공.

하지만 아이젠리터는 메이스와 대검을 두 팔에 달린 방패로 받아내면서 공격을 흘렸다.

“앗?!”

“흘리기라고? 골렘이 무슨 이런 기술을 써?!”

아이젠리터는【머드 골렘】만큼 예측 불허로 움직이지는 않지만, 골렘이라고 믿기 어려운 날렵함과 기량을 뽐내며 두 사람을 농락했다.

견고한 장갑에 높은 범용성. 둔중한 모습에 어울리지 않는 기동력과 무게를 모두 지탱하면서 움직이는 어마어마한 마력. 공격 자체는 단조롭지만, 인간 수준으로 기민한 탓에 싸우는 사람에게는 상당히 까다로운 존재였다.

무엇보다 골렘은 지칠 줄 모른다. 다인 파티로 덤비지 않으면 격파는 어려울 것이다.

“어이가 없네…… 스승님은 저걸 움직이는데 얼마나 많은 마석을 쓴 거야!”

“평범한 마석으로는 어림도…… 꺄악?!”

상반신을 돌린 아이젠리터가 세레스티나를 날려버렸다.

방패로 막지 않으면 기절했을지도 모를 충격이 온몸을 덮쳤다.

하지만 다행히도 바닥을 구르지 않고 간신히 중심을 낮춰 땅에 두 발을 붙였다.

“아직 멀었어! 블레이드 슈—웃!”

『맛[#3]…….』

아저씨의 기합과 함께 목검이 사출되어 두 사람에게 날아들었다.

목검은 사슬로 방패와 연결되어 되감아서 다시 장착되는 구조였다.

명령을 내린 아저씨는 혼자 신났다.

"이건 또 뭔?!"

"위험해요! 근데 방금 골렘이 말하지 않았어요?!"

두 사람은 중거리에서 날아드는 목검을 피하면서 아이젠리터와 직선으로 늘어섰다. 앞으로 나란히 자세인 두 사슬 사이에 낀 모양새였다.

도망칠 곳이 없는 상황. 아이젠리터는 최대한 뻗은 사슬을 보조팔로 붙잡고 교차시켰다. 좌우로 뻗은 사슬이 채찍처럼 휘며 목제 검이 두 사람을 덮친다.

"이게 다 뭐냐고! 젠장!"

"격추할게요!"

브로드 소드와 메이스로 목검을 받아치고, 두 사람은 곧장 아이젠리터에게로 내달렸다.

하지만 고속으로 사슬이 감겨 목검이 순식간에 원위치로 돌아왔다.

""응?!""

『맛…….』

거리를 좁히려던 두 사람은 아이젠리터가 그새 무기를 되찾아 반격 태세에 들어간 것을 깨달았지만, 이미 주도권은 넘어갔다.

아이젠리터가 둔중한 소리를 내면서 접근해 두 사람을 가볍게 날려 버렸다.

#3 맛 자이언트 로보가 응답할 때 내는 소리.

별로 중요하지 않은 이야기지만, 아이젠리터는 분명히 말하고 있었다.

"꺄아아아아아아아~?!"

"으아아아아아아아~?!"

두 제자가 하늘을 날았다.

방어 마법을 발동했는지, 둘 다 별 피해는 없어 보였다.

물론 이건 훈련이라서 아이젠리터의 공격 출력은 최소한으로 제한해뒀다. 작정하고 공격하면 방어 마법 따위 유리창처럼 깨져버릴 테니까.

아니, 정확히는 관절부 부하를 견디지 못하고 스스로 망가질 가능성이 크기 때문에 최소 출력으로 줄였다고 봐야 옳다.

인간형 기계란 범용성이 높은 대신 균형 잡기가 어려운 형태다. 생물처럼 유연한 근육이 없어서 부하가 축적되기 쉽다는 결점이 있다.

팔을 휘두르기만 해도 상당히 큰 부하가 걸릴 것이다.

"……아저씨, 무슨 인간형 병기를 만들고 앉았어. 아무리 봐도 로봇이잖아?"

"어라, 에로무라 군. 언제 왔어요?"

"지금. 창문으로 보여서 걱정돼서 나왔어. 동지한테 상처라도 생기면 내가 책임을 물어야 할 수도 있어……."

"그러고 보니 츠베이트 군의 경호원이라고 했나요? 이제 보니 안즈 양까지 있었네요……."

"앗, 진짜다. 아저씨, 용케 눈치챘네?"

무표정한 안즈가 잔디 위에서 무시무시한 속도로 여성용 속옷을 짜고 있었다.

정밀 기계도 울고 갈 초고속 재봉 기술이었다.

"설마 아니겠지만, 세계 정복이라도 꿈꿔?"

"하~이, 조~지. 너는 언제부터 꿈을 잃은 재미없는 인간이 되어 버렸니?"

"누가 조지야!"

"Oh~, 조~지~. 사람은 로망을 추구하는 생물이야. 여체의 신비를 좇아 여탕을 엿보던 너의 뜨거운 영혼은 대체 어디에 버리고 말았니? 나는 슬퍼."

"그러니까 누가 조지야! 그리고 그 살인 피에로 같은 말투 그만해. 나 죽일 거야?!"

"로망을 좇는 마음이 있고, 그것을 이룰 기술도 있어. 그렇다면 시험해봐도 되잖아? 남자라면 꿈꿨던 로망이 많기 마련이지. 예를 들어 로봇 조종사, 혹은 전함 함장. 전투기 조종사와 파워드 슈트, 검에 인생을 바친 사무라이와 충의로 살아가는 기사. 어릴 적부터 변치 않는 영원한 꿈이잖아? 너도 이성의 나체에 로망을 느끼고 엿봤지~? 그게 범죄라고 알면서도 멈추지 못하는 것, 그게 바로 정열이야."

"윽…… 그보다 지금 알았는데, 어떻게 내가 여탕을 훔쳐본 사실을 알아!"

츠베이트에게 들었다.

아무튼 그래도 아저씨의 이야기는 멈추지 않았다.

"아름다운 칼에 홀려 사람을 해치는 자처럼, 나도 로망에 빠지면 멈출 수가 없어. 골렘이 무기? 그게 뭐 어쨌다고! 【소드 앤 소서리스】에서는 규제가 걸려서 만들지 못했지만, 지금은 마음대로 만들어도 돼. 무엇보다 시대는 창작자들에 의해 끊임없이 변화해. 영향이 크냐 작으냐는 차이일 뿐, 만드는 것 자체는 잘못이 아니야! 게다가 나는 양산할 생각은 없어. 그런 건 하고 싶은 인간끼리 알아서들 하라지."

"그런가……. 순수하게 자기만족을 위해서라면, 괜찮나?"

"애초에 인간형 병기가 무슨 도움이 되지? 범용성이 좋을 뿐이라서 끽해야 화물 옮기기나 재해 현장 구조 작업에나 쓸 수 있어. 둔중한 2족 보행 로봇이 전쟁터에 나가면 거대한 표적지에 불과하지."

"아니, 저걸 보면 안 그런 것 같은데……."

"구멍을 파서 흙탕물이라도 채워두면 제 무게를 못 이기고 가라앉아. 게다가 병기로 쓸 수 있는 건 처음뿐이야. 가성비가 안 좋고 정비에도 손이 많이 가거든. 전문직이 없는 이 세계에서 계속 전투를 이어가려면 얼마나 많은 돈이 들겠어? 그럴 바에야 총 하나를 더 만들고 말지."

"음, 생각해 보면 거대 로봇은 정비가 쉽지 않겠어. 프레임에 무기, 전자 장비 전문가…… 인력을 많이도 잡아먹겠군."

아저씨는 억지 논리를 펼쳤지만, 에로무라는 그 박력에 밀려 깊이 생각하지 못하고 수긍해 버렸다.

종합하면『만들 수 있으면 만들어도 되잖아? 이미 만들었지만』이라는 자기중심적 사고방식이었다.

조금만 생각하면 앞뒤 생각 없이 행동한다고 깨달았을 것이다.

"이봐~, 조~지~. 움직여보고 싶지 않아? 거대 로봇은 힘들어도 파워드 슈트 정도라면 상관없잖아. 너는 꿈꿔본 적 없어? 강철 기체를 조종하고 전장을 누비는 전사를 말이야~."

"그, 그야 나도 남자니까 있으면 한 번쯤 타보고 싶지……."

"그럼 타자고! 나는 로망을 위해서라면 용왕도 소재로 갈아넣을 각오가 되어있어!"

"용왕? 레이드 보스잖아?!"

『빠아아암~!』이라고 효과음이 나올 것 같은 포즈를 잡으며 아저씨는 에로무라가 놀라 자빠질 소리를 꺼냈다. 농담이 아니라면 파워드 슈트가 있다는 뜻이다.

그리고 마침 이때, 츠베이트와 세레스티나는 속수무책으로 아이젠리터에게 쫓기고 있었다.

"네가 탈 건, 이거다!"

다시 둔중한 소리가 울리며 허공에서 뼈대뿐인 작업 로봇 같은 것이 나타났다.

눈에 띄는 것은 몸을 고정하는 시트와 휑한 장갑판이 고작이라서 전장에서 써먹기에는 무리가 있어보였다. 사용자를 고정하는 고리가 인체 형태로 달렸고, 그곳에 팔다리를 넣어 사지의 움직임을 전달하는 모션 트레이싱을 적용한 파워드 슈트였다.

굳이 비슷한 예를 찾자면 우주선 안에서 활개 치는 우주 생명체와 싸우는 작업 기계에 가까울 것이다.

기능도 파워 어시스트 하나뿐인 무척 투박한 기계였다.

"이거…… 미완성이지? 이러면 탑승이 아니라 장착이 맞지 않나?"

"완성됐다고는 안 했어. 자세 제어 시스템 같은 건 없으니까 탑승자의 균형 감각으로 움직일 수밖에 없지. 아이젠리터와는 다르게 외골격이니까 장갑이 없으면 그저 뼈대에 불과해. 하지만 움직이잖아?"

"공사장에서는 쓸만하겠네……. 뭐, 흔치 않은 기회니까 써볼까."

"아, 시동키는 왼쪽 손잡이 위에 있어."

에로무라는 팔과 다리를 넣고 등을 시트에 고정한 뒤 동력을 넣었다.

매니퓰레이터는 인간처럼 다섯 손가락이 아닌 집게 모양이었고 손잡이에 달린 스위치를 두 손가락으로 조작하는 구조였다. 잡는다기보다는 집는다는 표현이 옳을 것이다.

"마력 발전기는 정상적으로 움직이는구만."

"탑승자의 안전성도 고려하지 않았어……. 범용 작업 기계가 이러면 쓰기 어렵지."

"시작품이니까~. 걷게 하는 것만으로도 힘들었어."

"이 아저씨도 참 대책 없이 사는구나……. 그럼 우선 한 걸음 디뎌 볼까."

에로무라는 자기 다리로 천천히 첫걸음을 내디뎠다.

하지만 마력 발전의 출력이 예상보다 높았는지, 아니면 에로무라의 예상보다 시작기의 조작이 어려웠는지 몰라도 파워드 슈트는 쏜살같이 달려 나갔다.

"으아아아아아아아아아아?!"

가볍게 오른발을 내디딜 생각이었는데 미세한 동작이 증폭되어 조종자의 의지를 무시한 채 폭주 기관차로 변했다.

멈추려고 버티자 점프하고, 착지해도 다리가 멈추지 않고 계속해서 가속한다. 에로무라는 이미 패닉에 빠졌다.

"꺄악?!"

"뭐, 뭐야?!"

『맛?!』

실전 훈련 중인 츠베이트와 세레스티나 쪽으로 난입했다.

"제, 제기랄!"

다시 높이 점프하는 시작기.

여기서 에로무라는 자기 다리를 움직이기를 포기하고 자유 낙하로 착지를 시도했다.

하지만 착지한 충격으로 상반신이 살짝 틀어진 것이 화근이었다.

"꾸와아아아아아아아아아아악!"

탑승자의 움직임을 직접 기체로 전달하는 모션 트레이스는 증폭된 파워로 민감하게 반응했다.

그 결과, 기체는 상반신을 확 꺾었고, 『우득』 하며 나서는 안 될 소리가 났다.

아파서 몸을 젖히자 시작기가 또 과잉 반응해 가엾은 희생양—아니, 피해자 에로무라의 몸을 가차 없이 비틀었다.

그 모습이 흡사 격렬한 춤을 추는 것 같았다.

"……오타게. 에로무라 군은 여유가 넘치네~."

"아니, 스승님…… 저거 위험하지 않아? 안 멈춰도 돼?"

당연하게도 훈련은 중단됐다.

"못 해요. 저 상태에서 다가가면 위험해요."

"저기…… 선생님. 왠지 골렘도 옆에서 춤추는데요?"

"투쟁심에 불이 붙었나? 아이젠리터한테 감정이 있는 줄은 몰랐는데……."

아이돌이나 인기 성우를 쫓아다니는 팬처럼, 강철 로봇은 나란히 댄싱 머신이 되었다.

그러는 사이에도 『우득, 뚝!』이라는 소리가 들렸다.

곧 에로무라가 기절하면서 시작기는 멈췄고, 제로스가 달려가서 그의 몸상태를 살폈다.

"에로무라 군은…… 앗, 살아있네."

"이상한 소리가 나던데, 괜찮아?"

"골절조차 없어 보이네요. 역시 고레벨이야, 튼튼해~."

"선생님…… 너무하세요."

평소 쓰지 않는 근육과 관절을 강제로 교정당한 불쌍한 피해자는 거품을 물고 기절했다. 평범한 사람이었으면 전신 골절로 죽었을 것이다.

그런 에로무라 곁으로, 조금 전까지 여성용 속옷을 만드느라 여념이 없던 안즈가 다가와서 말없이 그의 머리— 얼굴에 팬티를 씌웠다. 그리고 두 손 모아 기도했다.

편안히 잠들기를 바라듯이—.

"……에로무라는 죽었어. 남자의 로망을 위해서……. 하지만 그 생애에 한 점 후회도 없겠지. 왜냐면 그의 흘러넘치는 정열(에로)의 근간인 팬티를 뒤집어썼으니까. 변태의 신께서 축복하기를…… 라멘."

"저기요, 안즈 양? 누구한테 내레이션 넣는 중인가요? 그리고 라멘이 아니라 아멘. 라멘 먹고 싶어요?"

"에로무라 씨는…… 행복하게 떠났을까요?"

"에로무라라면 아마도……."

"안 죽었거든?! 물론 만족이야 했겠지만……. 아니, 그보다 구조나 해줘!"

모두 에로무라는 승천했다고 생각하는 와중에 정상인은 츠베이트뿐이었다.

그 후, 간호를 받고 간신히 부활한 에로무라는 폭주 댄스 도중에 머리라도 부딪쳤는지 이때의 기억이 나지 않는다고 했다.

다만, 골렘을 보면 영문도 모른 채 몸이 떨린다나…….

제10화 이리스, 현재 일하는 중

이리스— 제로스와 같은 전생자.

아니, 전이자일 가능성도 있지만, 어느 쪽이든 【소드 앤 소서리스】 플레이어였던 것은 확실하다.

그런 그녀는 지금—.

"파이어 애로!"

—용병 길드 의뢰를 수행하는 중이었다.

최근 마법 위력이 올랐는지, 오크를 단 한 방에 제압했다.

"음…… 이런 느낌이 아니야."

"아니, 마법으로 화려하게 날려버렸으면서 뭐가 불만이야? 내가 보기에는 충분한 위력인데?"

"그래. 귀여운 소년들이 뜨거운 시선을 보낼 만큼 강한 위력이잖니. 질투 나게 말이야……."

"레나 씨 질투는 마법 때문이 아니겠지만."

이리스를 포함한 여성 3인 파티는 아한 마을 폐광산에서 몬스터 종류를 조사하는 의뢰를 받았다.

이 광산도 한때는 광석을 채굴했지만, 서식하는 마물이 불어나면서 광산 노동자가 더 들어가지 못하여 폐쇄됐다. 지금은 용병들의 훈련이나 무기 재료를 모으는 정도밖에 가치가 없는 곳이 되고 말았다.

전에 제로스와 함께 왔을 때 이 광산이 던전으로 변했다는 사실을 깨닫고 용병 길드에 보고한 사람이 그녀들이었다. 그 공적 덕분인지 가끔 이렇게 조사 의뢰가 들어왔다.

길드의 신뢰를 얻었다고 해석할 수도 있지만, 실제로는 인력이 부족해서 머릿수를 채우려는 목적으로, 넓은 광산의 귀찮은 곳을 조사하는 잡무였다.

그래도 보수는 쏠쏠해서 세 사람은 불만 없이 의뢰를 수락했다.

"저것들…… 왜 우리 뒤를 따라오는 거야?"

"레나 씨를 보러온 거 아니야? 아는 애도 있지? 설마 전부……?"

"한 명 있긴 한데 나머지는 모르는 애들이야. 아마 우리를 미행해서 지도를 작성하려나봐. 그리고 내가 소년이라면 닥치는 대로

하는 줄 아나 본데, 한 아이와 세 번 이상은 안 하는 게 나만의 규칙이야."

""뭘?""

물론 그거다.

아무튼 여섯 소년이 미행하든 말든 크게 상관은 없지만, 솔직히 말해서 신경이 거슬렸다. 던전은 뜬금없이 고레벨 몬스터가 튀어나오기도 해서 경험이 부족한 신출내기 용병에게는 위험한 곳이었다.

용병은 함부로 위험 지대에 들어가서 죽어도 모두 자기 책임이며, 언제나 일정한 수의 신인이 목숨을 잃는 험난한 직업이기도 했다.

심지어 이곳은 던전이다. 어디에 위험이 도사리고 있을지 알 수 없었다.

"【트랩 서치】……. 앗, 오른쪽 끝에 슈터가 있어. 왼쪽 벽을 따라서 가자."

"이리스가 있으니까 편하네. 그래도 마력 잔량에는 주의해야 한다?"

"알아서 잘하겠지. 이리스도 그 꼬꼬들과 훈련했으니까 어지간한 몬스터에게는 안 당해."

"그 꼬꼬에 비하면 던전 위쪽 몬스터는 잔챙이야. ……꼬꼬들, 솔직히 비정상이지? 아무리 봐도 다른 종족으로 진화했잖아. 아저씨가 없을 때는 커다란 도마뱀의 머리를 들고 돌아다녔어."

""그게 뭐야? 처음 들었어. 그런 건 어디서 잡은 거야?!""

교회의 헝그리한 고아들과 함께 훈련하는 이리스는 꼬꼬들이 어디선가 몬스터를 해치워 전리품을 들고 오는 모습을 몇 번인가 목격했다.

하루 안 보여도 다음 날에는 나타나므로 가까운 곳에서 사냥했다고 생각하지만, 머리만 1미터가 넘는 도마뱀이 사는 곳을 세 사람은 모른다.

활동 범위가 미스터리였다.

“이, 일단 그 정체 모를 생물에 관해서는 넘어가고…… 이 앞은 어떤 마물이 나오는지 아직 몰라. 둘 다 각별히 주의해.”

“말 안 해도 알아. 쟈네는 걱정도 탈이라니까.”

“대략적인 구조는 갱도와 거의 같지만, 이 앞은 던전으로서 확장된 곳이라고 하니까. 그런 곳에서 방심하진 않아.”

“그보다 저것들은 어떡해? 레나 근처에 있기만 해도 위험한데…….”

“사람을 뭐로 보는 거야? 나도 때와 장소를 가려서 해. 그래도 던전은 스릴이 있으니까 한 번쯤 해 보는 것도…….”

“레나 씨?! 야외는 안 돼요, 경비병한테 잡혀 간다구요!”

진심으로 야외 플레이를 상상하는 레나를 보고 있자니 이리스는 가슴이 조마조마했다.

그런 행위에 재미 붙였다가는 빼도 박도 못할 변태가 된다.

하지만 이래 봬도 레나는 분별력이 있었다. 성적 취향은 믿을 수 없지만, 동료로서는 믿고 싶다고 이리스는 생각했다.

“신중하게 가자.”

이런 탐색에서는 쟈네가 리더를 맡는다.

여성뿐인 파티는 전투력이 부족할 때가 많지만, 쟈네 파티는 던전 위층에서 고전할 만큼 약하지 않다.

쟈네는 전열 수비와 유격을 담당, 레나는 상황에 맞춰 전열과 중열을 오가고 기록을 담당, 이리스는 마법으로 지원 공격과 함정 찾기 및 색적 담당으로, 파티로서 밸런스는 잡힌 편이다.

물론 사람이 많으면 그만큼 수색은 편하겠지만, 던전은 좁은 공간도 많고 멤버가 너무 많으면 도리어 불리한 경우도 있다.

애초에 남자를 파티에 넣을 생각이 없어서 새로운 동료를 받더라도 필연적으로 여성이 될 텐데, 이 세 사람과 비슷한 실력을 갖춘 여성은 좀처럼 찾기 힘들다.

그래서 그녀들은 움직이기 편한 소수 정예로 활동했다.

"어라? 무슨 풀이 자라고 있어."

"여긴 갱도잖아. 뭔가 이상한데."

"공간형 필드 던전인가? 큰 던전에는 지하에도 넓은 숲이 펼쳐져 있다고 하잖아. 이 폐광 던전이 그렇게 변했어도 이상할 건 없어."

던전은 광대한 필드 전체가 하나의 마물이며, 체내에 미끼를 준비해 사냥감이 걸리기를 기다린다. 이런 필드는 크게 두 종류가 있는데, 먼저 풀밭을 만들어 초식동물을 불러들이고 육식동물이 더해지면서 생태계를 이루는 타입과 마물을 소환해서 변질된 무기와 소재로 인간을 낚는 타입이다.

어느 쪽이든 생물의 생명을 먹는다는 점에서는 같지만, 아공간 속에 광대한 필드를 만들었다면 이 던전은 예상보다 훨씬 큰 규모일 가능성이 크다.

"약초 채집도 할 수 있겠어."

"그래도 생각보다 더 위험하겠어. 아직은 이 던전이 얼마나 확장됐는지 전혀 알 수 없으니까."

"지금도 변화하는 중이라면 지금까지 만든 지도도 별 의미가 없을지도 몰라. 이 앞쪽은 과연 어떻게 되어 있을지……."

세 사람이 나아간 곳은 지하 세계에 펼쳐진 초원이었다.

천장이 마치 한낮처럼 밝고 군데군데 숲이 되어가는 곳도 있었다.

이미 마물이 서식하고 있으며, 그 마물을 노리고 날카로운 이빨을 가진 육식 마물이 달리고 있었다. 【사벨로이】라고 불리는 호랑이 마물이었다.

이빨과 모피가 비싸게 팔리지만 성격이 사납기로 유명하며, 신출내기 용병은 재수 없게 마주치면 잡아먹히기도 하므로 초원이나 숲에서는 조심해야 하는 대상이었다.

"우와…… 어떻게 광산에 이런 넓은 공간이 있지? 던전은 구조를 모르겠어."

"들은 이야기로는 조그만 공간에 특수한 영역을 만든다고 해. 자세한 내용은 나도 모르지만."

"얼마나 넓은 걸까? 그리고 더 이상 따라오면 저 애들도 위험하겠어."

레나는 방금 지나온 동굴을 보며 중얼거렸다.

길모퉁이쪽 바위 뒤에 아직도 들키지 않았다고 믿는 소년 용병들이 있었다.

이 앞쪽은 그들에게 위험하므로 그녀들의 입장상 충고해야만 했다. 이건 랭크가 높은 용병의 의무였다.

그래도 물러나지 않는다면 본인들의 책임이다.

"야, 미행하는 거 다 알아! 숨지 말고 나와!"

쟈네가 소리치자 『켁, 들켰어?!』, 『내가 하지 말자고 했잖아』라는 목소리가 들리더니 결국 포기했는지 바위 뒤에서 걸어나왔다.

"남을 이용해서 편하게 지도를 만들고 싶었겠지만, 잔소리는 다음에 하지. 너희는 이 이상 들어오지 마. 여기서부터는 생명을 보장할 수 없어."

"좀 같이 가면 덧나? 쩨쩨하게 구네."

"사람이 많으면 싸우기도 편하잖아? 여자 세 명만 가는 것보다는 안전하겠구만, 뭘."

"레나 씨, 우리도 같이……."

세상 무서운 줄 모르는 햇병아리들은 공을 세울 생각에 빠져 살아서 돌아갈 계획은 뒷전이었다.

물론 쟈네 파티는 여성만 세 명이지만, 나름대로 실력파 파티였다.

곤란하게도 소년들은 자기들이 오히려 걸림돌이라는 사실을 이해하지 못한 모양이다.

하지만 짐 덩어리에 불과하다고 해서 소년들을 버리고 갈 수도 없는 노릇이었다.

"이것들이 진짜……. 우리는 길드 조사 의뢰를 받고 여기 온 거야. 따라오는 건 자유지만, 강한 마물이 나타나도 못 도와준다? 용병 활동은 모두 자기 책임이야. 충고를 받아들이지 않고 죽건 말건 너희 마음이니까 좋을 대로 해. 단, 이거 하나만 말할게. 단물 빨고 싶을 뿐이라면 당장 돌아가. 우리는 이제부터 책임 안 져."

"뭐가 문제야! 그쪽에도 우리랑 비슷한 애가 있으면서."

"나는 훈련을 받았고, 랭크는 너희보다 높은 C야. 초보라면 F나 E지? 실력이 다를걸?"

"뭐야. 그 나이에 랭크C면 우리도 금방 따겠네."

소년들은 이리스를 얕보고 있었다.

아니, 용병 일 자체를 얕본다는 느낌마저 들었다.

"저기…… 커다란 뿔 달린 소가 이쪽으로 오는데?"

""엉?""

흙먼지를 내면서 전력 질주해 오는 커다란 소.

초원의 파괴자, 【그레이트 혼 버팔로】였다.

"아싸! 당분간 고기 먹을 수 있겠다!"

"루한테 선물하면 좋아하겠군."

"제로스 씨가 전에 만들어 준 음식, 규동이라고 했나? 또 먹을 수 있겠네."

아저씨 집에 가끔 얼굴을 내미는 세 사람은 제로스의 요리를 제법 많이 먹었다.

제로스의 요리 재료는 정체가 불명확할 때가 많지만, 규동은 평범하게 맛있어서 레나도 기억하고 있었다.

"좋아, 선제공격! 붉은 번개!"

정확히는 【라이트닝 플레임】이라는 마법이지만, 이리스는 모 애니메이션 주인공처럼 반쯤 플라스마화한 불꽃을 쐈다.

공격은 그레이트 혼 버팔로에 직격했고 폭음과 충격으로 발생한

먼지가 일대를 휩쓸었다.

"그래, 이런 느낌이지. 이게 올바른 마법 발동이야."

"이리스…… 저 소, 살아있어. 심지어 속도만 떨어졌고 계속 여기로 달려오는데?"

"뭐, 정말? 나름대로 진심이었는데……."

"여기서부터는 내 차례군. 이야아아아아아아아아아압!"

멈추지 않는 그레이트 혼 버팔로를 향해서 쟈네가 검을 뽑으며 달려갔다. 저 거대한 뿔에는 스치기만 해도 무사하지 못할 것이다.

하지만 쟈네는 반격할 기세로 애용하는 대검에 마력을 두르고 뿔을 향해 휘둘렀다.

보통은 자살행위겠지만, 마물의 무기인 뿔이나 갑각을 파괴하는 것은 정석적인 사냥법이었다. 쟈네도 그 방식에 따랐을 뿐이었다.

제로스가 제작한 쟈네의 대검은 그 강도가 명공의 작품에 필적한다.

아니, 어쩌면 그 이상일지도 모른다.

거대한 뿔과 대검이 격돌했다.

"으랴아아아아아아아아아아!"

충격을 필사적으로 버티면서 기합을 넣은 쟈네는 기어코 그레이트 혼 버팔로의 뿔을 부러뜨렸다.

한쪽 뿔을 잃고 무게 중심을 잃었는지, 그레이트 혼 버팔로는 휘청거리는 동시에 돌진력이 꺾였다.

"음머어어어어어어어어!"

"어딜 도망치려고!"

"내가 맡을게!"

쟈네의 뒤를 쫓은 레나가 재정비하려는 그레이트 혼 버팔로에게 달려가 단검을 내리꽂았다.

단검에는 즉효성 마비독이 발려있다. 대형 마물의 움직임을 막는 용도로 가장 흔히 이용되는 수단이었다. 정체를 숨긴 도박꾼인 만큼 확실하고 견실한 방법으로 상대를 몰아세운다.

"안 놓쳐. 【가이아 랜스】."

이어서 아래에서 이리스의 마법 가이아 랜스가 발동해 그레이트 혼 버팔로의 배에 깊숙이 박혔다.

거대한 소 마물이 비명을 내질렀다.

"이걸로 마무리!"

쟈네가 대검을 머리 위로 치켜들어 그레이트 혼 버팔로의 머리에 내리쳤다.

"후우, 끝났군. 바로 해체할까."

"던전에 흡수되기 전에 빨리 처리해야지……. 던전은 이럴 때 귀찮아. 해체도 천천히 할 수 없다니까."

"시간제한이 귀찮지? 그나저나 우리도 강해졌구나. 예전이었으면 못 잡았을 거야."

"그래. 거물이니까 마석도 크겠어. 팔면 얼마나 나올지 기대돼."

여성 파티가 희희낙락 소를 해체하기 시작했다.

지구 태생 이리스도 이제는 해체 작업에 익숙해졌다.

"머리는 어떡해? 가죽을 무두질할 때 뇌수를 쓴다고 하지 않았나……."

"응? 먹어도 되지 않아? 소 뇌 요리가 맛있다고 들었어."

"아저씨가 전에 그런 말을 했었지……."

마물에 따라서는 버릴 부위가 하나도 없는 경우도 있다.

특히 소 마물은 뿔을 무기로, 가죽은 다양한 방어구나 가죽 제품으로 이용하고, 고기는 식용으로 먹는다. 뼈도 국물을 내거나 비료, 방어구로 이용된다.

물론 뼈 방어구를 쓰는 용병은 별로 없지만—.

어쨌거나 이 세 사람도 몰라보게 강해졌다.

"그나저나…… 거기서 구경하는 너희, 이걸 보고도 앞으로 가고 싶어?"

""""""""""……."""""""""

쟈네는 해체하는 손을 멈추지 않은 채 소년들에게 말을 걸었다.

한 번 도망간 뒤에 다시 돌아온 그들은 쟈네의 질문에 대답하지 못했다. 아무리 생각해도 더 이상 따라가는 건 자살행위라고 깨달았기 때문이었다.

"……안 갈래. 우리 실력으로는 안 되겠어."

"잘 생각했어. 용병이라는 직업은 용감한 사람부터 죽어. 겁쟁이라고 불릴 만큼 신중하고 요령 있는 사람들이 높은 랭크로 올라가고. 공부가 됐지?"

"……넵."

"아아, 레나 씨……. 역시 여신이야. 나, 나는……."

"레벨이…… 훈련도 부족해."

"이대로는 언젠가 죽겠어."

"그래서 안 된다고 했잖아."

초원의 파괴자를 손쉽게 해치우는 실력을 보고 소녀들의 안일한 생각은 산산이 박살났다.

더 나아가면 그레이트 혼 버팔로와 동급의 마물이 출현할지 모른다. 쟈네 파티를 따라가봤자 걸림돌이 될 것이 뻔하며 강한 마물이 나왔을 때 도망칠 자신도 없었다.

무임승차로 지도를 제작하려다가 분수에 맞지 않는 곳까지 와버렸다고 겨우 깨달은 소녀들은 얼굴이 새파래졌다.

쟈네 파티가 자신들을 알아채지 못했으면 충고도 하지 않았을 테고, 이 광대한 이공간에 발을 들였다가 죽었을지도 모른다.

"우리는 조사할 게 남았으니까 앞으로 가겠지만, 너희는 허튼 생각하지 말고 돌아가야 한다? 이 업계는 젊은 신인의 사망률이 높아."

"알았어……. 미안, 네가 그렇게 강한 줄 몰랐어."

"뭐, 나이가 비슷하니까 자기를 기준으로 생각해도 어쩔 수 없지. 그래도 뭐든 예외가 있다는 건 기억해 둬."

"다음부터는 조심할게. 그럼 우리는 간다? 방해해서 미안해."

소녀들은 왔던 길을 돌아갔다.

"나쁜 애들은 아니었네."

"교활한 것과 현명한 건 다르니까. 사고가 나지 않아서 다행이야."

"그보다 이리스, 고기를 인벤토리에 넣어줘. 던전에 소화되면 안 돼."

"아차, 그래야지."

오늘의 수확을 서둘러 챙기고 세 사람은 다시 던전 탐사에 나섰다.

가능한 한 전투를 피하며 꼼꼼하게 지도를 기록하고, 던전 위층에서는 보지 못한 마물을 기록해 갔다.

생태계도 완전히 바뀌어 다양한 마물이 발견됐다.

예를 들어 마물의 대표격인 오크와 고블린부터 거대한 뱀인 베놈 바이퍼, 빅 코볼트 등 숲에 사는 종족이 늘었다.

거미나 개미 같은 곤충 마물도 있는 한편, 콜드 웜이나 아이스 로퍼 등 한랭지에 서식하는 마물까지 있는 것은 예상 밖이었다.

"필드형에서 계층형으로 변하는 중인가? 던전이 변화한다는 이야기는 들었지만, 이렇게 대규모라면 조금 무서워. 변화가 끝난 뒤에 얼마나 깊은 던전이 될지……."

"어머? 쟈네도 겁은 나나 봐? 적당한 사냥터가 생겼다고 좋아할 줄 알았는데."

"스탬피드가 발생할 위험도 있잖아. 던전이 커지면 관리가 힘들어."

"그렇게 되면 가장 먼저 피해를 보는 곳은 인근 마을과 산토르겠지. 제로스 씨가 있으니까 괜찮겠지만."

"왜 여기서 아저씨 이름이 나와?"

예전에 아한 광산을 최하층까지 들어갔다가 아무렇지 않게 생환했기 때문이다.

듣기로는 대규모 마법을 사용했다고 하니까, 만약 마물 폭주가 발생해도 어떻게든 해주리란 것이 레나의 생각이었다.

물론 그런 사태가 일어나면 산토르를 제외한 곳의 피해는 이만저만이 아니겠지만…….

“으음…… 여기까지 조사해도 광맥이 안 보여.”

“그것도 조사 내용 중 하나지만, 발견하지 못했으면 어쩔 수 없지. 다른 조사대가 찾았을지도 모르니까 오늘은 이만하고 철수하자.”

“정말 얼마나 넓어진 건지 모르겠어~. 아직 변화하는 중이라고 하니까 우리가 조사해도 의미 없지 않을까?”

“아저씨한테 부탁하면 빠르게 해결될 것 같은데 말야.”

용병은 돈이 되지 않는 직업이다.

특히 무기나 방어구가 빠르게 손상되어 수리비만으로 수익의 대부분이 날아간다.

장비는 제아무리 공들여서 손질해도 몇 번 쓰다 보면 눈에 띄게 노후화되어 언젠가 파손된다.

목숨이 달린 일이라서 좋은 무기를 찾는 것은 당연하지만, 정작 광맥이 원래 있던 곳에서 완전히 사라진 탓에 지금은 소량의 철밖에 캘 수 없었다.

가능하면 미스릴 같은 희귀 금속 광맥을 찾는 것도 의뢰 내용에 포함되어 있었다.

“확실히 아저씨가 조사하면 빠르겠지만, 할 거 같아?”

“그렇지~? 기본적으로 하고 싶은 일만 하고 사는 사람이니까 어지간히 끌리지 않는 한 길드 의뢰를 받을 리 없지.”

“에휴……. 그래도 어쩌면 받아줄지도 몰라. 무기 같은 거 개조하는 게 취미잖아. 왜 무기상을 하지 않나 몰라.”

“아저씨가 만든 무기는 성능이 너무 좋으니까. 손버릇 나쁜 녀석들이 우글우글 몰려들걸.”

"겉모습을 평범하게 만들어서 속일 수는 없을까 지팡이칼 같은 무기가 있으면 나도 갖구 싶어."

일반 무기를 극한까지 마개조하는 제로스가 아니던가. 광석이 없으면 스스로 캐러 다닐 만큼 행동력이 뛰어나므로 광맥 정도는 쉽게 찾아낼지도 모른다.

그런 제로스가 만든 무기— 쟈네의 대검도 파격적인 성능을 자랑하지만, 이리스의 장비는 특히나 강력하여 나쁜 생각을 품은 자들이라면 눈독을 들일 만큼 매력적이다.

"이리스…… 그건 너무 낙관적인 생각이야. 쓰는 모습을 목격하면 바로 표적이 돼."

"용병은 제법 눈썰미가 좋아. 이리스의 장비는 좀 **특수**해서 아무도 노리지 않을 뿐이지."

"으……. 그야 너무 팬시해서 눈에 띄지만, 이건 원래 디자인의 문제지 내 취향이 아니라구……."

"제로스 씨가 개조해서 조금 귀여운 디자인이 됐지? 그 나이에 이런 디자인을 고르다니, 설마 그런 취향?"

"그 아저씨는 알다가도 모르겠어."

세 사람은 이야기를 나누면서 안쪽으로 나아갔다.

그리고 마침내 초원 필드를 빠져나오자 막다른 절벽과 깊은 구렁텅이가 나왔다.

"……낭떠러지. 설마 내려가야 하나?"

"광산 지하라는 게 믿어지지 않아. 이런 규모의 절벽이 있다니…… 내 상식이 망가지는 기분이야."

"뭐, 그게 던전이니까. 일일이 신경 쓰면 끝이 없어."

""……이리스는 의젓하네.""

【소드 앤 소서리스】의 던전에 익숙한 이리스에게는 새삼스럽게 놀랄 일도 아니었다.

하지만 쟈네와 레나는 본격적인 던전 탐사가 처음이며, 이해 불가능한 이공간에 면역이 없었다.

아무래도 지상을 기준으로 생각하기 때문에 머리로는 이해해도 받아들이기가 어려운 모양이었다. 특히 지하인데 천장이 밝고, 심지어 밤도 찾아온다.

원리를 이해할 수 없는 현상은 불안을 야기하고 정신을 좀먹는다.

이질적인 존재에 대한 본능적 거부감이었다.

"그래그래, 이게 바로 모험이지! 이런 게 하고 싶었어!"

"왜 그렇게 신이 났어?"

"이리스의 이런 점은 이해를 못 하겠어. 제로스 씨도 비슷한 부분이 있잖아. 가끔 머리가 고장난 게 아닌가 의심될 때가 있어."

"너무해!"

절벽은 바위 표면에도 식물이 자라서 건너편에서 뻗은 뿌리가 다리처럼 걸린 곳도 있었다. 그 사이로 비행 마물이 먹잇감을 찾아 날아다녔다.

새 마물이 거대한 곤충을 잡아먹고, 그 새나 다른 마물을 찾아서 가끔 와이번까지 모습을 드러냈다. 이미 생태계가 완성되어 있었다.

"여기로 내려가면 되겠어."

"무슨 마물인지 모르겠지만, 새 타입 마물은 성가시겠군."

"내려가는 도중에 공격당하면 대처법이 없겠는걸."

넝쿨이나 뿌리를 타고 절벽을 내려갈 수는 있겠지만, 비행 마물에게 공격받으면 추락사를 면하기 어렵다.

세 사람은 경계하면서도 넝쿨을 잡고 불안정한 암벽을 신중하게 내려갔다.

그러던 중에 우연히 절벽에 뚫린 동굴을 발견했고, 횃불을 꺼내 안쪽으로 들어가기를 20분, 안쪽에서 쨍쨍한 소리가 들려왔다.

"이 소리…… 누가 채굴을 하나?"

"이런 곳에서? 여기는 미답의 땅이야. 설마 길드에 보고하지 않고 침입했나?"

"어쩌면 다른 조사팀일지도 모르지? 다른 경로로 여기까지 왔을 가능성도 있고……."

이곳이 던전이라고 확인된 이후, 조사를 마친 지역 외에는 용병 길드 직원이 길을 봉쇄해뒀다. 다른 조사팀이라면 괜찮지만, 무단 침입자라면 일이 조금 귀찮아진다.

길드에 등록한 용병이 위험구역으로 지정한 장소에 침입하면 규약 위반이다. 그래도 침입한 미답 지역의 탐사 정보를 보고하면 그나마 다행이지만, 애초에 규약을 안 지키는 악질 용병이 보고 의무를 지킬 리 없다.

엄벌을 피하려고 목격자를 공격할 가능성도 컸다.

"어느 쪽이라고 생각해?"

"조사팀인가, 무단 침입인가……. 후자라면 초범일 경우 엄중 경고로 그치겠지."

"상황을 보고 어떡할지 정하자. 상대가 몇 명인지 모르고 접근하면 위험해. 여기서는 신중히……."

발소리에 주의하며 세 사람은 조심조심 안쪽으로 들어갔다.

동굴 앞쪽은 넓은 공간이었고 광산이었던 흔적으로 광차와 레일이 그대로 남아있었다. 채굴 소리는 그 앞에서 들리고 있었다.

세 사람은 몰래 다가가서 넘어진 광차 뒤에서 얼굴을 빼꼼 내밀었다.

거기서 세 사람이 본 것은—.

"와하하하하하하하하하♪"

—유쾌하게 웃으며 잔상이 남을 속도로 곡괭이를 휘두르는, 어디서 많이 본 아저씨였다.

""""왜 여기 있어?!""""

곡괭이가 광맥을 때리는 소리가 한 번 날 때마다 실제로는 수차례 두드리고 있었다. 암벽이 부서지지 않는 게 신기할 정도였다.

"잠깐, 아저씨! 여기는 봉쇄 구역이야! 왜 여기 있어!"

"얼레리? 쟈네 씨 아닌가요. 일하느라 수고가 많으십니다."

"지금 일을 만들고 있잖아! 길드가 출입을 금지한 곳에 뻔뻔하게 무단 침입하지 마. 민폐라고."

"출입 금지? 봉쇄……됐던가요? 그냥 들어왔는데……."

""""그냥? 어떻게…….""""

"예전처럼 피트 슈터로 최하층까지 내려가서 올라왔는데요? 철을 구하러 왔다가 멀리 돌아와 버렸어요."

쟈네 파티는 머리를 쥐어뜯었다. 피트 슈터란 전에 크리스틴을 구출할 때 제로스가 이용한 구멍 함정이었다.

그 함정이 아직도 남아있다는 건 맹점이었다.

용병 길드 직원이 감시해도 아래층까지 쉽게 침입할 만도 하다.

"가끔 행방불명자가 나온 이유가 그거였나봐. 우리도 까맣게 잊고 있었어."

"……길드에 보고해야겠군."

"아저씨, 철을 캐러 왔다고 했지? 또 뭐 만들게?"

"이미 만들었어요. 총과 변형 시스템을 넣은 골렘을 만드느라 철을 전부 써버렸지 뭡니까. 이사라스 왕국까지 가기도 귀찮으니까 가까운 곳에서 조달하려고 여기로 왔어요. 적당량 모았으니까 저는 이만 가보겠습니다."

이리스는 내심『변형 시스템을 넣은 골렘? 아저씨, 그거 로봇이지? 그리고 총이라니……』라고 생각했지만, 굳이 추궁하지 않았다.

직감으로 위험하다고 느꼈기 때문이었다.

이 아저씨는 남에게 피해를 주건 말건 자기 취미가 우선인 사람이라서 기분에 따라 흉악한 물건을 만들어 냈다고 해도 이상할 게 없었다. 누가 뭐래도【섬멸자】중 하나니까.

실제로 그런 일화를 수도 없이 들었다.

"괜찮으면 이 앞에 어떤 곳이 있는지 자세하게 알려줘."

"음…… 자세히 말하고 자시고, 아무 생각 없이 걸어와서 인상에 남는 게 별로 없어요. 끓어오르는 용암 지대였나? 뱀처럼 긴 마물이 땅속과 용암 속을 헤엄치고 있었어요. 크기도 크고 플레임 브레스가 강력했죠."

"그밖에는? 던전의 현재 상황을 조사하는 게 우리 일이야."

"수정이 빼곡한 구역과 열대 지방 같은 정글밖에 못 봤네요. 쓸데없이 춥고, 또 커다란 뱀이 날아와서 귀찮았죠. 분홍색 고릴라 같은 마물이 똥을 던졌던가……. 방귀로 곤충 마물을 격추하기도 했어요."

"무슨 헌터 게임이야?"

폐광 던전은 예상 이상으로 넓었고, 그 이상으로 자신들의 능력을 벗어난 임무라고 깨달았다. 의뢰를 달성하려고 제로스처럼 최하층까지 떨어졌다가는 다시 올라올 수는 없었다. 레벨 이전에 아저씨와의 실력 차이가 천지차이였다.

만약 같은 짓을 하라고 하면 무조건 거절할 것이다. 무의미하게 죽으러 가는 꼴이다.

"돌아갈까……. 더 가봤자 우리 실력으로는 무리겠어."

"그래. 나도 목숨은 아까워."

"아저씨는? 채굴 더 할 거야?"

"어디 보자…… 모을 만큼 모았으니까 이쯤 해둘까요. 주괴도 이만하면 당장 부족하진 않겠네요."

"""또 당일치기야?"""

그 후 세 사람은 용병 길드 출장소에 조사 내용을 보고하고 아한 마을에서 하룻밤을 보낸 뒤 산토르로 돌아갔다.

교회에 돌아온 그녀들은 아저씨가 또 뭘 만드는지 궁금해서 제로스 집을 엿보았는데, 돼지 사골을 연구하는 중이었다고 한다.

정말로 무슨 생각을 하는지 모를 사람이었다.

제11화 츠베이트, 헛수고지만 크로이사스에게 충고하다

솔리스테어 공작가 영주 저택.

크레스톤과 세레스티나를 제외한 공작가 사람은 여기서 생활하지만, 지금 이 저택을 이용하는 사람은 현 당주인 델사시스와 츠베이트, 크로이사스 형제뿐이었다.

원래대로라면 공작부인 두 명이 있어야 하나—.

"……요즘 어머니들이 안 보이는데 어디 가셨나?"

"두 분은 귀족의 본분을 다하러 왕도에 가셨습니다."

츠베이트의 의문에 답한 사람은 나이 지긋한 메이드장이었다.

"아…… 늘 모이는 부인회인가. 그렇다면 며칠은 돌아오지 않겠군."

"츠베이트 님…… 크로이사스 님도 그렇지만, 마님들께 매정하지 않으신가요?"

"어머니들과 나눌 말이 없는데 어쩌겠어. 솔직히 나나 크로이사스나 별로 친하게 지낼 생각은 없어."

츠베이트와 크로이사스의 어머니인 공작부인들은 쉽게 말해 전형적인 귀부인이었다.

지금도 남편인 델사시스를 사랑하지만 세상 물정을 모르는 여성들로, 가끔은 현실과 꿈을 구분하지 못한다는 생각마저 들 정도였다.

그런 주제에 백성에게는 고압적으로 굴어 귀족의 지위를 과시했다.

공작 가문이니까 위엄을 보이는 건 상관없지만, 정치나 사회에 관심을 가지려고 하지 않았다.

나쁘게 말하면 가문의 소품에 불과했다.

"정략결혼을 위해서 정치에 참견하지 않도록 교육받았을 테지만, 그게 어머니라고 생각하면 마음이 복잡해."

"츠베이트 님! 친어머니를 그렇게 무시하는 말투는……."

"실제로 멍청하잖아? 그 두 사람이 나나 크로이사스한테 어머니다운 모습을 보여주기나 했어? 나이가 들어서도 아버지한테 찰싹 달라붙기나 했지. 그다지 부모라는 생각이 안 들어."

"그래도 어머니라는 사실에는 변함이 없습니다. 더 공경하셔야지요!"

츠베이트와 크로이사스는 태어난 직후 유모에게 맡겨졌다.

육아 자체를 남에게 떠넘겼기에 어머니는 그저 혈연으로 인식할 뿐, 어떠한 내적 친밀감도 없었다. 그런 사람을 공경하라는 것은 솔직히 힘든 부탁이었다.

가족의 정 따위, 처음부터 받아본 적도 없으니까.

"계승권 문제도 있으니까 적어도 마님과 마음을 터놓고 대화해 보십시오. 이대로 가다가는 크로이사스 님께 가주 자리를 빼앗길 겁니다."

"설마 그러기야 하겠어? 크로이사스는 연구밖에 몰라. 가문을 계승하는 귀찮은 자리에 앉을 리가 없지. 게다가 계승권 문제는 어머니들 친정에서 유난 떠는 것뿐이잖아? 아버지라면 사고가 터지기 전에 그쪽 가문을 뭉개버릴걸?"

"……."

이 메이드장은 츠베이트의 어머니인 이사벨라의 친정, 후작 가문을 위해 오래도록 일했으며, 이사벨라가 공작가에 들어올 때 시종으로 따라왔다.

그리고 후계자 다툼을 의도적으로 부채질하는 인물이기도 했다. 이스톨 마법 학교에서 츠베이트가 브레마이트의 혈통 마법으로 세뇌됐을 때도 그녀가 바람을 넣어서 상태가 더욱 악화되기도 했다. 요컨대 『기고만장 츠베이트』를 만드는 데 한몫한 범인이다.

지금은 세뇌가 풀려서 괜찮지만, 아무래도 이 메이드장은 예전의 세뇌 상태 츠베이트로 돌아가기를 바라는 눈치였다. 아마 후작가에서 뭔가 지령을 받았으리라.

물론 츠베이트는 두 번 다시 그런 멍청한 인간으로 돌아갈 마음이 없었다.

"이봐, 마사리……. 오래 살고 싶으면 어머니의 친정과 연을 끊어. 괜히 불똥 튀어서 같이 사라지고 싶지는 않지?"

"서, 설마요…… 주인 어르신께서 그런 일을……."

"아버지라면 하고도 남지. 능력을 우선시하는 사람이고, 공작가를 제 입맛대로 조종하려는 녀석들에게 지옥을 보여줄걸? 적에게 자비를 베풀 사람이 아니니까."

메이드장 마사리는 새파랗게 질려 떨고 있었다.

델사시스에 관한 소문은 옛날부터 익히 들었다. 젊은 시절 천재라고 불린 그는 지금 그보다 더한 거물이 되어 나라의 모든 귀족이 경계할 정도였다.

무서운 점은 공작가를 이어받자마자 두각을 드러내, 이용하려고 접근한 귀족 대부분을 모종의 이유로 파멸시켰다는 것이다.

소문으로는 델사시스가 무슨 수작을 부렸다고 하지만, 증거는 하나도 발견되지 않았다.

가령 그 소문이 사실일 경우, 시가인 후작가라도 봐줄 리 없다는 생각이 들었다.

그녀는 자신이 지금 상당히 위험한 처지에 놓였음을 자각했다.

"아버지라면 지금까지 알면서도 봐줬을 거야. 아니, 어디까지 기어오르는지 기대하면서 구경했을지도 몰라. 그나저나 크로이사스는 방에 있어?"

"네? 아, 네……. 어제까지는 상회 소유의 공방에 매일 나가시더니, 오늘은 웬일로 방에서 나오지 않으시네요……."

"……죽은 거 아냐?"

상회 소유의 공방이란 대외적 이미지이며, 실제로는 솔리스테어파의 공방이라고 해야 맞다.

그곳에 매일 같이 드나든 이유는 델사시스가 무슨 일을 맡겼기 때문이라고 생각하지만, 정식 연구자도 아닌 크로이사스가 무엇을 할 수 있는지 의문이었다.

아무튼 그런 크로이사스가 며칠이나 시간을 냈다면 공방에서 어지간히 흥미로운 연구가 진행되고 있다는 뜻이다.

그리고 연구를 위해서라면 연속 철야도 개의치 않는 진성 **연구광인**은 체력이 고갈되어 방에 쓰러져 있을 게 틀림없었다.

"어쩔 수 없지, 상태를 보고 올까……. 쓰레기 속에서 죽으면 가문의 수치야."

츠베이트는 그러면서 크로이사스의 방으로 향했다.
그나저나 크로이사스에 대한 츠베이트의 평가는 실로 야박했다.
뭐, 맞는 말이긴 하지만…….

◇ ◇ ◇ ◇ ◇ ◇ ◇

크로이사스의 방은 솔리스테어 공작가에서도 열리지 않는 수수께끼의 방으로 취급받았다.
복도 창문으로 햇빛이 들텐데도, 츠베이트는 그의 방 앞만은 유난히 어둡다고 느꼈다.
뭐라고 설명해야 좋을까…… 방을 막는 문에서 기묘한 기운이 피어오르는 듯했다.
'어라…… 저 방이 이렇게 어두웠나?'
물리 법칙이 뒤틀렸다고밖에 생각할 수 없는 현상에 츠베이트가 고개를 갸웃거렸다.
그 분위기를 어디선가 본 적이 있었다.
"크로이사스, 있어?"
묘한 기시감을 무시한 채 츠베이트는 방 안에 있을 크로이사스를 불러보지만, 대답은 없었다.
몇 번 더 불러도 방에서 크로이사스의 목소리는 들리지 않았다.
'결국 죽었나? 그 녀석…… 연구라고 하면 머리가 이상해지니까.'
참 매정한 형이다.
대답이 들리지 않는다면 이제는 강제 돌입하는 수밖에 없다.

하지만 여기서 츠베이트는 학교에 있는 크로이사스의 방이 어떤 참상이었는지 떠올렸다.

"……크로이사스, 들어간다?"

용기를 쥐어짜서 방으로 들어가자 잡동사니가 쌓인 아수라장이 나왔다. 딱 학생 기숙사에서 본 크로이사스의 방을 방불케…… 아니, 친가라서 그런지 상태는 더 심각했다.

크로이사스는 방을 두 개 가졌고, 지금 있는 곳은 연구용 공간이다.

침실은 잡동사니가 난잡하게 어질러져 있을 뿐이지만, 이곳은 이스톨 마법 학교의 기숙사와 다를 바가 없었다.

많은 메이드가 청소를 시도했으나, 너무 심각한 상황에 절망하고 포기한 마굴. 천하의 델사시스조차 이곳에는 오지 않는다. 크로이사스는 연구할 때 주로 이 방을 이용한다.

"이럴 줄 알았지……."

한 발만 내디뎌도 먼지가 부옇게 피어올랐다.

어둠 속을 나아가다가 정체 모를 무언가를 몇 번 밟았지만, 무엇인지는 확인하지 않았다. 알고 싶지도 않았다.

암흑에 눈이 익어 방이 희미하게 보이게 되자 겨우 크로이사스를 찾을 수 있었다.

그는 서류 다발을 쥔 채로 잡동사니에 파묻혀 자고 있었다.

"……이 돼지우리에서 잘도 자네."

귀족 자재라고는 생각할 수 없는 추태였다.

연구자니까 괜찮다고 하면 할 말이 없지만, 그래도 도가 지나치다.

"이런 잡동사니는 언제 어디서 구한 거야? 그보다 이 서류는…… 도면? 설계도인가. 이건, 리포트…….”

츠베이트는 크로이사스가 쥔 서류를 들고 커튼을 걷어 내용을 확인했다.

처음 보는 지팡이 같은 물체와 유사한 형태지만 발굴품으로 보이는 지팡이의 분해도도 있었다.

그 외에도 사방에 널브러진 서류를 보며 츠베이트는 인상을 찌푸렸다.

비밀리에 움직인다면 아마 군사 기밀로 추측됐다.

‘……이건 무기인가? 『메티스 성법 신국제 화승총 분해도』? 지팡이…… 아니, 통 형태의 부품을 보면 뭘 쏘는 무기인가. 『연사 기능의 충격으로 인한 오작동이 우려됨. 단순화 및 효율화를 위한 재설계가 필요함』? 『마법 발동 시 약실 내부의 순간 압력으로 부품 열화가 우려됨. 고강도 고내구성 금속 선별이 최우선. 금속 후보는 별항 참조』, 『생산성 중시와 구조 간략화 계획 재검토』? 양산화가 목적이란 뜻인가.’

서류 대부분이 통일성 없이 정리되어 크로이사스의 무신경한 성격을 보여줬다.

하지만 지금은 이 처음 보는 무기가 양산될 계획이 진행되고 있다는 사실이 신경 쓰였다. 마치 어느 나라와의 전쟁을 상정한 것처럼 보였다.

“아버지가 관련됐다고는 생각했지만, 『합금을 최적의 비율로 가공하는 연금술사가 더 필요함. 시급히 연금술사를 충원해주기를 바람』? 왜 보고서를 집에 가져왔어? 이건 파벌에 건넬 서류잖아.”

서류 안에는 메티스 성법 신국이 만든 무기의 자세한 제원이 첨부되어 있었다. 보고서에 따르면 이미 실전에 배치되었으며, 살상력은 그다지 높지 않다고 한다.

츠베이트는 계속해서 방치된 기밀 서류를 정리하며 내용을 하나하나 확인했다.

그러던 중 살아있는 구시대 유적, 지하 도시【이더 란테】에서 발견한 무기의 해체 조사 보고서가 눈에 들어왔다. 그 무기는 두 번 사용했더니 망가졌으며, 마법 실험장의 두꺼운 벽을 관통하여 충분한 살상력을 인정받았다는 내용이었다.

크로이사스가 관련된 계획은 메티스 성법 신국의 무기를 발전시키고, 군부대에 지급할 만큼 양산하려는 목적 같았다. 츠베이트가 봐도 이것은 무시무시한 계획이었다.

'이 무기…… 대량으로 풀리면 위험하지 않을까? 마법보다 적은 마력으로 적을 죽일 수 있다면 여자나 아이들도 전쟁에서 싸울 수 있게 돼. 게다가 민간에 나돌면 반란의 불씨가 될지도 몰라.'

츠베이트는 즉석에서 총이라는 무기의 위험성을 파악했다.

심지어 적을 죽이는 훈련 시간을 대폭 줄이면서 대량의 병력을 얻을 수 있으므로 잘못하면 국민 전체를 병사로 만들지 모를 위험한 무기였다.

마법 발동보다 빠르게 적을 죽인다는 이점이 있지만, 이 무기가 언제 자신들을 향할지 모른다. 반드시 엄중한 관리 체제가 필요하다.

그러지 않으면 누구나 혁명을 일으킬 수 있는 세상이 될 것이다.

"아버지가 이 위험을 모를 리 없을 텐데……."

다른 귀족에게 이 무기가 넘어가도 위험하다.

시간만 충분히 들인다면 현 체제를 붕괴시키는 것도 허황된 이야기가 아니다.

뒷공작으로 혼란을 일으키기는 더 쉽다.

멀리서 요인을 암살해 버리면 그만이니까.

"……골 아프네."

검의 시대가 막을 내릴지도 모른다.

아니, 그것 자체는 나쁘지 않지만, 힘을 너무 쉽게 얻는다는 것이 문제였다.

츠베이트는 인간이 어리석다고 생각하지 않지만, 동시에 현명하다고도 생각하지 않았다.

야심가에게 이 무기는 매우 매력적이며, 손에 쥔 순간부터 그 욕망을 억누르지 못하리라. 특히 귀족 중에는 야심이 강한 인물이 많았다.

권력 지향적인 인간일수록 힘의 유혹을 뿌리치지 못하는 법이다.

'아버지…… 어쩌자고 이런 짓을 벌였어?'

솔리스테어 마법 왕국은 현재 한창 개혁이 이루어지고 있었다.

그 혼란을 틈타 이 무기의 관리 체계도 추가할 셈일지도 모르지만, 문제는 어디까지 일을 벌이느냐다. 하나라도 도둑맞았다가는 귀찮기 짝이 없는 사태가 벌어진다.

무기에 제한을 걸어둘 필요가 있었다.

"……으으, 몸이 쑤셔."

크로이사스가 깼다.

무슨 마도구를 깔고 잤는지 잘생긴 얼굴에 또렷한 자국이 생겼다. 조금이라도 주변의 눈을 의식했으면 좋겠다.

"일어났냐. 이런 쓰레기 속에서 용케 자네."

"형님 아닙니까……? 별일이네요, 제 방에 다 오시고. 그리고 극비 자료를 훔쳐보고 뒷감당은 하실 수 있나요?"

"그런 극비 자료를 방바닥에 흩뿌려놓은 너도 문제가 있어. 보면 안 되는 물건은 똑바로 관리해. 이런 위험한 내용은 숨겨야 할 거 아냐!"

"아, 그게…… 피로와 근육통으로 몸에 한계가 와서요. 방에 돌아오자마자 뻗었나 봅니다. 정리한다는 걸 깜빡했군요."

"깜빡한다고 끝날 문제가 아니잖아."

극비 자료에 대한 보안이 전혀 안 되어 있었다.

이런 인간을 중요 계획에 참여시켜도 될지 의문마저 들었다.

"상당히 위험한 물건을 만들려나 보군. 아버지 지시야?"

"그렇기도 하지만…… 저도 즐기고 있습니다."

"스승님을 보러 오지 않길래 뭔가에 몰두했다고는 생각했지만…… 예상 이상으로 위험한 계획이잖아. 아무한테도 발설하지 마."

"제가 그렇게 못 믿을 놈인가요? 이래 봬도 귀족 가문의 일원인데요."

"귀족이라면 이런 중요한 서류를 들고 돌아다니지 마. 떨어뜨리면 대참사야."

아무리 봐도 국가 기밀에 속하는 서류를 크로이사스는 아무렇게나 반출하고 다녔다.

서류도 순서가 뒤죽박죽이라서 빈말로도 소중히 다뤘다고는 말할 수 없었다.

만약 다른 나라의 첩보원이 줍는다면 몇 년 후에 주변국의 권력 구도가 다시 쓰여질 것이다.

아무리 연구 말고는 관심이 없다지만 한도가 있다.

"그나저나 메티스 성법 신국이 이런 무기를 만들었을 줄이야."

"그쪽은 화약을 쓰지만, 공방에서 시험 제작 중인 무기는 마력을 씁니다. 위력의 수준이 달라요. 그리고 제로스 님도 만들었다고 들었는데요?"

"스승님이? 설마 이 설계도는 스승님이……."

"아뇨, 메티스 성법 신국의…… 화승총이라는 도구를 분해해서 구시대 양식을 도입한 거예요. 구시대의 원본에는 못 미치지만, 화약 대신 마법의 폭발력을 이용해서 내부 부품에 그만한 내구력이 요구되죠. 아마 지금도 공방에서는 내구도 테스트 중일 겁니다."

"기술적인 지식은 너보다 부족하지만, 이게 전쟁의 양상을 참담하게 바꾸리란 건 알겠어. 너는 그 점을 이해하고 협력하는 거야?"

"어차피 도구잖아요? 사용자의 인간성에 따라서 사용법이 달라질 뿐이죠. 그렇게 호들갑 떨 물건은 아닐 텐데요."

"네가 그래서 문제라는 거야! 이건 충분히 위험하다고."

크로이사스는 모든 일을 원칙적으로 생각하는 연구자였다. 도구— 이 경우 무기를 가리키지만, 올바르게 사용해 많은 사람을 구하든 학살하든 책임은 사용자에게 있지 제작자에게 있지 않다고 생각했다.

그에 반해 츠베이트는 군사 업무를 보는 터라 이 무기의 위험성을 빠르게 이해했고, 짊어져야 할 책임이 얼마나 무거운지 생각했다.

두 사람의 인식 모두 틀리지는 않았다.

기사는 검에 정신을 담지만, 검보다 많은 생명을 빼앗는 이 무기에도 과연 그럴 수 있을지 의문이었다. 편하게 대량 학살이 가능하면 생명을 경시할 우려가 있다.

방어전에 사용하면 그나마 괜찮지만, 침략 전쟁에 쓰면 비극적인 결과밖에 가져오지 않으리라. 거기서 승리해도 넓어진 영토 내에 새로운 전쟁의 위험이 남을 뿐이니까.

“사람은 그다지 현명하지 않아. 이런 무기가 나돌면 현재 정세에 불만을 품은 자들이 반란을 일으킬 거야. 생각 짧은 녀석들의 야심을 부추기기에는 아주 좋은 불씨겠지.”

“나라에서 관리하면 되잖아요. 필요할 때만 쓸 수 있게 엄중히 보관한다거나.”

“막상 쓰려고 할 때 녹슬거나 고장 나면 의미가 없어. 이런 복잡한 무기는 누군가 상시 정비를 해야 해. 게다가 부품을 훔쳐서 다른 곳에서 재조립할 가능성도 있지.”

“그건 제가 생각할 일이 아니네요. 나라가 고민할 문제죠.”

어디까지나 연구자에 불과한 크로이사스에게 무기 관리 따위, 알 바가 아니었다.

물론 츠베이트도 아버지인 델사시스가 관리의 중요성을 모를 리 없다고 생각하지만, 영원히 숨기는 것은 불가능하다고도 생각했다.

유사시에는 무기 분실도 흔하며 적국이 노획할 수도 있었다.

실제로 메티스 성법 신국의 화승총을 분석한 자료가 이 자리에 있지 않은가. 같은 일이 벌어져도 이상하지 않다.

한 번이라도 전장에서 사용하면 존재가 알려지고, 누군가가 보다 고성능 무기를 만들어 낸다.

결국 민간까지 퍼지면 범죄도 늘어날 것이다.

"메티스 성법 신국…… 이딴 성가신 물건을 만들다니."

"제로스 님도 만들었는데요?"

"그 사람은 판매 목적으로 만들지 않잖아. 아마…… 취미겠지."

"보이기만 해도 문제 아닌가요? 저쪽 무기도 개량하다 보면 연사가 가능해질 테고, 가공 기술이 높아지면 양산도 쉬워질 겁니다."

"그렇게 되기 전에 그 나라를 무너뜨리는 수밖에 없지. ……잠깐! 설마, 메티스 성법 신국과 어떤 나라가 전쟁이라도 시작하나? 갑자기 그쪽 무기보다 성능 좋은 무기 개발에 착수했잖아. 최악의 상황에 대비한다고밖에 볼 수 없어."

갑자기 무기와 물자를 모으는 행동은 전쟁의 징후인 경우가 많다.

그리고 상당한 물자가 움직이므로 사전에 다양한 부서가 바빠지는데, 특히 궁병이 화살을 대량으로 소비하는 터라 직공이 일제히 동원되어 물량을 준비한다.

고성능 무기를 모으는 것도 하나의 징후라고 볼 수 있다. 새로운 무기를 개발한다면 몇 년에 걸친 침공 계획일지도 모른다.

자료에 적힌 정보를 사실이라면 이 무기는 화살의 발전 형태이며, 일정수가 모이면 초전에 전황을 유리하게 이끌 수 있다.

츠베이트에게는 이 무기가 마법 공격보다 효율적으로 보였다.

"너는 어떻게 생각해?"

"글쎄요? 제가 뭘 알아야하죠? 제 일은 마도총의 마도 부품 설계예요. 시작품은 완성됐으니까 이제 알아서 개량해 나가지 않을까요?"

끝까지 자기랑은 무관하다고 생각하는 크로이사스 때문에 츠베이트는 머리를 쥐어뜯었다.

그가 설계했을 무기가 언젠가 군사 체계마저 바꿔버릴 가능성을 품었건만, 본인은 전혀 관심이 없었다.

크로이사스는 자기 소관은 어디까지나 부품 제작뿐이라고 주장하며, 그 후 개량이나 생산에는 관여하지 않는다는 입장이었다. 무기가 가져올 결과는 아무래도 상관없다고 생각하는 것이다.

"크로이사스…… 제발 정신 좀 차려라. 너도 공작 가문의 일원인데 왜 그렇게 무책임해?"

"왜요? 가문의 후계자는 형님이고 저는 연구자의 길을 걸을 테니까 상관없잖아요. 저는 언젠가 저택을 나갈 사람이에요."

"네가 혼자 살아갈 수 있을지 의문이다만— 아니, 지금은 그런 얘기를 할 때가 아니지. 만약 네가 위험한 물건을 만들었다고 쳐. 그걸 엉성하게 관리하다가 도둑맞아서 범죄에 사용되기라도 하면 어떻게 책임질래?"

"그걸 왜 나한테 물어요? 그건 훔친 사람 책임이죠."

"위험한 물건을 만든 쪽에도 관리 책임을 묻는다고! 만약 피해자가 나오면 발뺌할 수도 없어."

"이해가 안 되네요. 불합리해요. 훔친 물건을 쓰는 쪽이 잘못일 텐데."

"위험물을 만든 시점에서 책임이 발생한다는 걸 기억해!"

마도사— 특히 연구자는 가끔 위험물을 만들어 낸다.

그 위험물도 유용한 용도가 발견되면 나라에서도 그 공적을 인정하지만, 동시에 자신이 만든 물건에 대한 책임이 발생한다.

그것이 병기건 회복약이건 관리 책임은 똑같이 짊어진다. 크로이사스는 그 부분을 아예 무시하고 있었다.

"이거— 마도총이란 무기는 위험해. 네가 개발에 관여했다고 알려지면 타국이 널 노리겠지. 이번 건에 손댄 시점에서 최중요 인물이 됐다는 자각을 가져. 첩보원이라면 분할된 정보를 모아서 전모를 밝혀낼 수도 있어!"

"설마요. 겨우 부품만 가지고요?"

"그 부품이 중요하다고! 이 자료를 보는 한 마법을 이용한 부품은 하나뿐이잖아. 생각을 해!"

연구자와 국방 관계자는 사고방식부터 다른 모양이었다.

츠베이트는 마도총이라는 무기 개발에 관여한 크로이사스의 중요성을 이해하지만, 정작 본인은 전혀 깨닫지 못했다. 크로이사스는 어디까지나 연구의 일환으로 생각하기 때문이었다.

그의 머리는 현존하는 기술과 지식으로 구시대 마도구를 재현한다는 생각으로 꽉 차 있었다. 그 결과 전쟁에서 이용되어 사람들이 죽어도 사용한 나라의 책임이라고, 그저 본인이 믿고 싶은 대로 자기합리화를 해버린다.

또한 일을 마치면 다른 연구로 관심이 옮겨가고, 이내 개발에 관여했다는 사실마저 잊어버린다.

츠베이트가 마도총의 위험성을 백날 설명해봤자 근본적인 사고 방식이 다른 크로이사스는 이해하지 못한다. 그가 항상 비상식적으로 행동하며 주위에 녹아들지 못하는 원인도 여기에 있었다.

그래도 크로이사스를 설득하려는 츠베이트의 노력은 약 30분간 이어졌고—.

“후우…… 이제 조금…… 알아들었냐?”

“대충은요……. 그래도 부품 하나에 술식 각인을 새길 뿐인데요, 뭘.”

“그게 문제라고 내가 몇 번을……. 아아, 제발 누가 이 녀석한테 상식을 가르쳐줘.”

“너무하네요. 저는 이래 봬도 상식적인 사람입니다.”

“어딜 봐서!”

—그리고 포기했다.

크로이사스도 알았다고 말하지만, 아직은 막연한 이해로 느껴졌다.

그리고 츠베이트도 잊었나 보지만, 크로이사스는 연구자이지 제작자가 아니었다.

크로이사스는 지식을 제공할 뿐, 그 과정에서 만들어진 물건을 누가 생산하든 관심이 없었다.

실제로 일전에 제작한【풍유약】과【성별 전환약】등은 의외로 지금도 팔리고 있었다.

단, 크로이사스는 생산에 관여하지 않았다.

“……더는 말해도 소용없다고 깨달았어. 그보다 너는 이런 쓰레기장에서 어떻게 자? 학교 기숙사보다 지저분하잖아.”

"쓰레기라뇨? 이것도 구시대 마도구였던 것이에요. 어떤 기술이 사용됐는지 흥미롭지 않나요?"

"네 머릿속에는 정리라는 말이 안 들어 있— 응? 잠깐만, 만약 이 방이 학교 기숙사와 같은 상황이라면—."

츠베이트의 머리에 불길한 예감이 스쳤다.

이스톨 마법 학교에 있는 크로이사스의 방은 가끔 묘한 현상이 벌어지는 것으로 유명했다. 방을 바꿔도 크로이사스가 사는 한 그 현상은 일어난다.

무엇보다 이곳은 옛날부터 크로이사스가 살던 방이다.

츠베이트는 최근까지 크로이사스와 소원했던 터라 모르지만, 솔리스테어 공작가 저택에서는 종종 메이드가 사라진다는 소문이 있었다.

물론 행방불명까지는 아니고, 가끔 몇 시간씩 자취를 감춘다고 한다.

""앗…….""

—그리고 역시나 그 현상은 일어났다.

방 내부에 쌓인 정체불명의 마력으로 인해…….

◇ ◇ ◇ ◇ ◇ ◇ ◇

에로무라는 츠베이트를 찾아서 크로이사스의 방 앞까지 왔다.

그가 익숙하지 않은 크로이사스의 방을 찾은 이유는—.

'천금 같은 방학인데 동지는 훈련 삼매경, 남동생은 연구 삼매경……. 이 몸이 친히 거리로 끌고 나가서 건전하게 헌팅이라도 시켜야겠어. 어쩌면 친구 찬스로 나한테도 콩고물이…….'

—남한테 빌붙어서 흑심을 채우려는 시답잖은 이유였다.

헌팅이라면 자기 매력을 어필해야겠지만, 에로무라의 노림수는 크로이사스의 얼굴로 여자를 낚는 어부지리. 실로 소인배다운 발상이었다. 이쯤 되면 감탄스러울 지경이다.

하지만 그 계획에도 오산이 있었다. 애초에 연구광 크로이사스가 헌팅에 관심을 가질 리 없었다. 만약 거리로 끌고 나가더라도 여자 대부분은 크로이사스에게만 눈길을 줄 테고, 자신은 비교 대상이 될 뿐이란 것을 깨닫지 못했다.

아니, 그것을 이해할 만큼 영리했다면 애당초 이런 계획은 짜지도 않았을 것이다.

"이봐~. 동지, 크로이사스, 안에 있어?"

츠베이트가 어디 있는지는 저택 메이드에게 들었다. 그도 함께 어부지리 헌팅에 데리고 가려고 방문 손잡이를 돌렸다.

그런데…….

"얼레? 문이 안 열려. 고장 났나?"

방 안쪽에서 인기척이 느껴져서 두 사람이 있다는 것은 알 수 있었다.

하지만 문이 열리지 않으면 헌팅은커녕 데리고 나갈 수조차 없었다.

'어쩌지……. 여기서 포기하기는…… 응?'

문으로 안쪽 상황이 어렴풋이 전해졌다.

에로무라는 문에 귀를 대 보았다. 누가 보면 변태가 따로 없었다.

『간다, 크로이사스!』

『후우, 이거야 원. 어쩔 수 없군요.』

『『변신!』』

—《사이클론입니다.》

《조커, 인가?》

《베스트 매치!》

뭔가 괴상한 음성이 이것저것 들렸다.

'잠깐, 동지?! 안에서 뭐 하는 거야?! 그 효과음 같은 음성은 뭐야? 궁금해 죽겠잖아!'

화려하게 싸우는 소리, 총칼이 난무하는 소리, 무언가가 맞고 터지는 소리까지 들렸다.

대체 무슨 상황인지 궁금해서 어떻게든 열어 보려고 하지만, 문은 꿈쩍도 하지 않았다.

"이거 설마…… 학교의 괴현상이 여기까지? 친가에서도 같은 일이 벌어질 줄이야……. 그나저나 대체 어디랑 이어진 거야?"

이 현상은 오래 지속되지 않고 끝나므로 밖에 있는 사람은 가만히 기다리는 것이 철칙이었다.

하지만 에로무라는 안쪽 상황이 궁금해서 견딜 수 없었다.

『『이걸로 끝이다.』』

—《헤이, 파이널 어택 라이드, 풀 차지야~.》

《그래, 그래! 그래애! 바로 그거야! 하지만 늦었어~.》

《《베리 나이스하게, 대 · 개 · 안!》》

"무슨 상황이야?! 그리고 여러 가지가 섞였잖아! 왜 벨트 음성이 여자애야?! 어떤 필살기냐고! 나한테도 보여줘! 아니, 나도 하게 해줘어어!!"

정의의 사도를 동경하는 소년의 하트와 뜨거운 남자의 혼이 깨어난 에로무라는 격렬하게 문을 잡고 흔들었다. 변신과 필살기는 남자의 로망이다.

두 사람이 어떻게 변신하고 어떤 필살기를 쓰는지, 어떤 이야기를 펼치는지 신경 쓰였다.

아니, 가능하다면 나도 변신하고 싶다. 저기에 끼고 싶다.

"젠자아아앙, 오전에 장 봐달라는 부탁만 안 받았어도!"

조금만 더 일찍 왔으면, 이라고 격렬하게 후회했다. 하지만 이야기는 이미 클라이맥스를 맞이하고 있었다. 문 너머에서는 화려한 필살기가 작렬했는지 요란스러운 폭음이 울렸다.

가장 재미있는 마지막 순간을 보지 못하자, 소년의 마음을 되찾은 에로무라는 그 자리에 털썩 주저앉아 회한의 눈물을 흘렸다.

그 모습을 저택 메이드들은 똑똑히 보고 있었다.

"……저 사람."

"크로이사스 님 방 앞에서 『하게 해줘』라니……."

"그래도 조금 보고 싶기는 해……. 저 사람, 말만 안 하면 봐줄

만하니까.”

““뭐? ……흠흠, 듣고 보니 괜찮네!””

별로 중요한 일은 아니지만, 이날 이후 메이드들 사이에서 음지의 서적 전도가 활발해진다.

공작가 형제와 에로무라에게는 재앙이겠지만—.

제12화 솔리스테어 공작가 별장의 참극?

“““…….”””

츠베이트와 아도가 서로를 바라봤다.

크레스톤이 기거하는 별장에 나날이 드나드는 츠베이트와 오늘도 별장에서 솔리스테어파 공방으로 활기차게 출근하려던 아도.

두 사람은 오늘 객실 앞에서 기념비적인 첫 만남을 이루었고, 지금은 응접실에 있었다.

아침부터 밤까지 고된 직장에서 일하는 아도는, 저녁에 자택인 솔리스테어 공작가 저택으로 돌아가는 츠베이트와 신기할 만큼 마주치지 않았고 지금까지 서로 얼굴도 보지 못했다.

그런 그들이 왠지 말없이 마주 보고 있었다.

아도 옆에서 갓난아이를 안은 유이도 신기한 표정으로 두 사람을 바라봤다.

“오라버니, 이분이 선생님의 제자인 아도 씨예요.”

“……안녕하세요.”

“아도 군, 이쪽이 솔리스테어 공작가 장남이자 차기 당주인 츠베이트 군.”

“……처음 뵙겠습니다.”

“그리고 왠지 따라온 상위 플레…… 상위자 팬 이리스 양.”

“안농하세요~.”

““아니, 넌 왜 있어?!””

츠베이트는 제로스의 제자라고 들은 아도를 평가하듯 훑어보고, 아도는 처음 만나는 공작가의 도련님에게 내심 『아…… 또 권력자와 면식이 생겼네』라며 한탄했다.

그런 와중에도 제로스를 따라온 이리스에게 무심코 소리쳤다.

상식적으로 일개 용병인 이리스가 별장이라도 공작가 저택에 오는 것 자체가 이상하다.

이는 사실 제로스의 배려였다. 고향에 동년배 친구가 없는 세레스티나에게 이리스와 교류하며 견식을 넓히라는 의도다.

세레스티나의 친구라면 이스톨 마법 학교의 동급생인 우르나와 캐럴스티 정도밖에 없고, 고향에서는 교회 아이들 말고 제대로 대화하는 사람이 없었다.

그 아이들도 세레스티나를 친구보다 귀중한 정보원으로 인식했다.

세레스티나의 공작가 영애라는 신분 때문에 교회 아이들은 아무래도 마음의 벽을 느꼈다. 개의치 않는 사람은 카에데뿐이었다.

할아버지인 크레스톤이 이곳에 있었으면 『티나의 친구가 내 저택에……. 다들, 왕족에 준하게 환대해라! 결례를 범하면 용서치 않겠다!』라며 울면서 기뻐했으리라.

다행히 크레스톤은 지금 본가 저택에 있었다.

"그나저나 공작가 저택은 크네. 싸구려 여관방과 너무 비교돼."

"비교할 걸 비교하세요. 여관 주인이 불쌍하지도 않아요? 그리고 여기는 별장이고 본가 저택은 더 큽니다."

"와우, 스케일이 다르구나. 그런데 목뼈 부러질 만큼 머리 부풀린 철사 드레스 귀부인이나 흰 타이즈 호박 팬티 아저씨는 안 보이네?"

"얼마 전에는 있었다고 하더군요~. 지금은 멸종했대요."

"아쉬워라. 그래도 얼마 전까지는 있었구나? 보고 싶었는데."

이리스는 신기하게 별장 내부를 돌아봤다. 관광객이라도 된 기분이었다.

한편, 아저씨는 이리스가 귀족에게 어떤 이미지를 가졌는지 조금 궁금해졌다.

"아니, 제로스 씨. 여기 별장이라도 일단 공작가 저택이잖아요? 관광 명소도 아니고, 일반인을 데리고 오면 안 되죠."

"나는 신용도가 꽤 높으니까 괜찮아."

"신용도에도 한도가 있죠. 경비병은 무슨 생각으로 들여보냈나 몰라……."

별장에서는 공작가 지인까지 깐깐하게 검사하지 않는다. 특히 제로스는 얼굴만 보여도 프리패스로 드나들 수 있었다.

"오, 역시 【건실】이라는 이명을 가진 아도 씨야. 아저씨보다 상식적이네~."

"엉? 내 이명은 처음 듣는데. 건실은 또 뭐야……."

"어허, 저도 상식은 있어요. 사람을 비상식적이라고 몰아가다니, 아저씨는 실망입니다~."

"댁을 포함한 섬멸자는 전부 비상식 그 자체라고요."

아도도 모르는 사이에 이명이 생겼다.

참고로 【건실】은 원리원칙대로 착실하게 이벤트를 공략한다고 붙은 이명이지만, 솔직히 썩 기쁘지는 않았다.

애초에 이명은 중2병 같고 창피해서 갖고 싶은 마음도 없었다.

"아도 씨, 아도 씨. 다음에 한가할 때 모험하러 가자. 근처에 던전이 있어. 지금도 성장하는 중이고 불안정하지만, 착실하게 공략하는 아도 씨가 있으면 믿음직할 거 같아~."

"던전이라. 그 정도라면 딱히 상관없지……."

"정말? 야호~! 이제야 던전 조사에 진척이 생기겠다!"

이리스는 기뻐하며 아도의 손을 잡고 위아래로 붕붕 흔들었다.

【섬멸자】의 팬으로서 그들과 평소 친분이 있는 상위 플레이어의 이름은 모두 조사했으며, 언젠가 그들의 레벨을 따라잡아 함께 모험하는 것이 게임 시절부터 목표였다.

단순히 자기 꿈을 이루기 위한 부탁이 아니라, 길드 의뢰까지 효율적으로 처리하려는 점을 보면 이리스도 이세계 생활에 익숙해지면서 제법 철이 든 모양이었다.

그건 그렇고, 사정을 잘 모르는 유이의 눈치를 살피며 제로스는 속으로 식은땀을 흘렸다. 왠지 아주 안 좋은 예감이 들었다.

설마 아이를 안은 채로 폭주하지는 않으리라 믿고 싶지만, 싱긋 웃는 얼굴이 묘하게 무서웠다. 조금 전부터 한마디도 하지 않는 것이 되레 불안했다.

“이리스 씨, 아도 씨가 곤란해하세요.”

“아하하하, 아저씨랑은 이런저런 모험을 했으니까 이번에는 아도 씨랑 가보고 싶어서. 이번 기회를 놓치면 언제 또 물어보겠어~. 내가 너무 들이댔나?”

“마음은 이해해요. 선생님과 친구분들은 정말 대단하니까요……. 그래도 예의는 지키셔야죠.”

세레스티나에게 주의를 듣고 이리스는 머쓱하게 웃었다.

세레스티나도 이해한다며 고개를 끄덕거리지만, 이들의 관계성을 정확히 알지 못하는 그녀는 상위 마도사에 대한 존경심 표현이라고 생각하는 듯했다.

두 사람의 인식에 살짝 차이가 있는 모양이었다.

“이리스 씨는 선생님과 친구분들을 잘 아시죠? 지금까지 어떤 공적을 남겼는지 알려주실 수 있나요?”

“……그걸 공적이라고 말해도 되나? 뭐, 괜찮겠지. 아저씨랑 아도 씨는 자주 함께 다녀서 놀라운 소문이 끊이질 않았어. PK…… 암살자가 노릴 때, 스톰 와이번을 보냈다거나…….”

“반대야, 반대! 사냥하던 중에 놈들이 습격해서 어그로가 튀었을 뿐이야. 우리는 아무것도 안 했다고! 했다고 해도 거의 다 섬멸자 소행이야!”

“그 사람들 장비는 제법 비싸게 팔렸죠~. 레이드 자금을 모으던 중이었는데 뜻하지 않은 횡재였어요. 너무 고마워서 그 뒤에 우리가 습격해 줬지만.”

"……봤지? 섬멸자는 이런 사람들이야. 레이드 중에도 마법으로 아군을 몇 번이나 날려버렸어. 폭주할 위험이 있는 시험 마법을 다짜고짜 실전에서 쓰면 어쩌자는 거야……."

"그때 일은 몇 번이나 사과했잖아. 너도 보기보다 뒤끝이 길다?"

"그 뒤에 혼란으로 2차 피해가 나지 않았으면 나도 이런 말 안 했어요……."

'응? 으으응~?'

세레스티나는 마음속으로 당황했다. 존경하는 스승이 친구와 어떤 영웅적인 활약을 했는지 알고 싶었을 뿐인데, 기대하던 내용과는 전혀 다른 이야기였다.

실제로는 영웅과는 거리가 먼, 혼란밖에 초래하지 않는 비상식적 활약. 심지어 습격했던 쪽이 반대로 금품을 강탈당했다고 한다. 영웅보다는 악당을 잡아먹는 악당이었다.

이걸 대범하다고 해야 할까, 오만하다고 해야 할까. 자기중심적이고 염치없는 최악의 마도사들이었다.

얼마나 민폐였으면 친구인 아도조차 아직 뿌리 깊은 원한을 가지고 있었다.

『동료까지 상태 이상 효과가 있는 마법에 말려들었다』, 『흉악한 마물의 미끼로 썼다』, 『시험용 무기의 효과를 확인해 달라고 부탁해서 사용했더니 저주받았다』, 『그래서 자폭하고 날아갔다』, 『신작 포션이라는 명분으로 여러 번 약물 실험 피험자가 됐다』, 『마셨더니 동물 귀와 꼬리가 자랐다』, 『그 후 동물 귀 던전으로 납치해서 케이스에 가둬 두고 감상했다』 등등, 사람을 실험용 동물로 취급했다는 것이 아도의 증언이었다. 특히 마지막은 의도를 모르겠다.

물론 세레스티나는 제로스의 비상식적인 행동을 본인 입으로 들은 적이 있지만, 설마 일상다반사로 저지르고 다녔을 줄은 몰랐다.

"아저씨 그룹은 항상 폭발이나 폭주에 휘말리더라. 정상적으로 싸운 적은 있어?"

""있어. 아마도…….""

자신 없게 대답하는 상위 플레이어 두 명. 아무리 기억을 뒤져보아도 결국 소동에 휘말리거나 소동을 일으킨 경우가 많고, 그쪽 인상이 너무 강해서 평범한 사건은 거의 기억에 남아 있지 않았다.

인간이란 안 좋은 일만 선명하게 기억하는 동물이다.

"스승님의 제자란 말이지? 나와 나이도 비슷해 보이는데 그렇게 대단해? 쉽게 믿기 어렵군."

"나는 제자가 아냐. 비슷하다는 건 인정하지만……. 이 사람들을 따라가면 싫어도 호된 꼴을 당해. 연관된 시점에서 끝이라고 생각하는 편이 나아."

"너무하네. 내가 아도 군 파티도 도와주고 있잖아. 그리고 츠베이트 군, 아도 군이 더 연상이에요. 젊어 보이지만."

"지나가는 길에 레어 몬스터에게 시비를 건 적도 있지. 우리는 도망치려고 했는데『괜찮아, 소문만큼 대단한 녀석은 아니니까 쉽게 이겨.』라면서 선제공격을 날리더라……. 내리 세 시간을 싸웠어. 이탈자가 한 명도 없었던 게 기적이야."

"너무했네……."

츠베이트는 아도에게 동정의 눈길을 보내고, 제로스에게는 경멸의 눈길을 보냈다.

다른 사람도 같은 눈으로 아저씨를 봤다.

"선생님…… 그건 너무했어요."

"……아저씨."

"그렇게 차가운 눈빛으로 저를 보지 마세요. 오싹오싹해서 새로운 취향에 눈뜰지도 몰라요. 뭐, 농담은 넘어가고…… 그 마물은 적이라고 인식하면 집요하게 쫓아오는 타입이니까 선제공격으로 대미지를 입히는 게 효율적이었어요. 도망칠 수 없다면 싸워야죠."

"그건 나중에 갖다 붙인 이유잖아요. 그때는 아무 설명도 없이 갑자기 공격했으면서. 정보를 설명할 여유도 있었다고요."

"사람은 직접 겪지 않으면 배우지 못하는 동물이거든. 내가 얻은 정보가 틀렸을 가능성도 있어서 반신반의였어."

지나간 일이라면 변명은 얼마든지 지어낼 수 있다.

아저씨는 능청스럽게 핑계를 대지만, 진실은『전투가 다 싱겁네. 더 스릴이 있으면 좋겠는데~』라는 충동에서 비롯된 행동이었다.

같은 파티를 배려하는 마음이나 감정 따위 코딱지만큼도 없었다.

"그야 한 번 찍히면 죽을 때까지 쫓아오는 마물이 있기는 하지. 스프리건이나 코카트리스 같은……."

"츠베이트라고 했나? 속지 마. 이 아저씨는 그냥 심심해서 공격한 거야. 재미없는 전투가 이어지니까 마무리로 위험한 녀석과 싸우고 싶었을 뿐이지, 진지한 이유 따위 없어."

"훗…… 아도 군, 너한테는 이 말을 해야겠군.『이래서 눈치 빠른 꼬맹이는 질색이야』."

"아저씨…… 그거 악당 대사인데."

오래 같이 다닌 탓에 아도는 제로스의 성격을 어느 정도 파악하고 있었다.

처음 만났을 무렵에는 저 세 치 혀에 놀아났지만, 수많은 피해를 겪은 지금은 그게 다 헛소리라고 깨달았다. 아니, 깨달을 수밖에 없었다.

원래 둔한 아도의 직감이 날카로워진 이유도 이 아저씨를 포함한【섬멸자】와 연관된 탓이었다.

그것이 이세계에서 살아남는 힘이 될 줄은 본인도 생각지 못했지만…….

"당신, 비참한 꼴을 많이 겪었군……."

"평범하게 생활할 때는 이 아저씨도 믿을 만하지만, 취미에 열을 올릴 때는 절대로 믿지 마. 이 아저씨와 동료들은 상식이 의심되는 만행을 몇 번이나 자행했어……."

"그, 그래?"

"그래…… 저번에는 아무 준비도 없이 설산에서 용왕과 싸웠어. 사흘 밤낮으로 싸워서 죽는 줄 알았다니까. 추위로 몇 번 갈 뻔했지……."

""용왕?!""

알피아를 부활시킬 제물이 된 용왕,【블리자드 카이저 드래곤】.

아무리 이 세상의 섭리에서 벗어난 존재라지만, 단둘이 덤비기에는 무리가 있었다.

심지어 장소는 설산이었다.

장기전이 된 것은 두말하면 잔소리고, 추위와도 싸워야 했다.

자칫 잘못하면 용왕을 해치우기 전에 동사했을 것이다.

“용왕이랑 싸웠어?!”

“선생님, 정말 너무했어요.”

용왕은 존재 자체가 재난이자 재앙인 마물이었다.

그것을 단 두 명이 잡으러 가는 것은 자살행위를 넘어선 미친 짓이었다.

“부득이한 사정이 있었어요. 아도 군도 승낙했었고요. 게다가 츠베이트 군이나 세레스티나 양이 저를 비난할 자격은 없지 싶은데요~?”

“‘왜(요)?’”

“오늘 아침에 뭘 먹었는지 기억해? 이 별장 아침 식사에 나온 베이컨. 그거…… 우리가 잡은 용왕 고기거든. 우리끼리 다 먹을 수 없어서 공작가에 넘겼어.”

“상당히 고액이었는데 그 돈을 이사라스 왕국에서 신세 진 사람들에게 건넸죠~. 조금쯤 남겨도 될 텐데, 거기에는 굶주리는 사람들이 있다면서 전액 기부했어요. 참고로 제 몫은 아직 많이 남아있죠.”

“아니, 스승님…… 설마 용왕 한 마리의 고기를 전부 가지고 왔어? 보통 드래곤도 전부 먹기 힘들어.”

종류에 따른 차이는 있지만, 드래곤은 대부분 와이번보다 크다.

용왕이라면 전설상 20~30미터의 거구로 기록되며, 정말 해치웠다면 소재와 고기의 양이 어마어마할 것이다.

소재는 역사적 가치가 있을 뿐만 아니라 연금술사가 침을 질질 흘릴 만큼 희귀하며, 마법약에 소량만 사용해도 기존 약보다 훨씬 강한 효과를 발휘한다.

상회에 고기만 팔아도 그 값이 얼마나 될지 츠베이트는 상상도 되지 않았다.

"……그보다 용왕 소재는 어떻게 했어? 비늘이나 이빨도 팔았어? 스승님이 전부 팔 것 같지는 않은데……."

"마석과 심장, 이빨과 발톱, 비늘과 뼈까지 최고급 소재니까요. 시장에는 조금만 풀었죠."

"소재를 전부 방출하면 이 나라 경제가 기울어 버릴걸……. 심장과 혈액은【엘릭서】의 소재 중 하나니까."

""엘릭서?!""

죽은 자를 되살릴 수도 있다고 전해지는【엘릭서】.

마시면 즉시 상처가 아물고 어떤 병이나 독도 치료되며, 잃어버린 팔다리까지 자란다는 전설의 비약. 그것의 소재라면 나라가 무슨 수를 써서라도 손에 넣고자 할 위험한 물건이며, 왕가에 헌상하면 타국에서 전쟁을 걸지도 모른다.

비늘과 뼈도 시장에 혼란을 일으킬 물건이라서 개인이 소유한다는 사실이 알려지면 암살자가 찾아올 가능성도 있다.

"그러고 보니 안즈 양은 없나. 츠베이트 군의 호위였죠? 용왕 비늘로【비늘실(스케일 스트링)】을 만들면 기뻐할 것 같은데."

【비늘실】이란 드래곤 같은 마물의 비늘을 색소가 빠질 때까지 졸이고, 섬유를 따라서 가늘게 나누어 실 형태로 묶은 것으로, 재봉

사 직업을 가진 사람이라면 기뻐할 소재였다.

가볍고, 강철보다 튼튼하고, 마력 전도율이 놀랍도록 높고, 방어력도 높으며 촉감도 좋다. 【신】 레벨의 직업 스킬을 가진 장인 안즈라면 최고의 옷을 만들어 내리라.

"그러고 보니 안즈가 없네? 아도 씨는 재회했어?"

"아니? 아직 못 만났지…… 숨지 않는 닌자."

"어라? 이리스 양은 안즈 양과 종종 만나나요? 저는 며칠 전에 쿠나이나 수리검 보충을 부탁받았을 뿐인데……."

"교회에 상품을 팔러 와. 그…… 여성용 속옷을."

신출귀몰한 닌자는 교회에도 나타나서 여성용 속옷을 팔고 있었다.

그녀는 원래 정보 수집 능력이 높고, 고객이 될 만한 사람 앞에 홀연히 나타난다. 그리고 무작정 상품을 보여주고 시착시켜 손님을 늘리는 것이 판매 전략이다.

이미 얼마나 많은 고객을 가졌을지 알 수 없었다.

"이 나라 속옷은 촉감이 안 좋아. 옷 만드는 사람은 남자가 많으니까 여성의 민감한 사정도 모른 채 상품을 만든다는 게 느껴져."

"이해해요. 안즈 씨 속옷을 쓰면서부터 다른 속옷은 입기 싫어졌어요……."

"게다가 제법 예쁜 것도 많고~."

"디자인이 정교하죠? 어린 여자애가 만든다는 게 믿어지지 않을 때가 있어요. 가끔 대담한 것도 있고……."

""대담?!""

세레스티나와 이리스가 서로 공감대를 쌓아가는 중, 남자들은 다른 방향으로 이야기에 집중했다.

『대담한 속옷이라고? 대체 어떤 속옷이지?』라며 감히 상상하지 못하는 츠베이트 어린이.

『대담한 속옷이라고?! 유이한테도 사주…… 아니아니, 조심하는 편이 좋을까? 아이 정서 교육상……』이라고 고민하는 아도.

한편, 아저씨는…… 『교회에도 갔다면 루세리스 씨나 쟈네 씨한테도 팔았다는 말이지? 둘 다 몸매가 훌륭하니까 조금 보고 싶은 마음도……』라며 엉큼한 생각에 빠져 있었다. 저마다 생각은 달라도 마음속으로 반응하는 것은 똑같았다.

남자란 슬픈 생물이었다.

"아저씨……."

"오라버니……."

"토시…… 지금 누구 상상했어? 무슨 상상 했어?"

동향 꼬마와 제자, 그리고 젊은 부인의 서슬 퍼런 시선이 쏟아졌다.

"허허허. 이보게, 유이 씨. 아도 군이 자기 마누라를 두고 누구를 상상하겠나? 음흉한 상상으로 아도 군의 하트가 뜨겁게 요동치는구먼. 젊다, 젊어~."

"왜 거기서 나를 끌어들여요?! 그리고 왜 노인처럼 말해요, 제로스 씨!"

"토시…… 카논이 들으면 교육적으로 좋지 않을 거야……(발그레)."

"그런 이야기는 둘만 있을 때 해주실래요……?"

'제로스 씨, 유이의 살기를 느끼고 나를 미끼로 화제를 바꿨어…….'

제로스의 한마디로 뭔가를 깨달았는지, 이리스와 세레스티나는 얼굴을 붉힌 채 고개를 숙여 버렸다.

결과적으로 츠베이트도 위기를 모면한 셈이었다.

하지만 이야기 중에 갑자기 폭탄을 던지는 사람은 어디에나 있는 법이다.

"으음…… 카논? 아도 씨 딸 이름이 카논이야?"

"그래. 후보가 두 개였는데 카논으로 정했지. 나도 어감이 마음에 들어."

"혹시 아저씨랑 같은 섬멸자인 카논 씨한테서 따온 이름이야? 하위 플레…… 초보 용병에게 굉장히 상냥하던."

"그 여자랑 똑같이 취급하지 마! 그 인간은 어떻게 보면 제로스 씨보다 더 위험해. 누가 그런 여자 이름을 딸한테 붙여…… 응?"

아도는 부정했지만, 이리스의 악의 없는 말은 이미 상황을 파국으로 몰고 갔다.

아도의 어깨에 손이 탁 올라왔다. 쭈뼛쭈뼛 고개를 뒤로 돌리자…….

—쿠구구구구구구구구구구구구구구구구구!

유이의 얼굴이 어느샌가 아도 코앞에 다가와 있었다.

얼굴에 그림자가 져서 표정이 전혀 보이지 않았다.

다만, 살의의 파동을 띤 박력이 풀풀 피어올랐다.

"제, 제로스 씨, 내가 지금 보는 걸 그대로 말할게요……. 유이가 화났어요. 이보다 더할 수 없을 만큼 진노했다고요. 당장에라도 시간을 멈추고 로드롤러로 깔아뭉갤 것처럼 분에 받쳐 떨고 있어요. 무슨 말인지 못 알아듣겠지만, 나도 내가 무슨 말을 하는지 몰라요. 내가 아는 건 여느 때처럼 감정이나 충동으로 칼을 드는, 그런 시시한 상황이 절대 아니라는 거예요…….”

“믿어지지 않나 보네……. 아쉽지만, 이게 현실이야.”

“거짓말이라고 해줘요!”

“토오시이이이……”

무시무시한 목소리가 울렸다. 암흑 포스 속에서 탁한 목소리로 아도를 부르는 유이가 무서웠다.

사악한 존재가 강림하려 하고 있었다.

“이건, 위험해…….”

아저씨와 아도는 진심으로 그렇게 생각했다.

그곳에 있는 건 한냐— 아니, 나찰녀였다.

“토시이이~. 토시는~, 귀여운 딸한테~, 다른 여자 이름을 붙였어어어~?”

“아, 아니야! 아무리 그래도 내가 그 여자 이름을 딸한테 붙일 리가 없잖아!”

“그으러엄, 카논은~, 대체 어디서 온 이름일까아아~?”

“……으, 옛날에 본 만화와 어감 때문에.”

“저엉마알로오오오오~?”

“정말이야!”

아저씨조차 아도가 불쌍하게 느껴졌다.

말려들기는 싫지만, 일단 분노를 누그러뜨려서 피해를 최소한으로 줄이기 위해 아저씨는 두뇌를 풀가동했다.

그리고 짧은 시간에 답을 도출해 중재에 나섰다.

"저기, 유이 씨. 옛날에 알던 카논 씨는 본명이 아니에요."

"그으래애애애~?"

"이름까지는 모르겠지만, 성이 『칸논다이지』라고 했었나~? 옛날부터 절 이름 같아서 싫다고 카논으로 줄여 부른다고 했어요."

"흐으으으으음……."

입에서 나오는 대로 둘러댄 말이었다.

거기에 약간의 진실을 첨가한다. 아저씨의 십팔번 기술이었다.

"아도 군은 그 사람한테 상습적으로 피해를 봤거든요. 시험용 포션을 몇 번 마시게 했는데, 그때마다 아주 호된 꼴을 당해서 학을 뗐어요. 어지간한 일이 없으면 근처에 가려고도 하지 않았죠. 아도 군이 자기 딸한테 그 사람 이름을 붙였다고는 생각하기 어렵네요."

"……그랬구나. 다행이다~."

사악한 오라가 사라졌다.

아도는 말하지 않았지만, 눈물을 머금고 제로스에게 감사했다.

아저씨, 나이스 플레이.

"그래도…… 같은 이름인 건 맞잖아? 나, 카논이라는 이름을 들으면 자꾸 카논 씨가 떠오르는걸."

"아니, 카논 씨 본명이 아니라니까요?"

"다른 여자와 같은 이름이란 사실은 변함없잖아."

—쿠과과과과과과과과과과과과과과과과과과과!

이리스가 불이 꺼져가던 기름통에 핵탄두를 쑤셔 넣었다.

타락한 영웅이 뿜는 사악한 오라, 심연에서 올라오는 칠흑빛 기운은 이미 짐승을 넘고 사람을 넘어 신의 영역까지 도달할 만큼 커졌고, 세계를 집어삼키려는 양 격하게 불탔다.

이리스에게 악의가 전혀 없다는 게 더 큰 문제였다.

"야, 왜 쓸데없는 말만 골라서 해?! 불발탄을 망치로 두들겨 패?!"

"어? 솔직한 생각을 말했을 뿐인데……."

"이리스 양, 반성하세요. 오늘의 부주의한 한마디가 한 가족의 멸망으로 이어질 겁니다. 그것도 지금부터 우리 눈앞에서……. 그리고 유이 씨를 불발탄에 비유하다니…… 이미 수습할 단계를 넘어섰나. 이거 우리도 빠져나가긴 글렀군. 짧은 인생이었어~."

"""뭐어어어어어어어어어?!"""

이리스는 그렇다 쳐도 얀데레라는 개념을 모르는 츠베이트와 세레스티나도 이 소름 끼치도록 추악한, 사랑이라는 이름의 독점욕에 공포를 느꼈다.

유이는 얀데레라고 부르기에도 너무 위험했다.

(마음이)크고 (사랑이)깊고 (독점욕이)강한…… 흉악한 어둠데레였다.

사이코패스일 가능성도 무시할 수 없다.

"미안, 카논. 네 이름을 들을 때마다 아빠는 다른 여자를 생각하나 봐……. 후후후, 걱정하지 마. 절대 혼자 두지는 않을게……. 죽을 때는 다 같이 가는 거야."

"유, 유이 씨, 진정하세요!"

"이름이 겹치는 건 흔한 일이잖아. 엉뚱한 생각 하지 마!"

"아저씨, 어떡해! 나 때문에 아도 씨 가족이 단체로!"

"일가족이 사라지는 정도로 끝나면 다행이죠. 말했잖아요. 『우리도 빠져나가긴 글렀다』라고."

""""엥?""""

그렇다. 문제는 유이가 중증 얀데레라는 것이다.

유이는 딸 이름이 얼굴도 모르는 여자와 같다는 사실을 용납하지 못하고, 그 여성이 아도와 아는 사이라는 사실도 용납하지 못하고, 남의 입에서 아도의 귀로 여자 이름이 들어가는 것도 용납할 수 없었다.

그리고 사랑하는 남편이 이름을 듣고 그 여성의 얼굴을 떠올리는 것도 용납할 수 없었다.

정상적으로 사회생활을 한다면 전화번호만 봐도 남의 얼굴을 떠올릴 수 있지만, 그녀는 그것마저 용납하지 못했다. 심지어 자기가 모르는 지인이라면 더욱더. 솔직히 억지도 이런 억지가 없다.

아무튼 이대로 있으면 유이가 언제 폭발해도 이상하지 않았다.

"이걸 쓸 날이 오지 않길 원했는데……. 왜 다들 나한테서 토시를 빼앗으려고 할까? 그런 사람들은 없어지는 게 낫겠지?"

유이가 인벤토리에서 꺼낸 물건.

그것은 누구나 아는 모 살인귀가 사용한 것으로 유명한 벌목용 도구……의 기능을 모방한 한 자루의 칼이었다.

"그, 그건…… 설마 전설의 체인 소드, 이름하여 【프라이데이13 V-Max】?!"

"뭐? 설마…… 간테츠 씨가 만들었다는 초기형 크레이지 웨폰 시리즈?! 왜 유이가 그런 걸 갖고 있어……?"

"테드 군과 간테츠 씨가 장난으로 제작한 초기형 저주 무기……. 거기에는 아마 자폭 기능이 있어……. 테드 군이 저주를 조정한다고 가져갔는데, 설마?!"

"테드 그 자식, 얼마나 나를 죽이고 싶은 거야!"

"첫사랑한테 이미 남자가 있다니까 그야 죽이고 싶겠지. 남의 손으로 하려는 게 문제지만……."

"유이랑 나를 파멸시키려고 했나……. 그 자식, 얼마나 정신이 병든 거야?"

스토커에는 몇 가지 패턴이 있다.

『너를 죽이고 나도 죽겠다』라는 같이 죽자 패턴과 『너를 죽이면 영원히 나만의 것……』이라는 자아도취 독점 사고 패턴, 그리고 『배신했어…… 나를 배신했어!』라고 혼자 망상에 빠져 자멸하는 패턴 등이다. 민폐만 끼친다는 점에서는 전부 똑같다.

테드는 안전한 곳에서 상황을 조작하여 주변 인물까지 말려들게 하는 차도살인 패턴, 유이는 전부 해당하는 파멸형이라고 봐야 할까.

"우후후후……. 토시에게는 나만 있으면 돼. 다른 여자는 필요 없어……. 이 세계에는 우리 가족만 있어도 충분해. 눈에 거슬리니까 꼼꼼하게 전부 없애 버려야지…… 후후후."

"서, 선생님…… 왠지 관계없는 우리까지 표적이 되지 않았나요?"

"으아아…… 유이 씨가 이런 사람이었어?! 아저씨, 어떻게 좀 해 봐!"

"나까지 표적이라고? 스승님…… 저 여자, 정신상태가 위험해!"

"아도 군과 유이 씨를 만나게 한 건 실수였을지도 몰라. 이런 일이 일어날 줄은 미처 몰랐어. 하하하……."

"……다들 미안. 지옥에서도 사과할 테니까…… 그만 포기해."

"""""벌써 포기했어?!"""""

아저씨는 선의로 두 사람을 재회시킨 자신의 실수를 후회하고, 아도는 이제 무슨 말을 해도 소용없다고 체념해 운명을 받아들였다. 말려든 세 사람은 그저 재수가 없었을 뿐이다.

그리하여 참극이 시작됐다.

"……샤크티 씨, 미스카 씨. 무슨 비명이 들리지 않아?"

"들었어……. 보러 가기 무서우니까 못 들은 척하자. 보나 마나 아도 씨가 유이 씨한테 칼이라도 맞았겠지."

"후후후, 꽤 재미있는 일이 벌어졌네요. 피해자가 나오지 않게 다른 사용인들에게 전달해야겠군요. 절대로 다가가면 안 된다고…… 후후후."

"이, 이 사람은 왜…… 이렇게 즐거워하지?"

솔리스테어 공작가 별장에 울려 퍼진 여러 사람의 비명은 우연히 이 별장을 찾은 상인들에게도 들렸고, 순식간에 산토르 전체로 소문이 퍼졌다.

신문 기자도 취재하러 왔지만, 관계자는 모두 입을 굳게 닫고 진실을 말하지 않았다고 한다. 이 이야기는 세간을 잠깐 들썩이게 했을 뿐, 금방 역사의 어둠 속으로 사라졌다.

단 한 명, 용병 길드에 소속한 소녀 마도사만이 『유이 씨 무서워, 유이 씨 무서워, 유이 씨 무서워……』라며 당분간 가위에 눌렸다나 뭐라나…….

◇ ◇ ◇ ◇ ◇ ◇ ◇

메티스 성법 신국에 있는 모 상업 도시.

이곳의 상인 태반은 신관과 커넥션이 있다. 상인들은 교회의 영향력을 등에 업고 주변 국가와 거래할 때 우위를 점하며, 그 매출의 일부를 교회에 뇌물로 바치는 관계였다.

하지만 오래 지속되었던 이 관계도 주변국에 퍼지기 시작한 회복 마법 때문에 무너지기 시작했고, 지금도 신관들의 영향력은 꾸준히 줄어드는 추세였다.

결과적으로 신관들을 뒷배로 두던 상인들은 지금까지 부당한 취급을 받던 타국 상인에게 보복당했고, 평범한 거래조차 하기 힘든 상황까지 내몰렸다.

그만큼 그들이 지금까지 쌓은 업보는 큰 것이었다.

당연히 파산한 상인도 많았고, 현실을 받아들이지 못해 약에 손을 대서 추억 속으로 도피하는 사람이 늘어났다.

그런 사람 중 하나인 전직 상인이 인기척 없는 지하수로에서 약을 사려고 하고 있었다.

"이, 이봐, 빨리 줘……. 이제 그거 없이는 못 견디겠어……."

"이보셔, 이런 푼돈으로는 많이 못 줘. 끽해야 3일 치야."

"제발! 머리가 돌아버릴 거 같다고. 약…… 나한테 약을 팔아줘!"

"원한다면 팔아주겠지만, 한심해서 못 봐주겠군. 큰 상점을 운영하던 당신이 이 모양으로 몰락하다니. 나는 이렇게 살지 말아야지."

판매인이 꺼낸 약을 빼앗다시피 가져간 전직 상인은 떨리는 손으로 한 알을 꺼내서 물도 없이 삼켰다.

즉효성 약인지, 남자는 곧바로 행복한 미소를 지으며 추억 속으로 빠져들었다.

"돈이 생기면 또 팔아줄게. 그때까지 열심히 벌어와."

판매인은 한때 상인이었던 남자를 불쌍하게 보다가 다음 고객과 만나려고 자리를 떴다.

그곳에 남은 것은 약을 먹고 꿈속으로 떠난 남자뿐.

하지만 침을 흘리며 실실 웃는 그에게 악몽이 찾아왔다.

검은 그림자가 조용히 다가와서 주위에 사람이 없는지 확인하더니, 안개 같은 몸으로 남자의 입과 코를 통해 단숨에 들어갔다.

"커헉, 크엑…… 우으…… 으어어……."

남자는 잠시 몸부림쳤지만, 곧 경련한 뒤 조용해졌다.

긴 침묵의 시간이 지나고 이변이 발생했다.

남자의 몸이 비정상적으로 팽창하고, 부풀어 오른 등으로 흰 팔다리가 수없이 튀어나왔다.

마치 기생충이 숙주의 육체를 파먹고 우화하려는 것 같았다.

단, 남자의 몸을 찢고 나온 것은 벌레가 아닌 끔찍한 괴물이었다.

형상은 지네처럼 보이지만, 온몸이 사람의 피부 같고 머리 부분에 여성의 상반신이 있었다. 무수하게 보이는 팔다리도 모두 인간의 팔다리와 같은 형태였다.

또한, 상반신에 자란 여성의 얼굴에서는 눈이 달팽이처럼 나와 있었다.

몸 곳곳에도 안구와 입이 있고, 제각기 의지가 있는 것처럼 불규칙하게 꿈틀거렸다.

"우후후…… 해냈어. 드디어 육체를 되찾았어!"

"샤란라 누님…… 몸을 좀 봐. 이게 인간의 몸이야?"

"응?"

샤란라는 새롭게 얻은 자기 육체를 내려다봤다.

당연하지만, 지금 몸은 그녀가 바라던 모습과는 거리가 먼— 아니, 우주 너머 저 멀리까지 가버린 듯한 모습이었다.

"이, 이게 뭐얏?!"

"이제는 의심의 여지도 없는 괴물이네."

"몸은 손에 넣었지만, 이래서는 밖을 못 돌아다녀."

"게다가 여자도 못 안잖아…… 아이고야."

"이 자식, 사람을 죽여놓고 할 소리냐!"

"내놔! 우리 인생을 돌려줘!"

"이힛, 히헤헤헤헤……."

몸에 있는 무수한 입이 저마다 말을 토해냈다.

"왜, 왜 이런 모습이 됐지……."

"우리가 어떻게 알아?"

"누님도 바보라니까……."

"그딴 얘기는 됐어! 감히 우리 가족을 죽여? 저주할 테다!"

"캬하핫하, 꼴좋다. 비참해."

어이없어하는 도적들의 혼과 좀비가 된 피해자들의 혼이 다들 마음대로 떠들었다.

이런 모습으로는 사살 대상이 될 게 뻔하다. 수로에서 나가는 것은 자살행위다.

"아, 안 돼애애애애애애애애! 이런 모습은 내가 아니야아아~!"

징그러운 모습에 견디지 못했는지, 샤란라는 그곳에서 온힘을 다해 도망쳤다.

그들이 이런 몰골이 된 원인은 전직 상인이 복용하던 약에 있었다.

이 약의 원료는 전에 이사라스 왕국이 병사 강화를 목적으로 마도구에 넣었던 사신석이었다. 제어가 안 된다는 이유로 개발부와 아도가 위험시하여, 처분 겸 파괴 공작용으로 약에 섞어 범죄 조직에 뿌린 것이었다.

아도가 군 상층부와 연관된 사안은 애뮬릿과 이것 두 가지뿐이었다.

이 약은 효과는 약하지만, 수차례 복용하면 인간이 괴물로 바뀌는 탓에 솔리스테어 마법 왕국과 동맹국들에서는 철저히 규제하고 있었다.

샤란라는 하필 그런 약을 흡수하고 말았다.

이리하여 좀비에서 징그러운 괴물로 변한 샤란라는 며칠 후 하수도 청소부에게 발견되어 퇴치 대상으로 쫓기게 되었다.

제13화 벨라돈나 양의 개인적인 사정

산맥 상공을 나는 검은 생물.

거대한 날개를 펼친 모습은 드래곤을 연상케 하지만, 그 기운은 생물이라고 하기에는 너무나도 불길했다.

『……야.』

『왜?』

『재미있는 이야기라도 하려고? 마조가 된 남자 이야기라거나.』

『그 이야기, 이미 73번째지?』

『아니, 그게 아니라 우리…… 그 여신한테 받은 이름이 뭐였지?』

무엇을 숨기랴, 용사의 혼이 집합해 생물의 육체를 탈취하여 이상 진화한【재버워크】였다.

우연인지 필연인지 여신과 만나 불안정한 육체의 문제(주로 비만)가 해결된 그들은 복수를 실현하고자 착실히 메티스 성법 신국으로 이동하는 중이었다.

도중에 새로운 몸의 시운전을 하면서 어떻게 복수할지 상담하고 불필요한 수다까지 떠느라 시간을 꽤 잡아먹었지만…….

어쨌든 그들은 여신【알피아 메이거스】에게 이명을 받았는데—.

『어둠에서 온 복수자……였나?』

『황혼보다 붉은 자였던 것 같은데?』

『검잖아. 곶감 무서워 아니었어?』

『미스터 우쿨렐레 아니었나? 아차, 여자도 있었지. 그럼 아니겠네.』

『뭐든 어때. 이명 같은 거 부끄럽기만 해.』

『오글거리지.』

『그보다 대륙을 알몸으로 건넌 여자의 모험담이 재밌었어. 뒷내용이 궁금해 죽겠네.』

『『『『『나도.』』』』』

—까맣게 잊어버렸다.

그래도 신이 붙여준 이름이건만, 그때 영혼들은 초고도 비만이 해결된 기쁨에 이야기를 제대로 듣지 않았다.

흥분해서 자신들이 알피아에게 무슨 말을 했던 것 같기도 하지만, 그녀와 헤어진 후 육체에 익숙해지려고 각지에서 마물과 열심히 치고받고 싸우는 사이 사소한 일은 기억 너머로 사라져 버렸다.

그만큼 비만 체형에 고민이 컸다는 뜻이기로 하다.

솔직히 배은망덕하지만, 알피아도 그냥 변덕으로 붙인 이름이라서 특별히 신경 쓰지는 않으리라. 오히려 본인도 잊었을 가능성이 다분했다.

어차피 분위기 타서 해 본 말이다.

『이름이 재버워크라는 건 기억나는데…….』

『그거면 충분하잖아? 그보다 어디를 처음으로 습격할지부터 정하자.』

『요새를 습격하자고 하지 않았어? 국경부터 차근차근 밟아서 공포로 내몰겠다며.』

『아니, 처음은 도시지. 4신 교회를 불태우자.』

『무관한 주민이 말려들면 안 되잖아. 기왕 하는 거 통쾌하게 해야지.』

『그렇지. 그래도 우리는 한때 용사였으니까.』

그들은 복수자지만, 원한은 법황을 포함한 신관들에게만 있어서 주민까지 몰살할 생각은 없었다.

자아 붕괴를 일으키려던 영혼들도 알피아의 손에 조정되면서 이성을 되찾았고 무고한 사람이 말려들지 않게 활동하기로 방향을 정했다.

무엇보다 멋있게 등장하고 싶었다.

그들은 고집 있는 복수자였다.

『우선 나라 위로 한 바퀴 돌아보자. 아마 놀라 자빠질 거다.』

『찬성. 그러고 신전을 하나씩 무너뜨리는 게 대전제고, 요새는 먼저 공격해 올 때만 반격하면 되겠지.』

『공격할 곳은 어디든 상관없어. 그때 기분 따라서 정하자.』

『동족(용사)이 있으면 어떡해?』

『그러면 진실을 알려주는 자비가 필요하겠지. 그것들, 혼란에 빠질걸?』

『캬하하하~! 폭로 타임이다~!』

『그럼 렛츠 고~!』

검은 거구가 하늘을 가로질렀다.

재버워크는 메티스 성법 신국 영내로 유유히 침입했고, 지상에서는 재버워크를 확인한 요새 기사와 농사를 짓던 민중이 대혼란에 빠졌다.

메티스 성법 신국을 뒤흔드는 사태가 마침내 시작됐다.

◇ ◇ ◇ ◇ ◇ ◇ ◇

메티스 성법 신국과 알톰 황국의 경계에 있는【스토말 요새】.

그곳 북서쪽에는【17요새】라고 불리는 요새가 있었다.

이름도 붙지 않고 번호로 불리는 이 요새는 주로 물자 집적소로 사용되며, 유사시 스토말 요새에 식량과 물자를 보내는 후방 지원의 요충지로서 기능한다.

알톰 황국 침공 당시에는 이 17요새로 많은 물자가 반입됐지만, 패전 후 스토말 요새에서 수용하지 못한 많은 부상병을 치료하는 야전 병원으로 사용된 바 있었다.

【그레이트 기브리온】이 출현했을 때는 바퀴 대군단이 진격한 여파로 방벽이 무너져 안쪽 건물까지 반파되는 수난을 겪기도 했다. 현재는 그 복구 작업이 진행되는 중이다.

하지만 생각보다 노동자가 모이지 않아서 그 작업마저 지지부진했다.

"어이~, 휴식이야."

"엇? 아아…… 선 채로 잠들었어."

"재주도 좋다. 경계 똑바로 서."

"너무 한가해서 졸았나봐."

방벽에서 보초를 서는 병사들이 오랜 경계 근무에서 일시적으로 해방됐다.

스토말 요새에서 멀리 떨어진 곳이지만,【사신의 손톱자국】이라는 계곡에서 언제 강력한 마물이 나올지 몰라 이곳의 병사들은 항상 주변을 감시했다.

하지만 요즘은 인력이 부족해 4교대였던 경계 근무가 2교대로 바뀌었고, 근무 시간이 늘어나면서 병사들의 정신적 피로가 상당히 축적되었다.

잠깐 긴장을 풀면 쓰러져 버릴지도 모른다.

"국경에서 떨어진 곳이라도 이곳은 중요한 거점이야. 피곤한 건 이해한다만."

"르다 이루루 평원에서 패배한 뒤로 업무가 너무 힘들어졌어. 용사는 얼어죽을."

"수인족을 얕봤어……. 용사가 아무리 강해도 전쟁은 혼자서 하는 게 아니니까."

"무식하게 돌격해서 깨지다니, 바보들인가? 이 이야기도 이제 지겹다. 어휴…… 휴가 가고 싶어."

1년도 안 되는 기간에 메티스 성법 신국은 불행이 이어졌다.

성도【마하 루타트】붕괴부터 시작해 르다 이루루 평원 전투의 대패, 주변국의 동맹으로 인한 외교 충돌, 회복 마법의 일반 판매로 신관의 수요 저하. 거기에【그레이트 기브리온】습격까지 겹쳤다.

저주받았다고밖에 생각할 수 없는 불행의 연속이었다. 그 혼란 속에서 용사 몇 명은 행방불명되기도 했다.

그런데도 4신의 신탁은 내려오지 않는다고 한다.

"회복 마법이라…… 나도 배우고 싶어. 요즘은 연금술사가 의료 마도사라고 불린다며? 마법 치료가 일반적으로 퍼지면 신관보다 수요가 있을 거야."

"오랜 기간 수행해서 신성 마법 하나 배우는 것보다 마법약과 회복 마법을 같이 쓰는 편이 효율적일지도 몰라. 상처도 병도 싹 다 해결되잖아. 빈틈이 없어~."

"이 나라, 괜찮을까?"

"몰라. 나는 용병 출신이라 신관과 성기사가 어찌 되든 알 바 아니야."

"다른 곳에서는 그런 소리 하지 마라? 즉결처분당해."

많은 병사와 기사가 가진 막연한 불안감.

이건 비단 그들만 느끼는 감정은 아니었다. 도시에 사는 민중과 상인, 심지어 범죄자들까지도 메티스 성법 신국이 위태롭다고 느끼는 실정이었다.

특히 상인들이 이 상황을 국가적 위기로 보았다. 실제로 주변국에서 들어오는 상품의 가치가 상승했고, 성도로 갈수록 물가가 뛰었다.

그중에서도 소금의 가격이 천정부지로 오르면서 점점 국민이 살 수 없는 사치품이 되어 갔다.

"소국끼리 손을 잡으면 군사력도 이 나라와 호각을 이룰 거야. 명분 없이 침공하면 다른 나라가 쳐들어오겠지. 상황이 많이 안 좋다더라~."

"어차피 지금은 내정에 돈 쓰기 바빠서 타국을 침공할 예산이나 인력도 없을걸? 가장 큰 위협이 수인족이기도 하고."

"옛날에 빼앗긴 토지를 수복하는 거라며? 심지어 조직적으로……. 반드시 왕이 있어."

"지금까지 없었던 움직임에 상부도 당황했다고 해. 이런 게 업보지."

흥망성쇠는 세상의 이치.

지금까지 메티스 성법 신국은 강한 반격을 받은 적이 없고, 이웃 대국인 그라나도스 제국과도 작은 분쟁이 있는 정도였다.

역사적인 대패는 건국 이후 손으로 꼽을 정도밖에 없었다.

인간 지상주의에 가까운 사상을 가져 엘프와 드워프의 지위가 낮고 수인은 아예 노예 취급하는 메티스 성법 신국은, 힘으로 밀어붙이는 방법밖에 모르던 수인들의 전투를 『돌격 일변도로 전략성이 없다』라고 혹평했었다.

그런데 설마 그들에게 전술로 패할 거라고 누가 상상했겠는가.

심지어 그 패배는 지금도 이어지며 기사와 병사의 손실이 심각한 상황이었다.

무엇보다 단순히 죽일 뿐 아니라 포로로 잡은 자는 팔다리를 부러뜨려 치료해도 제대로 싸우지 못하는 몸으로 만들었다. 병사를 키우는 것도 공짜가 아니라서 더 큰 손해를 입기 전에 병력을 물릴 수밖에 없었다.

또 다른 문제는 수인족의 지휘관이 괴물 수준으로 강하다는 소문이었다.

최근에는 요새에 혼자 쳐들어가서 함락했다는 이야기도 있었다.

"그 소문…… 혼자 요새를 함락했다는 이야기, 어떻게 생각해?"

"보통은 무리겠지. 첩자를 보내서 독을 썼다면 몰라도, 인간이 할 수 있는 짓이 아니야."

"나도 그렇게 생각했는데, 사실이라고 해. 내 동기가 그 요새에 있었는데 사지가 부러져서 기사 생명이 끝났대. 꼴좋다~."

"너도 너무한다……. 그 동기 싫어해?"

"미남, 미성으로 여자한테 인기 폭발이었어. 우리 누나도 그 녀석한테 빠졌지……. 젠장, 잘생긴 것들은 전부 죽어야 해!"

"그건 맞아!"

아무리 휴식 중이라지만, 경계는 뒷전으로 미룬 채 두 남자는 수다를 이어갔다.

알톰 황국이 침공할 리 없고, 그 사실을 아니까 당당히 농땡이를 부리는 것이다. 게다가 과도한 장기 노동으로 사기도 바닥나 버렸다.

원래 이런 모습을 들키면 감봉을 면할 수 없겠지만, 상사인 대장도 비슷한 상황인지라 비난할 사람은 아무도 없었다.

그런 그들의 변함없는 일상이, 오늘만은 달랐다.

두 사람 주위에 갑자기 어두운 그림자가 드리웠다.

"뭐, 뭐야…… 저게 뭐야?!"

"저, 저저…… 저건, 드래곤?!"

칠흑빛 거룡이 하늘을 통과했다.

아니, 드래곤이라고 하기에는 너무나도 흉측하다.

요새 따위 간단하게 무너뜨릴 거구가 본국을 향해서 고속으로 날아갔다.

"큰일 났다! 저런 게 나라 안에서 날뛰면……."

"얼마나 큰 희생이 나올지 몰라. 시급히 전령을 보내야 해!"

"이미 늦은 거 아냐? 말을 몰아도 하늘을 나는 드래곤보다 먼저 도착할까?"

요새는 패닉에 빠졌다.

병사들뿐 아니라 요새를 수리하러 온 노동자들도 그 광경을 목격했다.

그것도 하필이면 재해급 크기의 드래곤이었다. 그런 존재는 동화에서나 봤다.

이미 늦었을지 모르지만, 요새 병사들은 전령이 타고 갈 준마를 준비했다.

이날, 메티스 성법 신국에서 처음으로【재버워크】의 모습이 확인됐다.

그리고 같은 날, 신전 하나가 완전히 박살났다고 한다.

◇ ◇ ◇ ◇ ◇ ◇ ◇

"으음……."

잠에 빠졌던 의식이 차츰 깨어나며, 벨라돈나는 침대 위에서 눈을 떴다.

"일어났어? 캔디."

"아…… 루시온. 벌써 일어났어?"

"이미 대낮이야. 많이 피곤해 보여서 푹 쉬도록 뒀는데, 깨우는 편이 나았어?"

"그 마음만으로 기뻐. 가게에 있으면 스트레스만 쌓이거든…….
그리고 본명은 부르지 마."

평소에는 자기가 경영하는 마도구 가게에서 사는 캔— 벨라돈나지만, 오늘 깨어난 곳은 구시가지에 있는 연인의 집이었다.

벨라돈나의 가게는 만년 적자라서 어쩔 수 없이 공작가가 운영하는 솔리스테어파 공방에서 아르바이트를 시작했다. 물론 작업 내용은 함구령 때문에 아무에게도 말할 수 없었다.

매일 마도 술식을 철판에 새기는 단조로운 작업이 이어지면서 정신과 마력은 피폐해져 있었다.

공방에 묵을까도 생각해 봤지만, 머리가 이상한 드워프와 있으면 괜한 일을 떠넘길 것 같아서 근처에 사는 애인의 집을 찾은 것이다.

참고로 애인인 루시온은 신발 장인으로, 구시가지에 작업장 겸 자택을 두고 실력을 키우기 위해 꾸준히 노력하는 밝은 청년이었다.

"후우…… 으응~! 오랜만에 제대로 잔 기분이야."

"나는 언제든 와주면 좋겠어. 달에 두세 번밖에 못 만나잖아. 솔직히 위기감을 느껴."

"그러고 싶지만, 그 바보를 루시온과 만나게 하고 싶지 않아. 당신은 사람이 착해서."

"왜 안 잘라? 당장에라도 자를 것처럼 말하더니."

"잘랐어. 그래도 그 바보는 잘렸다는 사실조차 잊고 나한테 폐를 끼쳐. 자기를 중심으로 세계가 돌아간다고 진심으로 생각한다니까?"

"매번 네 푸념을 듣지만…… 상상 이상으로 자기중심적인 성격인가 보구나."

"몰래 묻어버릴까 생각을 몇 번이나 했는지 다 세지도 못하겠어."

가게에 있어도 자칭 천재인 바보 점원이 꼭 말썽을 일으켜 스트레스만 축적됐다.

폭력을 행사해도 행동이 교정되지 않고, 항상 자기에게 유리한 방향으로 생각한다. 아니, 생각을 비튼다.

좋게 말하면 긍정적, 나쁘게 말하면 자기중심적 상식파탄 범죄위증 학습능력 결여 성적망상 중환자였다. 사고 전체가 자기 내부에서 종결되는 정신이상자다.

그런 인간과 애인을 만나게 하고 싶지 않다. 할 마음도 없다.

"루시온과 만나면 바로 범죄 용의자로 몰아갈 거야. 구제할 방법이 없는 바보라서."

"그렇다고 캔디가 전부 짊어질 필요는 없잖아."

"훗…… 그 멍청이와 엮이면 루시온도 제정신으로 있기 힘들 거야. 난 네가 그런 꼴 당하는 거 원치 않아."

"죽은 생선 같은 눈으로 말해봤자 걱정만 돼. 너한테 무슨 일이 생기면 내가 미쳐버릴 것 같아……. 그 정도로 심각해……?"

"괜찮아, 나는 그 바보에게 내성이 있으니까. 그래도 그 바보를 아는 사람이라면 누구나 『빨리 죽어버리지』라고 생각할걸? 살의가 있는 사람도 많지 않을까?"

"용케 범죄자가 되지 않았네……."

폐급 점원 쿠티.

그녀가 범죄자가 되지 않는 이유는 당사자 합의로 해결될 정도의 경범죄만 저지르고, 그 부담은 주변 사람들이 지기 때문이었다.

예를 들어 식당에 외상이 쌓여도 그 빚을 벨라돈나나 지인에게 떠넘기고, 다른 방법이 없을 때만 비로소 울며 매달린다. 늘 그 반복이었다.

은혜를 베풀면 기어오르고, 매정하게 대하면 『흥, 됐거든요~! 내가 없다고 울지나 마시죠~』라고 지껄이고 나간다.

쫓아내도 거리를 헤매는 사이 다른 일에 정신이 팔리고, 그러면 쫓겨났다는 사실 자체를 잊고 아무렇지 않은 얼굴로 돌아온다.

그사이에 온 동네에 민폐를 끼치고 말이다.

경비병도 쿠티와 엮이기 싫은지 『이런 녀석을 거리에 내놓지 마세요. 가능하면 사슬로 묶어서 지하실에 철저히 격리할 것을 추천드립니다』라고 말할 정도였다. 가능하다면 진작 그렇게 했다.

“아마 내가 그 아이를 죽여도 정상참작으로 무죄 사면될 거야.”

“아니, 나한테는 캔디가 살인자가 되는 게 더 큰 문제야!”

“세상에는 그런 인간이 있어. 선량하지만 사람을 불쾌하게 만드는 천재가……. 쿠티가 딱 그런 부류야. 심지어 자기 행동을 돌아보지 않아……. 아니, 자각조차 못 하니까 돌아볼 리가 없지.”

“이상하다는 정도를 넘어섰잖아.”

아무리 개구쟁이 어린이라도 부모가 따끔하게 주의하거나 매를 들면 무엇이 옳고 나쁜지는 이해하게 마련이다. 하지만 쿠티는 그러지 못한다.

타인의 고통이나 불쾌함을 이해하는 기능이 근본적으로 결여됐는지, 같은 실수를 계속 되풀이한다. 심지어 자기가 천재라고 믿어 의심치 않고 겸손할 줄도 몰라서 가끔 남을 무시하는 언동을 보일 때도 있다.

이래도 본성은 선량하다는 것이 신기할 따름이었다.

"그냥 가게를 닫고 결혼해 버릴까……."

"결혼은 기쁘지만, 이유를 들으니까 마음이 심란해. 그 몹쓸 점원이 끈질기게 찾아오지 않을까?"

"독살해서 슬라임 먹이로 주지 뭐…… 후후후. 시체조차 발견되지 않는 완벽 범죄니까 동네 사람들도 기뻐할 거야. 그 바보는 자기가 미움받는다는 사실도 모르지만……."

"너도 병이야, 캔디……."

만날 때마다 정신상태가 안 좋아지는 애인을 보고 있자니 루시온의 마음은 평온할 수 없었다.

문제의 점원을 살해하려는 단계까지 내몰려, 이대로 가다가는 정말로 살인 계획을 실행에 옮길지도 모른다. 이미 시간문제로 보였다.

그토록 사람을 몰아세우는 쿠티가 어떤 의미로는 대단하다고도 할 수 있겠다.

"하아…… 잠깐 바깥 공기를 마시고 올게. 상쾌한 아침이 엉망이야."

"대낮이라니까? 점심도 만들어 놨어……. 그보다 그런 야한 복장으로 밖에 나가게?"

"어머?"

지금 벨라돈나는 와이셔츠 한 장밖에 걸치지 않았다.

오랜만에 애인과 뜨거운 밤을 보낸 덕에 기력은 충분히 회복했다.

"우후후…… 드워프들도 사람을 막 부려 먹어. 너랑 있어서 기분은 좋지만, 몸에 힘이 안 들어가……."

"힘이 안 들어가는 이유는 나 때문이라고 보는데……. 그리고 드워프들이야 원래 이상하지. 몸도 휘청거리네, 잡아줄게."

"그럼 옷 갈아입게 도와줘."

"그래그래, 알았어."

어지간히 격렬한 밤을 보냈는지, 아니면 격렬한 일로 지쳤는지, 벨라돈나의 체력은 거의 바닥나 있었다. 루시온은 그런 그녀에게 옷을 입혀줬다.

사실 밤일과는 별개로, 일 중독 드워프와 함께 일하면 식음을 전폐하고 사흘 이상 부려 먹히는 일은 일상다반사다.

아침, 점심, 저녁 세 끼가 보장되고 밤에 잘 수 있는 직장은 상당히 좋은 부류에 속한다.

그런 점에서 모 건설사는 양호한 편이지만, 지금 벨라돈나가 아르바이트하는 곳은 솔리스테어파 공방이었다. 드워프들에게는 취미와 실익을 겸한 이상적 직장이라서 제동이 걸리지 않았다.

결과가 나올 때까지 마음껏 작업할 수 있으므로 그들에게는 천국이 따로 없으리라.

체력 없는 마도사에게는 지옥이지만.

"급료를 올려주지 않으면 솔직히 수지가 안 맞아. 이대로 가면 생활비를 벌기 전에 내 몸이 축나겠어. 오로지 돈만 보고 하는 일인데 말이야."

"몸이 못 버텨? 하긴, 드워프가 있는 직장이니까……."

옷을 다 입은 두 사람은 바깥 공기를 쐬려고 현관으로 나갔다.

하지만 거기서 두 사람이 목격한 것은—.

"아앗~! 점장님 발견!"

"……왜, 왜 네가 여기 있어?"

"서, 설마 저 사람이 그……."

"잘 알아보셨네요! 빛나는 지성에 미모를 겸비하고 사악한 대범죄를 파헤친다! 정의의 천재 명탐정 쿠티, 소문 무성한 현장에 지금 도착했습니다!"

"**천재(天災)**긴 해……. 부르지도 않았는데 짜증 나네."

지금 가장 만나고 싶지 않은 인물.

메이드 차림으로 걸어다니는 재앙.

빛나는 안경이 차밍 포인트, 왠지 온몸에 붕대를 감은 폐급 점원이 길거리에서 부끄러운 줄도 모르고 기묘한 포즈를 잡으며 듣기만 해도 창피한 대사를 당당히 소리쳤다.

그 와중에 얼굴은 자아도취에 빠진 듯 히죽대며, 천재니 미모니 뻔뻔스럽게 자화자찬까지. 벨라돈나의 속이 부글부글 끓는다.

"붕대는 왜 감았어?"

"시킨 일은 안 하면서 제멋대로 쓸데없는 일을 늘리니까 드워프들한테 몰매 맞았어. 그래도 죽지 않은 걸 보면 참 튼튼해……. 그냥 확 죽었으면."

"독…… 통할까?"

"한 번 내쫓았을 때 음식물 쓰레기를 뒤지고 다녔다고 하니까 독에 내성이 있을지도 몰라. 인류가 멸망해도 재는 살아있을 거 같아."

아르바이트에서도 도움이 안 되기는 매한가지인 모양이었다.

참고로 쿠티의 일은 철판 가공으로, 모험가 시절에 망치를 휘둘러 본 경험이 있어서 자원했다. 하지만 원래 매사가 건성인 그녀가 작업을 꼼꼼히 할 리 없고, 불량품을 대량으로 만들어 냈다.

기술자들이 가공 방법을 지시해도『이까짓 거, 천재인 저한테는 식은 죽 퍼먹기죠~. 대충해도 돼요』라고 지껄이는 터라 장인 기질이 강한 드워프들의 심기를 건드렸고, 몇 번이나 그들의 돌주먹에 얻어맞았다.

그나저나 어제 벨라돈나보다 먼저 돌아갔을 텐데 왜 여기 있는지 모르겠다.

“점장님, 가게를 닫아 놓으면 어떡해요~. 점장님 때문에 뒷골목에서 잤다구요~.”

“아차…… 그러고 보니 열쇠는 내가 가지고 있었지. 그래도 네가 뒷골목에서 잔다고 건드릴 사람도 없잖니?”

“왜 없어요! 이런 세기의 미소녀가 뒷골목에서 잤다구요! 지나가는 남자들은 전부 헉헉댔을 거예요! 아아, 나란 여자…… 두.렵.다.”

“미소녀라니……? 너, 성인이 되고 몇 년이나 지난 줄 알아? 이제 곧 노처녀야.”

“아름다운 여자는 언제까지고 소녀의 마음을 잃지 않는다구요~. 그런 것도 몰라요? 점장님은 결국 할망구가 되어 버렸네요…… 푸헥?!”

벨라돈나의 분노 어린 주먹이 거침없이 쿠티의 안면을 강타했다.

심지어 신체 강화 마법으로 위력도 증가한 무자비한 일격이었다.

쿠티는 물리 법칙을 무시하듯 회전하며 물수제비처럼 튕겨 나갔고, 쓰레기통을 날려버리면서 다이내믹하게 벽에 격돌했다.

“죽은 거 아냐……?”

“그러면 좋겠는데.”

“아야야…… 점장님, 너무해요~! 그러니까 아직 결혼도…… 아붑?!”

신체 강화에 화염 마법으로 속성 부여, 가속까지 더해 위력이 폭증한 날아차기가 다시 쿠티의 안면에 꽂혔다. 두개골이 박살나도 이상하지 않을 위력인데, 뒤통수가 벽에 박힌 정도로 그쳤다.

그래도 살아있는 것을 보면, 쿠티는 어쩌면 괴물일지도 모른다.

“우우…… 사실을 말했을 뿐인데.”

“시끄러워! 그보다 왜 네가 여기를 어슬렁거려? 수상한 인물이 거리를 돌아다니면 그것만으로 범죄야.”

“누가 수상하다고 그래요~! 모두가 부러워하는 이 천재를!”

“천재(天才)가 아니라 천재(天災)겠지. 아이들이 겁먹고 도망칠 만큼 수상하니까 당당히 거리를 활보하지 마! 일반인한테 민폐잖아!”

“가게를 열어두지 않은 점장님 잘못이잖아요~. 여벌 열쇠 정도는 준비해 두시라구요~.”

“너한테 열쇠를 주면 마음대로 복사할 테니까 죽어도 싫어. 쫓아낸 다음에 몰래 들어와서 돈을 들고 튀면 어떡해. 불만 있으면 친가에서 생활비를 훔치고 달아난 과거의 너한테 따져.”

옛 범행을 들춰내자 불리하다고 느꼈는지, 쿠티는 모른 척 고개를 돌렸다.

쿠티는 『돈이 없다』→『천재인 내가 일해주니까 조금 가져가도 괜찮겠지~』→『천재인 나한테는 맛없는 음식보다 호화 요리가 더 어울려~』→『오늘은 고급 레스토랑에서 디너다!』라는 기적의 논리를 자연스럽게 해내는 자기중심적 인간이다.

그런 정신세계에 가게 매출이나 남의 사유재산 같은 개념은 끼어들 여지가 없다.

집에서 뛰쳐나왔을 때도 『농가에 있으면 천재인 내 두뇌를 썩힐 뿐이야. 출세해서 갚으면 되니까 조금만 빌려야지~』라는 생각으로 멋대로 들고나왔다.

그로 인해 쿠티의 부모님과 형제들은 3개월 이상 극빈층처럼 살아야 했다. 당연하지만, 쿠티는 아직 집으로 돈을 보낸 적이 없다.

"흐, 흥. 그러는 점장님도 모르는 남자와 같이 뭐 하시는 거죠? 설마……."

흠칫!

그것은 지금 벨라돈나가 가장 피하고 싶은 주제였다.

더 이상 마음의 안식처를 빼앗길 수는 없었다.

"설마 점장님…… 자수하세요."

"뭐?"

쿠티의 바보 같은 뇌가 내린 결론은 대단히 생뚱맞은 답이었다.

벨라돈나가 전에 애인이 있다고 선언했지만, 쿠티는 그런 일 따위 진작에 잊었다.

"아무리 남자가 안 생겨도 그렇지, 약점을 잡고 가지고 놀다니…….

점장님은 언제부터 그런 짐승이 된…… 아, 처음부터 그랬죠."

"이, 이 머저리가……."

"착잡하네요~. 노처녀 할머니가 되기 직전인 점장님은 결국 갈 데까지 가셨네요. 안심하세요, 형기를 마칠 때까지 가게는 제가 관리할 테니까!"

"시끄러워, 헛소리 작작해!"

물 흐르듯 자연스럽게 쿠티의 뒤로 돌아간 벨라돈나는 쿠티의 허리를 두 손으로 안아 번쩍 들어 올려 미래로 가는 다리, 저먼 수플렉스 홀드를 먹였다.

그리고 머리에 별이 도는 쿠티를 억지로 일으켜서 거꾸로 들더니 파일 드라이버. 이어서 자이언트 스윙으로 가로등에 처박힌 쿠티는 머리에 연속으로 가해진 충격으로 끝내 기절하고 말았다.

반대로 말하면 이 정도로 패지 않으면 기절하지 않는다는 뜻이다.

벨라돈나의 신체 강화 효과는 지금도 이어지는 중이며, 증폭된 체력으로 돌바닥에 내리꽂았다. 이래도 기절하지 않으면 이미 인간이 아니다.

쿠티가 아직은 인간이라는 사실이 입증된 순간이었다.

"쳇…… 아직 숨이 붙어있어."

"캔디……. 너, 평소에도 이러고 살아?"

"이 바보가 화를 돋우지 않으면 난 벌레 한 마리 못 죽이는 사람이야."

"고생이…… 많구나. 들었던 대로 아주, 화나는 사람이네."

점원이 고용주를 범죄자 취급하더니 가게를 자기에게 맡기라고 한다. 쿠티에게 가게를 맡겼다가는 3일 안에 팔아먹을 것이다.

신뢰라는 말이 빛보다 빠르게 도망치는 생물, 그것이 쿠티였다.

"그보다 이걸 어떻게 처리한담."

"놔두면 우리 관계를 들킬 거야. 그렇다고 집에 데리고 갈 수도 없고."

"루시온이 이 녀석의 피해자가 되는 건 싫은데 어떡하지……."

기절한 쿠티는 언젠가 눈을 뜬다.

루시온의 집으로 데리고 가면 연인관계가 발각되어 언젠가 밥이나 돈을 구걸하러 나타나리라. 루시온도 그런 사정은 벨라돈나에게 들었다.

이런 폭탄을 애인 곁에 둘 수는 없었다.

"왜일까. 한눈에 이 사람과는 친해질 수 없다고 느꼈어."

"누구나 그렇게 느낄걸…… 응?"

어떻게 처리할지 궁리하는 사이, 우연히 낚싯대를 든 회색 로브의 수상한 마도사가 지나갔다. 벨라돈나에게는 동지라고 할 수 있는 마도사였다.

"오? 벨라돈나 씨 아닌가요. 오늘도 쓰레기 점원한테 자이언트 스윙을 날렸나요? 이 사람도 변함이 없네요."

"제로스 씨?!"

"누구야?"

초면인 루시온이 의아하게 바라보지만, 마도사는 그에게 관심도 주지 않고 쿠티를 살폈다.

그는 언뜻 본 것만으로도 상태를 파악했다.

"흠…… 아직 살아있네요. 저 지금 낚시하러 가는데, 오러스 대하에 버리고 올까요?"

"부탁해도 될까? 내 체력으로는 멀리까지 못 옮겨서."

"어차피 가는 길이니까요. 으쌰…… 워, 생각보다 무겁네. 돼지라도 잡아먹었나."

"아마 여기 오기 전에 뭘 먹었나 봐. 그리고 나한테 또 밥을 얻어먹을 생각이었겠지……."

"식탐이 대단하군요. 아무튼 이 사람이 없으면 당분간은 조용할 겁니다."

"그러면 좋겠는데……."

중년 마도사는 쿠티를 짊어지고 『바다까지 흘러가면 좋겠네요』라는 말을 남긴 채 손을 살랑살랑 흔들며 방파제로 걸어갔다.

길거리에서 오러스 대하로 운반되는 쿠티를 보고, 루시온은 기절한 사람을 산 채로 강에 던지려는 상황에 『어라? 이거 범죄 아냐?』라는 당연한 의문을 품었다.

그는 정상인이었다.

"캔디…… 괜찮아? 이거, 살인인데."

"경비병도 쿠티가 오러스 대하에 떠내려갔다고 하면 만세를 부르지, 조사는 안 해. 그만큼 주변에 폐를 끼치고 다녔으니까."

"그래……?(내 상상보다 더 심각한가? 얼마나 사람들한테 미움을 산 거야……?)"

경비병조차 못 본 척하는 폐급 점원.

솔직히 엮이지 않아서 다행이라고 생각한 루시온은 이 사건을 잊어버리기로 하고 며칠간 벨라돈나와 달콤한 시간을 보냈다.

이렇게 구시가지는 다시금 평화를 되찾았다.

◇ ◇ ◇ ◇ ◇ ◇ ◇

오러스 대하에 낚싯줄을 드리운 제로스.

그 앞에서는 메이드복을 입은 익사체— 아니, 방금 강물에 던져 버린 쿠티가 하류로 흘러가고 있었다.

"야, 익사체다……. 저거 그 민폐 탐정 아니야?"

"뭐야, 놀랐잖아. 보나 마나 또 사고 쳐서 누가 강에 집어 던졌겠지."

"이게 몇 번째야? 아는 어부가 어망 망가지니까 더 하류에 버리라고 하던데."

"죽어가면서도 민폐를 끼치네. 독하다."

"그러게 말이야."

선원들이 흘러가는 쿠티를 발견하더니 마치 일상 풍경인 것처럼 무시했다.

신기하게도 아무도 구하려고 하지 않았다.

"아빠, 물에 시체가 떠다녀……."

"에헤이, 손가락질하지 마. 깨어나서 이리로 오면 어쩌려고."

"아직 낚싯줄 던지지 마! 저게 걸리면 지옥이 펼쳐져."

"누가 저런 대형 쓰레기를 오러스 대하에 버렸어! 양심도 없냐!"

정말로 아무도 구하려고 하지 않았다.

오히려 만세 삼창하며 흘러가는 쿠티를 바라보는 사람까지 있었다.

"……얼마나 미움을 샀을까, 저 쓰레기 점원."

그런 상황을 보면서 아저씨는 담배에 불을 붙이고 심드렁한 눈으로 주변을 봤다.

그러다 곧 질렸는지, 쿠티는 깨끗하게 머릿속에서 지워버리고 낚싯줄에만 의식을 집중했다.

◇ ◇ ◇ ◇ ◇ ◇ ◇

일주일 후.

"점장님~, 왜 수색을 안 보냈어요~! 우수한 점원이 행방불명됐는데~! 해안가 어촌에서 깨어났잖아요~!"

"너…… 며칠 안 보인다 싶더니, 일은 안 하고 바다에 갔어? 바캉스? 팔자 좋네. 선착장에서 낮잠 자다가 강에 떨어진 거 아니야?"

"그런 기억은 없는데요…… 으음~?"

너덜너덜한 옷차림으로 돌아온 쿠티는 벨라돈나와 루시온과 만난 기억이 깔끔하게 사라져 있었다.

이를 빌미로 벨라돈나는 쿠티의 무단결근을 비난했다.

"네가 기억하든 말든 관심 없어. 돌아왔으면 빨리 청소부터 하렴."

"겨우 살아 돌아왔는데요~?! 조금만 쉬게 해주세요……."

"일주일이나 놀았으면서 또 쉬겠다고? 어차피 넌 아무짝에도 쓸모없으니까 청소라도 똑바로 해, 이 식충아!"

"부당해!"

이번만은 쿠티가 옳았다.

하지만 평소 행실을 감안하면 그녀에게 동정의 여지는 없었다.

자칭 명탐정, 폐점 잠원 쿠티.

그녀가 갱생할 날은 아직 한참 멀었다…….

권 말 부 록

아라포 현자의 이세계 생활 일기

Character collection

캐릭터 컬렉션

전생자

제로스

마도사로서 능력은 압도적이지만, 정신 나간 성격이 옥에 티인 마흔 줄 대현자. 본명은 오사코 사토시.

이리스

마도사이며 용병 랭크는 C. 명랑하고 활기찬 성격에 무슨 일이든 요령 있게 해낸다. 대모험을 동경한다.

아도

우수한 마도사. 제로스와 친구이자 제자 같은 관계. 본명은 안도 토시유키이고 유이카의 약혼자.

리사

성실하고 밝은 성격의 마도사. 우여곡절 끝에 샤크티와 크레스톤 저택에서 메이드로 일한다.

샤크티

성인 여성의 분위기가 감도는 마도사. 원래 변호사가 되려고 공부한 까닭인지, 상황 분석력이 뛰어나다.

유이

본명은 후나바시 유이카. 아도의 약혼자이며, 그의 아이를 낳았다. 상식을 벗어난 질투의 화신.

에로무라

경박하고 바보 같지만, 실력은 확실한 브레이브 나이트. 츠베이트의 호위를 담당. 본명은 에노무라 이츠키.

안즈

숨지 않는 닌자. 기본적으로 어른스럽지만, 언동은 대담하다. 재봉이 특기이며 남몰래 여성용 속옷을 판매한다.

케모 브로스

수인을 좋아하는 케모 러뷰의 제자. 수인족의 우두머리가 되어 메티스 성법 신국과 싸우고 있다.

샤란라

숨 쉬듯 거짓말을 하는 사기꾼. 제로스의 친누나이며 동생을 도구처럼 생각한다.

솔리스테어 공작가

츠베이트

솔리스테어 공작가의 장남. 공작가에 어울리는 사람이 되고자 나날이 노력한다. 의외로 열혈 타입.

크로이사스

공작가 차남이자 츠베이트와 동갑. 타고난 연구자 기질로 연구 외에는 관심이 없다.

솔리스테어 공작가

세레스티나

공작가 막내로 심지가 곧고 오기가 강하다. 마법 능력을 일깨워준 제로스를 선생님으로 모신다.

크레스톤

전 공작이자 【연옥의 마도사】라고 불리며 두려움을 샀다. 손녀인 세레스티나를 광적으로 사랑한다.

델사시스

현 공작이며 수완가. 장사 재능도 뛰어나다. 【침묵의 사자】라는 별명으로 불리고 어둠의 세계에서도 발이 넓다.

미스카

세레스티나 전속 메이드. 유능하지만 신출귀몰하며 비밀이 많다. 델사시스와 학창 시절부터 알고 지냈다.

보육원

루세리스

보육원의 수녀. 제로스에게 연심을 품고 있다. 수습 신관이며 4신교를 좋게 생각하지 않는다.

죠니

보육원에 사는 소년으로 아이들의 리더 격. 용병이 되어 인생 역전 한방을 꿈꾼다.

라디

죠니와 같은 보육원 소년. 불성실해 보이지만, 실은 친구를 챙기는 똑 부러진 성격.

안제

보육원에 사는 소녀. 솔직하고 겁이 없다. 죠니와 의견이 충돌할 때가 있다.

카이

보육원에 사는 소년. 평소에는 온화하고 다정한 성격이지만, 고기에는 이상하리만큼 집착한다.

카에데

보육원에 사는 하이 엘프 소녀. 동방의 검술을 수련하며 언젠가 아버지를 이기고 싶다고 생각한다.

용병

쟈네

이리스, 레나와 행동하는 용병. 평소에는 투박한 대검을 휘두르지만, 사실 요리나 재봉이 특기.

레나

용병이고 단검이나 활을 잘 다룬다. 귀여운 소년에 집착하며 몰래 밤거리에서 유흥을 즐긴다.

세이폰

스틸라에 있는 용병 길드 지부장. 전직 S랭크 용병으로 【섬광의 세이폰】이라는 이명이 있다.

마도구점

벨라돈나

산토르에 있는 마도구점의 점장. 점원인 쿠티 때문에 가게 재정은 언제나 적자.

마도구점

쿠티

벨라돈나의 가게에서 일하는 말썽쟁이. 본인은 진심으로 자신을 천재에 유능하다고 생각한다.

캐럴스티

생제르맹 후작의 딸. 언동은 전형적인 귀족 영애지만, 배려심이 강하고 다정한 성격.

이스톨 마법 학교

디오

츠베이트의 친구. 세레스티나를 좋아하지만, 고백은 하지 못한다. 착각이 심하다.

마카로프

크로이사스의 친구. 자주 함께 마도구 실험을 한다. 싹싹한 성격으로 츠베이트와도 사이가 좋다.

우르나

수인속 소녀이며 사가스의 양녀. 따돌림당하다가 세레스티나가 도와준 후로 따르게 됐다.

샘트롤

위슬러 후작가의 차남. 파벌 다툼으로 츠베이트 암살을 꾀하지만, 작전에 실패하고 자멸한다.

인간이 아닌 존재

알피아

한때 사신이라고 불린 존재가 부활한 모습. 4신에게서 세계를 되찾고자 여러모로 노력한다.

루시펠

다른 세계의 관측자가 보낸 사도. 알피아를 부활시키려고 우는소리를 하면서도 일한다.

플레이레스

4신 중 하나인 불의 여신. 활기차고 낙천적이며 선머슴 같은, 아무튼 유치한 성격. 행동력 하나는 뛰어나다.

아쿠이라타

4신 중 하나인 물의 여신. 언뜻 보면 지적이고 어른스러운 매력이 느껴지지만, 사실 아무 생각도 없다.

윈디아

4신 중 하나인 바람의 여신. 말수가 적고 늘 맹하다. 알피아에게 들켜 봉인당했다.

가이라네스

4신 중 하나인 대지의 여신. 수면 말고는 관심이 없어서 알피아와도 싸우지 않고 자진해서 잡힌다.

에르웰 자작가

크리스틴

에르웰 자작가의 삼녀이자 후계자. 정의감이 강하고 성실한 성격. 명예로운 기사가 되고 싶어 한다.

사가스

크리스틴에게 마법을 가르치는 마도사이며 우르나의 양아버지. 옛날부터 크레스톤과 라이벌 관계였다.

알톰 황국

루세이

【흑천 장군】이라고 불리는 르페일족 전사이지만, 성격은 순진한 소녀. 루세리스의 친언니기도 하다.

라샤라

알톰 황국 제2황녀. 어린 외모이지만, 사실 사촌인 루이보다 한 살 많다.

햄버 토목 공사

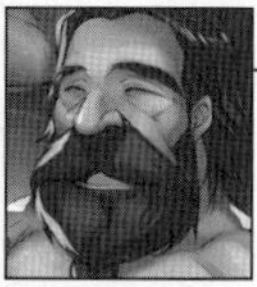

나구리

햄버 토목 공사의 도편수. 부지런한 드워프 중에서도 특히 일을 잘한다. 장인 기질이 강해 부하에게도 엄격하다.

보링

햄버 토목 공사의 직원이자 나구리의 작은아버지. 드워프지만 수염이 없 다. 온화하고 사람을 잘 챙기 는 성격.

용사

히메지마 요시노

오장(五將) 중 한 명. 죽은 줄 알았던 소꿉친구 카자마 타쿠미와 재회하고 여러 의미로 충격을 받는다.

이치죠 나기사

히메지마의 친구. 제로스의 이야기를 듣고 용사를 그만뒀다. 지금은 솔리스테어 마법 왕국의 식당에서 일한다.

타나베 카츠히코

용사였지만 이치죠와 함께 그만뒀다. 지금은 솔리스테어 마법 왕국에서 이치죠와 함께 행동한다.

야사카 마나부

오장 중 한 명. 전부터 메티스 성법 신국을 의심했지만, 제로스와 이야기하고 확신으로 변한다.

이와타 사다미츠

오장 중 한 명. 용사 중에서 가장 싸움에 능했지만, 메티스 성법 신국의 사제에게 살해당한다.

기타

자봉

선량한 어부. 우연히 구한 샤란라가 유혹해 사랑에 빠지지만, 그녀에게 속아 모든 것을 잃었다.

겐마

매일 검술 수련에 매진하는 방랑 검사. 딸인 카에데가 목숨을 노릴 만큼 원한을 샀다.

코즈에

카에데의 모친으로, 겐마와 함께 여행한다. 은밀 행동에 능한 닌자지만, 마법도 사용한다.

쿄노스케

겐마의 라이벌. 한때는 순수한 외골수 검사였지만, 인생이 틀어지며 위험한 약에 손을 댔다.

간토

범죄 조직 【독사】의 보스. 솔리스테어 마법 왕국을 제압하기 위해 그 교두보로서 산토르를 노린다.

아라포 현자의 이세계 생활 일기 13

초판 1쇄 발행 2023년 12월 10일

지은이_ Kotobuki Yasukiyo
일러스트_ JohnDee
옮긴이_ 김장준

발행인_ 최원영
편집장_ 김승신
편집진행_ 권세라 · 최혁수 · 김경민 · 최정민
편집디자인_ 양우연
관리 · 영업_ 김민원

펴낸곳_ (주)디앤씨미디어
등록_ 2002년 4월 25일 제20-260호
주소_ 서울시 구로구 디지털로 26길 111 JnK디지털타워 503호
전화_ 02-333-2513(대표)
팩시밀리_ 02-333-2514
이메일_ lnovellove@naver.com
L노벨 공식 카페_ http://cafe.naver.com/lnovel11

ARAFO KENJA NO ISEKAI SEIKATSU NIKKI Vol.13

ISBN 979-11-278-7319-6 04830
ISBN 979-11-278-4453-0 (세트)

값 11,000원

©Sunsunsun, Momoco 2022 / KADOKAWA CORPORATION

가끔씩 툭하고 러시아어로 부끄러워하는 옆자리의 아랴 양 1~5권

SUN SUN SUN 지음 | 모모코 일러스트 | 이승원 옮김

이 나 메냐 토제 아브라티 브니마니에
"И на меня тоже обрати внимание."
"어, 뭐라고 한 거야?"
"별거 아냐. 【이 녀석, 진짜 바보네】 하고 말했어."
"러시아어로 독설 날리지 말아줄래?!"
내 옆자리에 앉은 절세의 은발 미소녀, 아랴 양은 의기양양한 미소를 지었다.
하지만, 사실은 다르다.
방금 그녀가 말한 러시아어는 【나도 좀 신경 써줘】란 의미다!
실은 나, 쿠제 마사치카의 러시아어 리스닝은 원어민 레벨이다.
그런 줄도 모르고, 오늘도 달콤한 러시아어로 애교 부리는
아랴 양 때문에 입가가 쉴 새 없이 실룩거리는데?!

전교생이 동경하는 초 하이스펙 러시안 여고생과의
청춘 러브 코미디!

친구 여동생이 나한테만 짜증나게 군다 1~9권

미카와 고스트 지음 | 토마리 일러스트 | 이승원 옮김

교우 관계 사절, 남녀 교제 거부, 친구라고는 진정으로 가치 있는 단 한 사람 뿐.
청춘의 모든 것을「비효율」적이라 여기며 거절하는
나, 오오보시 아키테루의 방에 눌러앉아있는 녀석이 있다.
내 여동생도, 친구도 아니다.
짜증나고 성가신 후배이자 내 절친의 여동생인 코히나타 이로하다.
"선배~, 데이트해요! ……라고 말할 줄 알았어요~?"
혈관에 에너지 음료가 흐르고 있는 듯한 이 녀석은
내 침대를 점거하고, 미인계로 나를 놀리는 등, 나한테 엄청 짜증나게 군다.
그런데 왜 다들 나를 부러워하는 거지?
알고 보니 이로하 녀석도 남들 앞에서는 밝고 청초한 우등생인 척하기 때문에
엄청 인기가 좋은 모양이다.
이봐…… 너는 왜 나한테만 짜증나게 구는 거냐고.

끝내주는 짜증귀염 청춘 러브코미디, 스타트!!